KNAUR

Von Renate Ahrens sind bereits folgende Titel erschienen:
Der Wintergarten
Zeit der Wahrheit
Fremde Schwestern
Ferne Tochter
Seit jenem Moment
Das gerettete Kind
Alles, was folgte

Über die Autorin:
Renate Ahrens, 1955 geboren, studierte Anglistik und Romanistik und war einige Jahre als Lehrerin tätig, bevor sie 1986 als freie Autorin zu arbeiten begann. Sie schreibt Romane, Theaterstücke und deutsch-englische Kinderbücher. Nach Lebensstationen in Frankreich, Südafrika, Italien und Irland lebt sie heute mit ihrem Mann in Hamburg. Renate Ahrens ist Mitglied des P. E. N.-Zentrums deutschsprachiger Autoren im Ausland. Mehr Informationen zur Autorin unter: www.renate-ahrens.de

RENATE AHRENS

Der andere Himmel

Roman

KNAUR

Besuchen Sie uns im Internet:
www.knaur.de

FSC
www.fsc.org
MIX
Papier aus verantwortungsvollen Quellen
FSC® C083411

Originalausgabe Oktober 2019
Knaur Taschenbuch

Ein Imprint der Verlagsgruppe
Droemer Knaur GmbH & Co. KG, München

Covergestaltung: U1 berlin, Patrizia Di Stefano
Coverabbildung: © ullstein bild – CARO / Frank Sorge
Satz: Sandra Hacke
Druck und Bindung: CPI books GmbH, Leck
ISBN 978-3-426-52360-5

2 4 5 3 1

Alle handelnden Personen
sind frei erfunden.

Für Alan

1.

Irina öffnete das Fenster, ein lauer Wind schlug ihr entgegen, es duftete nach Sommerflieder. In der Ferne hörte sie das Rauschen des Berufsverkehrs. Sie dachte an die Patientin, die sich eben mit einem Glas selbst gemachter Himbeermarmelade von ihr verabschiedet hatte, als Dank dafür, dass sie ihr nach ihrem Unfall wieder auf die Beine geholfen habe – mit ihren krankengymnastischen Fähigkeiten und mit ihrer Zuversicht. Sie sei eine geborene Mutmacherin. Irina schüttelte leicht den Kopf und schloss das Fenster wieder.

Gleich hatte sie ihre letzte Behandlung für heute, die junge Frau mit dem Bandscheibenvorfall. Danach würde sie nach Hause radeln und schnell ein Abendessen für Stefan zubereiten. Um halb acht war sie mit Marlies in der *Trattoria Calabria* in Eimsbüttel verabredet. Darauf freute sie sich schon seit Tagen.

Sie machte ein paar Dehnübungen und trank einen Schluck aus ihrer Wasserflasche.

Svenja hatte ihr eine WhatsApp geschickt.

Liebe Mama,
André hat heute Abend ein wichtiges Dinner mit seinem Chef und einem amerikanischen Kunden. Er hat vorhin erst erfahren, dass dafür auch Ehepartner vorgesehen sind. Leider habe ich so kurzfristig keinen Babysitter bekommen. Es wäre toll, wenn Ihr für etwa dreieinhalb Stunden auf Leonie aufpassen könntet. Mit Papa habe

ich schon gesprochen. Für ihn ist es okay. Sorry, wenn ich damit jetzt Deine Pläne durcheinanderbringe. Ich muss spätestens um 7 Uhr los. Tausend Dank und bis nachher.
Liebe Grüße,
Svenja

Irina spürte einen Stich. Sollte sie Stefan vorschlagen, allein zum Babysitten zu gehen? Nein, das würde ihn überfordern.

»Frau Lohrisch?«

Sie drehte sich um.

In der Tür stand die junge Frau und schaute sie fragend an. »An der Rezeption sagte man mir, dass ich zu Ihnen durchgehen solle.«

»Ja, kommen Sie herein. Entschuldigen Sie, dass ich Sie nicht aus dem Warteraum abgeholt habe.«

Die junge Frau hatte starke Schmerzen und große Angst. Sie traute sich keine der leichten Rückenübungen zu, sondern verkrampfte sich immer mehr. Irina beschloss, vom Programm abzuweichen und sie nur zu massieren. Allmählich entspannte sie sich und fing dann plötzlich an zu weinen.

»Das wird schon wieder«, sagte Irina leise.

Beim Abschied lächelte die junge Frau zum ersten Mal.

Gleich halb sechs. Vielleicht war Marlies noch in ihrer Praxis. Sie suchte in ihrem Smartphone die Nummer heraus, doch erst als der Anrufbeantworter ansprang, fiel ihr ein, dass heute Mittwoch war und Marlies nachmittags freihatte. Sie erreichte sie schließlich zu Hause.

»Es tut mir so leid, aber ich muss für heute Abend absagen.«

Marlies hörte ihr ruhig zu und war ihr wie immer nicht böse. Sie kannten sich seit über dreißig Jahren, und die kinderlose Marlies wusste, dass Irina nicht Nein sagen konnte, wenn es um ihre Familie ging.

»Wie geht es dir?«

Marlies seufzte. »Meine Mutter ist gestern wieder gestürzt.«

»Oje! Hat sie sich verletzt?«

»Sie hat eine große Prellung an der Hüfte. Sonst ist ihr zum Glück nichts passiert.«

»Sie ist doch erst letztens gefallen.«

»Ja, das ist schon der vierte Sturz in diesem Monat. Sie kann nicht mehr allein in ihrem Haus leben, aber sie will nach wie vor niemanden bei sich wohnen lassen, und in eine Seniorenresidenz will sie auch nicht, obwohl sie sich das leisten könnte. Ich weiß nicht mehr, was ich machen soll. Sie ist noch bei klarem Verstand. Ich muss ihre Entscheidung respektieren.«

»Wahrscheinlich … würde sie am liebsten zu dir ziehen.«

»Ja, aber wie soll das funktionieren? Meine Mutter kann schon seit Jahren keine Treppen mehr steigen. Sie käme niemals bis zu mir in den dritten Stock. Außerdem bin ich den ganzen Tag nicht da. Ich müsste jemanden engagieren, der sich hier um sie kümmert.«

»Das kann doch nicht so schwierig sein. Wenn du willst, höre ich mich gern mal etwas um.«

»Nein, Irina, bitte nicht. Es geht ja nicht nur um die Betreuung tagsüber. Nachts wäre ich für meine Mutter zuständig, wenn sie alle zwei, drei Stunden aufsteht, um auf die Toilette zu gehen, sich einen Tee zu kochen, Zeitung zu lesen. Das schaffe ich kräftemäßig nicht. Da kann ich meine Praxis gleich dichtmachen.«

Marlies' Stimme war immer lauter geworden. So hatte Irina sie noch nie erlebt.

»Sei froh, dass du diese Probleme nicht hast.«

»Wie bitte?« Irina schluckte.

»Entschuldige. Das wollte ich nicht sagen ... Ich bin im Moment einfach ziemlich gestresst.«

Sie vereinbarten, in den nächsten Tagen wieder zu telefonieren.

Irina schickte Svenja eine Nachricht, dass sie gegen halb sieben bei ihr wäre. Und Stefan schrieb sie, dass es keinen Zweck hätte, wenn sie jetzt noch nach Hause käme. *Ich besorge uns zwei Tiefkühlpizzen und treffe Dich bei Svenja. Gruß, Irina.*

Sie zog sich um, packte ihre Sachen und war froh, dass die Rezeption nicht mehr besetzt war und sie mit niemandem sprechen musste.

Marlies' Satz klang noch immer in ihr nach, als sie ihr Rad aufschloss und sich auf den Weg zum Supermarkt machen wollte. Plötzlich fing sie an zu zittern. Sie ließ den Schlüssel fallen und lehnte sich an die Hauswand. Da war er wieder, der Tag, an dem sie Mutters Brief bekommen hatte.

Im Hausflur riecht es nach angebranntem Kohl. Ich nehme die Post aus dem Kasten, sehe den Brief mit Mutters Schrift. Mein Herz schlägt schneller. Seit Wochen habe ich nichts von ihr gehört. Hastig reiße ich den Umschlag auf.

Berlin, den 10. November 1985

Meine liebe Irina!
Es tut mir so leid, daß ich eine schlechte Nachricht für Dich habe. Mir ging es in der letzten Zeit nicht gut, und heute habe ich erfahren, daß ich Eierstockkrebs in einem fortgeschrittenen Stadium habe.

Oh, nein! Ich sinke auf die Treppe.

Mir bleiben nur wenige Monate, vielleicht auch nur ein paar Wochen. Ich würde sehr viel darum geben, wenn ich Dich vor meinem Tod noch einmal sehen könnte.

Meine Gedanken überschlagen sich. Gleich morgen werde ich ein Visum beantragen.

Aber ich will Dich auch nicht in Gefahr bringen. Selbst wenn die Behörden Dir ein Visum bewilligen, ist es für Dich als ehemalige ›Republikflüchtige‹ ein Risiko, wieder in die DDR einzureisen. Von daher könnte ich es sehr gut verstehen, wenn Du beschließt, ein solches Wagnis nicht einzugehen.
Du bist der wichtigste Mensch in meinem Leben. Ich bin unendlich glücklich und dankbar, daß ich so eine wundervolle Tochter habe, und wünsche Dir von ganzem Herzen, daß es Dir gut gehen möge und Du in Deinem Leben viel Glück und Erfüllung erfahren wirst.
Es umarmt Dich
Deine Dich liebende Mutter

Ich fange an zu weinen. Natürlich werde ich die Reise wagen, wenn ich ein Visum bekomme. Hauptsache, ich kann mich von Mutter verabschieden und sie persönlich um Verzeihung dafür bitten, dass Frank und ich im Herbst 1977 versucht haben zu fliehen, ohne sie vorher in unsere Pläne einzuweihen.

Irina bückte sich nach ihrem Schlüssel und fuhr zögernd los. Die Erinnerung an jene Zeit war wie eine offene Wunde, die niemals heilen würde. Ihr Antrag auf ein Visum wurde abgelehnt, vier Wochen später starb Mutter im Alter von fünfzig Jahren. Irina durfte nicht an ihrer Beerdigung teilnehmen. Sie war an ihrer Trauer fast zerbrochen.

In jenem Winter hatte sie Stefan kennengelernt, der sie auffing und ihr Halt gab. Ohne ihn wäre sie verloren gewesen.

Beinahe hätte sie eine Fußgängerin übersehen. Sie bremste, stieg ab und schob das letzte Stück bis zum Supermarkt.

Es war kurz vor halb sieben, als sie Eppendorf erreichte und in die Seitenstraße mit den hohen Bäumen einbog, in der Svenja mit ihrer Familie lebte. Jedes Mal, wenn Irina vor dem renovierten Altbau mit den großen Balkonen stand, hatte sie einen Moment lang ein Gefühl der Beklemmung, weil diese Welt so anders war als die der engen Mietwohnung in Barmbek, in der Svenja aufgewachsen war und in der Stefan und sie heute noch lebten. André stammte aus sehr wohlhabenden Verhältnissen, seine Eltern besaßen nicht nur dieses Haus. Sie gaben sich große Mühe, Stefan und ihr gegenüber ihren Reichtum nicht herauszukehren, aber Irina war mit ihnen nie warm geworden.

Im Treppenhaus hörte sie Leonie schreien. Sie lief die letzten Stufen hinauf, schloss die Wohnungstür auf, und da kam ihr schon Svenja in Shorts und T-Shirt mit der tränenüberströmten Leonie auf dem Arm entgegen.

»Oh, Mama, hier bricht gerade alles zusammen. Ich versuche seit Stunden, sie zu beruhigen.«

Irina gab ihrer Tochter einen Kuss und nahm ihr Leonie ab. »Was hat sie denn?«

»Ich glaube, sie bekommt einen Zahn, oder sie hat wieder Bauchweh.«

»Na, mein Schatz«, sagte Irina und strich Leonie über

ihre nass geschwitzte Stirn. »Du hast ja einen ganz heißen Kopf.«

Leonie wandte ihr Gesicht ab und brüllte weiter.

»Keine Ahnung, wie das werden soll, wenn in fünf Wochen die Schule wieder losgeht. Ich hätte ein zweites Jahr Elternzeit beantragen sollen.«

»Du hast doch eine Tagesmutter gefunden.«

»Ja, aber ich habe plötzlich Zweifel, ob es nicht zu früh ist, Leonie abzugeben.«

»Mach dir darüber jetzt keine Gedanken. Geh schnell duschen. Ich kümmere mich um sie.«

»Danke. Ich weiß nicht, was ich ohne dich machen würde.«

Leonie schluchzte einmal laut auf, dann brüllte sie weiter.

»Oh, wenn ich bloß wüsste, wie ich dir helfen könnte«, murmelte Irina und ging mit ihr ins Wohnzimmer.

Hier deutete nichts darauf hin, dass in dieser Wohnung ein kleines Kind lebte. Das Arrangement aus Ledermöbeln, Glastischen, Stehlampen, Skulpturen und abstrakten Bildern wirkte so makellos wie in einem Einrichtungshaus. Svenja hatte mehrmals betont, wie wichtig es André sei, dass Leonies Spielsachen im Kinderzimmer blieben.

Auf dem Balkon summten die Bienen, doch auch die konnten Leonie nicht ablenken, genauso wenig wie die rot-weiß gestreiften Petunien und der Zitronenfalter.

»Wollen wir uns etwas zu trinken holen?«

Das Brüllen wurde eher lauter als leiser. Irina legte unwillkürlich eine Hand auf ihr Ohr. Sie erinnerte sich nicht, dass Svenja jemals so gebrüllt hätte.

Beinahe wäre sie über die Schwelle gestolpert. Sie musste sich konzentrieren. Das fehlte noch, dass sie beide hier stürzten und sich verletzten.

Im Flur blieb sie vor dem großen, goldgerahmten Spiegel stehen. Plötzlich war Leonie still und starrte mit offenem Mund auf ihr Spiegelbild. Mit ihren hellblauen Augen, den blonden Locken und ihrem schmalen Gesicht sah sie aus wie Svenja damals in dem Alter. Und diese Frau mit den kurzen, weißen Haaren, den Falten um den Mund und dem besorgten Blick war eindeutig eine Großmutter. Schlank, durchtrainiert und etwas verhärmt, schoss es Irina durch den Kopf. Sie durfte auf keinen Fall weiter abnehmen.

»Da! Da!«, rief Leonie und zeigte auf den Spiegel.

»Ja, das bist du, auf Omis Arm.«

Leonie strahlte und patschte mit ihrer kleinen Hand auf Irinas Nase.

»Aua! Aua!«, jammerte Irina. Es war ein Spiel, das Leonie über alles liebte, aber seit einiger Zeit hatte sie so viel Kraft, dass es wirklich wehtat.

In dem Moment kam Svenja aus dem Badezimmer. Sie trug ein ärmelloses schwarzes Kleid und High Heels. Ihre langen blonden Haare hatte sie hochgesteckt.

»Schön siehst du aus.«

»Danke.«

»Mama!«, rief Leonie und wollte nach Svenjas langen Ohrringen greifen.

»Vorsicht, Liebes!« Svenja hielt ihre kleinen Hände fest und küsste sie.

Leonie gluckste jetzt fröhlich vor sich hin. Nur auf ihren Wangen schimmerten noch die Spuren ihrer Tränen.

»Wie hast du es geschafft, sie zu beruhigen?«

»Ihr Spiegelbild hat's ihr angetan.«

»Das muss an dir liegen. Mit mir wollte sie nicht in den Spiegel schauen.«

»Hat sie schon gebadet?«

»Ja, und satt ist sie auch. Du kannst sie gleich ins Bett bringen. Wenn du magst, sing ihr noch was vor. Das hat sie gerade besonders gern.«

»Ist gut. Viel Vergnügen.«

»Danke. Ich muss mich beeilen. Papa wollte eigentlich längst hier sein.«

»Ja«, seufzte Irina. »Er denkt bestimmt wieder, dass es auf ein paar Minuten nicht ankommt, weil ich ja da bin.«

»Ärgere dich nicht. Er hatte wahrscheinlich einen anstrengenden Tag und ist müde.«

Ich auch, dachte Irina, als sie Svenja nachsah. Auf ihren Vater ließ sie nichts kommen. Das war schon immer so gewesen.

Stefan kam um zwanzig vor acht. Da schlief Leonie längst. Er sah alles andere als müde aus.

»Wo warst du so lange?«

»Ich bin noch eine Runde gejoggt, das hatte ich dringend nötig.«

Irina zog die beiden Spinatpizzen aus dem Ofen und begann, sie in Stücke zu schneiden. »Wenn Svenja sich auf dich verlassen hätte, hätte sie gleich zu Hause bleiben können.«

»Ich wusste ja, dass du pünktlich hier sein würdest.«

»Eigentlich war ich heute Abend mit Marlies verabredet.«

»Ach, die kannst du doch an irgendeinem anderen Abend treffen. Familie geht vor.«

Schweigend aßen sie ihre Pizza. Irina ärgerte sich über sich selbst. Warum gab sie immer so schnell auf, wenn es um ihre Bedürfnisse ging? Sie durfte Stefan nicht ständig alles abnehmen. Er hätte sehr gut allein auf Leonie aufpassen können.

Nach einer Weile fragte er sie mit einem versöhnlichen Lächeln, welchen Eindruck sie von Svenja gehabt hätte. Am

Telefon hätte sie so erschöpft geklungen. Irina erzählte ihm von Leonies stundenlangem Brüllen und von Svenjas Unsicherheit, ob es richtig sei, nach den Sommerferien in die Schule zurückzukehren. Stefan meinte, dass sich die Dinge bestimmt gut entwickeln würden. Svenja neige dazu, sich zu viele Sorgen zu machen, genau wie ihre Mutter. Er zwinkerte ihr zu. Irina wünschte, sie wäre so gelassen und zuversichtlich wie er.

»Wie war dein Tag?«, fragte sie und schenkte ihnen beiden Wasser ein.

»Das Übliche. Heute Nachmittag habe ich mich dabei ertappt, dass ich angefangen habe auszurechnen, wie viele Versicherungsanträge ich schätzungsweise noch bis zu meiner Rente bearbeiten muss.«

»Und?«

»Zu viele.«

»In sieben Monaten bist du frei.«

»Noch schöner wär's, wenn du Ende nächsten Jahres auch aufhören würdest.«

»Stefan, fang bitte nicht damit wieder an. Du weißt, wie sehr ich meine Arbeit mag.«

»Aber bis du dreiundsechzig bist, musst du sowieso noch fast anderthalb Jahre schuften. Reicht das nicht? Wir wären dann unabhängig, könnten jederzeit mit dem Wohnwagen losziehen, und finanziell wäre es auch kein großer Verlust.«

»Ich bin noch nicht so weit.«

»Ist ja gut. Ich wollte dir eigentlich auch nur sagen, wie schön ich es fände, wenn wir mehr Zeit füreinander hätten. Danach sehnen wir uns doch beide, oder?«

Irina nickte, und dennoch war es für sie unvorstellbar, ihre Arbeit aufzugeben.

»Irgendwann wirst du schon ein Einsehen haben«, meinte er und gab ihr einen Kuss. »Bis dahin muss ich mich eben gedulden.«

Sie standen auf, räumten die Teller in die Spülmaschine und gingen ins Wohnzimmer.

Svenja hatte *DIE ZEIT* abonniert, und Irina las gerne das Feuilleton. Sie knipste eine der Lampen an und setzte sich aufs Sofa. Stefan ließ sich in einen Ledersessel fallen und griff nach dem Sportteil des *HAMBURGER ABENDBLATTS.*

Als Irina die erste Seite umblätterte, fiel ihr Blick auf eine Verlagswerbung. Sie traute ihren Augen nicht.

ES GAB FÜR MICH KEINE ALTERNATIVE
Die seit Langem erwartete Autobiografie
von Frank Hollmann

Irina spürte Panik in sich aufsteigen. Wenn dies Franks Geschichte war, dann war es auch ihre Geschichte. Sie atmete tief durch und blätterte weiter. Nein, sie wollte jetzt nicht an Frank und seine neue Veröffentlichung denken, aber sie wusste, dass nun wieder alle Medien über die großartigen Erfolge dieses scheuen Autors berichten würden. Seitdem Frank 1980 einen Literaturpreis für seinen ersten Roman bekommen hatte, gehörte er in der BRD zur literarischen Öffentlichkeit. Sie hatte es siebenunddreißig Jahre lang geschafft, seine Romane zu ignorieren, weil sie sich schützen wollte vor allem, was mit ihm zu tun hatte. Aber bei einem Buch, in dem es auch um ihr Leben ging, würde ihr das vielleicht nicht gelingen.

»Was ist?«, fragte Stefan und schaute sie stirnrunzelnd an.

»Wieso?«

»Du bist auf einmal ganz bleich. Hast du etwa wieder eine deiner Panikattacken?«

»Nein.« Sie legte die Zeitung beiseite und stand auf. »Ich glaube, Leonie weint.«

Sie weinte natürlich nicht, aber Irina hielt es plötzlich nicht mehr aus, mit Stefan im selben Zimmer zu sitzen. Er wusste nichts von Frank, auch Svenja wusste nichts von ihm, nicht einmal Marlies hatte sie von Frank erzählt.

Sie hatte nie darüber gesprochen, dass sie damals bei ihrem Fluchtversuch nicht allein gewesen war.

2.

Immer mehr Menschen strömten in den Theatersaal. Ihr wurde heiß. Warum hatte sie einen Platz in der Mitte gebucht, noch dazu so weit vorn, anstatt wie sonst hinten am Rand zu sitzen? Sie wusste doch, wie belastend es für sie war, wenn sie nicht jederzeit aufstehen und hinausgehen konnte. Sollte sie versuchen, sich umzusetzen? Vielleicht tauschte jemand mit ihr, der froh war, einen so guten Platz zu bekommen. Sie drehte sich um, sah nichts als gefüllte Reihen. War das das letzte Klingeln? Ja, die Türen wurden geschlossen. Es war zu spät. Ihr Herz raste. Gleich würde sie anfangen zu zittern. Sie umklammerte die Sitzlehnen. Eine Lautsprecherstimme verkündete, dass Mobiltelefone nicht nur auf stumm gestellt, sondern ausgeschaltet werden müssten. Das Fotografieren und Aufzeichnen der Lesung sei verboten. Zuwiderhandlungen würden strafrechtlich verfolgt. Die Veranstaltung war bereits nach einer halben Stunde ausgebucht, raunte ein Mann hinter ihr seiner Nachbarin zu. Das wundert mich nicht, raunte sie zurück. Wann hat man schon mal die Gelegenheit, Frank Hollmann live zu erleben? Es wurde dunkel im Saal, der Vorhang öffnete sich, ein Lichtkegel beleuchtete einen schmalen Tisch und einen Holzstuhl. Auf dem Tisch standen eine Leselampe und ein Glas Wasser. Es war ganz still im Saal. Da betrat er die Bühne. Sie hielt den Atem an. Er war noch größer, als sie ihn in Erinnerung hatte, fast zwei Meter. Seine Schultern hatte er leicht hochgezogen, als ob er in Deckung gehen wollte. Der graue Haarkranz und sein weißer Bart ließen ihn älter erscheinen als siebenundsechzig. In seinem schwarzen Rollkragenpullover und der schwarzen Hose wirkte er noch dünner als früher. Er verbeugte sich, ohne die Miene zu verziehen, und nahm Platz. Auf einmal wurde sie ganz ruhig, ihre Hände entkrampften sich, und sie konnte wieder atmen. Frank schlug sein Buch auf, räusperte sich und blickte sie direkt an. Irina, ich freue mich, dass du hier bist.

Sie wachte in Schweiß gebadet auf. Es war dunkel, sie lag in einem Bett, aber in was für einem Haus, in was für einem Land? Vorsichtig tastete sie über ihre Decke, erschrak einen Moment lang, als sie neben sich gleichmäßige Atemzüge hörte. Natürlich, es war Stefan, der dort schlief.

Sie versuchte wieder einzuschlafen, rollte sich von einer Seite auf die andere, doch der Traum ließ sie nicht los. Wie kam sie auf dieses Bild von Frank? Er machte keine Lesereisen, gab keine Interviews und trat nicht in Talkshows auf. Es gab kaum jemanden, der so berühmt und gleichzeitig so publikumsscheu war wie er. Vor drei Jahren hatte sie einmal ein Schwarz-Weiß-Foto von ihm in einer Zeitung entdeckt. Darauf trug er einen Regenmantel und stieg gerade in eine Straßenbahn. Die Unterschrift besagte, dass es sich um Frank Hollmann handelte, aber das Foto war so verschwommen, dass es auch jemand anderes hätte sein können.

Leise stand sie auf und ging in die Küche. Dort trank sie ein Glas Wasser, setzte sich ans Fenster und schaute in die Dunkelheit.

Ich fahre mit dem Rad die Prenzlauer Allee entlang. Mir ist leicht ums Herz, morgens habe ich meine letzte Abi-Arbeit geschrieben. Im Juni kommen noch die mündlichen Prüfungen, vielleicht in Bio und Chemie oder Physik, doch da kann auch nichts mehr schiefgehen. Mit etwas Glück werde ich im Herbst anfangen, Medizin zu studieren.

Gleich Viertel vor acht. Ich muss mich beeilen, Gisela wartet seit zehn Minuten am Kollwitzplatz auf mich. Eigentlich wäre ich an diesem warmen Abend lieber schwimmen gegangen, statt eine Lesung zu besuchen. Aber ich habe Gisela versprochen, dass ich mitkomme, damit ihr Bruder Günther wenigstens ein kleines Publikum hat, wenn er seine neuen Gedichte vorträgt.

Bis vor wenigen Tagen wusste ich nicht, dass der bekannte Schriftsteller Werner Blacher Lesungen in seiner Privatwohnung veranstaltet. Er wolle jungen Autoren eine Chance geben, ihre unveröffentlichten Werke vorzustellen, meinte Gisela. Vor allem solchen, die aus ihrer kritischen Haltung dem Staat gegenüber keinen Hehl machten.

Das finde ich gut. Mutter würde es nicht gut finden; deshalb habe ich ihr auch nicht erzählt, wo ich heute hingehe.

Als ich den Kollwitzplatz erreiche, kommt Gisela mir schon entgegengelaufen.

»Da bist du ja endlich. Los, mach schnell!«

»Meinst du, die fangen pünktlich an?«, frage ich, während ich mein Fahrrad an einem Zaun anschließe.

»Ja! Günther hat gesagt, dass Blacher nach acht Uhr niemanden mehr reinlässt.«

Wir rennen ein Stück, bis Gisela vor einem Altbau mit der Nummer sieben stehen bleibt und klingelt.

Nach einer Weile wird die Haustür aufgerissen, und vor uns steht Günther. »Toll, dass ihr gekommen seid. Es sind 'ne Menge Leute da.«

Mir fällt wieder auf, wie sehr er seiner jüngeren Schwester gleicht, mit seinen hellblonden Haaren, den grünen Augen und der hohen Stirn.

»Für heute hat Werner Blacher drei Autoren eingeladen«, sagt Günther, als wir die Treppen in den fünften Stock hochsteigen. »Außer mir liest der Lyriker Uwe Kießling, und dann wird ein gewisser Frank Hollmann aus seinem ersten Roman lesen.«

»Und der Staat hat nichts dagegen, dass Werner Blacher Autoren bei sich lesen lässt, die das Regime kritisieren?«, frage ich.

»Als Mitglied der SED schert er sich nicht darum, wenn das Zentralkomitee ihn verwarnt. Aber er ist der Partei natürlich ein Dorn im Auge.«

»Blacher ist im In- und Ausland viel zu berühmt, als dass ihm der Staat irgendwas anhaben könnte«, fügt Gisela hinzu.

Noch bevor wir oben angekommen sind, höre ich lautes Stimmengewirr. Ein weißhaariger Mann mit Brille erwartet uns an der Wohnungstür und lässt sich von Günther erklären, wer wir sind.

Einen Moment lang mustert er uns beide. »Mein Name ist Werner Blacher. Herzlich willkommen.«

»Danke«, antworten wir.

»Ich freue mich, dass so junge Zuhörerinnen Interesse an neuer Literatur haben.« Er gibt uns ein Zeichen, ihm zu folgen.

Wir gehen durch einen dunklen, schmalen Flur, in dem lauter Bücherstapel liegen, und gelangen ins Wohnzimmer. Die Sofas und Sessel sind alle schon besetzt. Ich schätze, dass sich mindestens zwanzig Personen hier versammelt haben. Sie rauchen, trinken Bier und beachten uns nicht.

»Suchen Sie sich einen Platz«, sagt Werner Blacher und zündet sich eine Zigarette an.

Wir setzen uns zu einer Gruppe jüngerer Leute auf den Fußboden. Jemand reicht uns zwei Flaschen Bier. Alle scheinen sich zu kennen. Ich fühle mich wie im Rausch, noch bevor ich den ersten Schluck getrunken habe. Aufgeregt schaue ich mich um.

Ich bin noch nie in einer solchen Wohnung gewesen. Die Bücherregale reichen bis an die hohe Decke, und wo keine Regale stehen, hängen Bilder, abstrakte Bilder in leuchtenden Farben, dazwischen ein Frauenakt und das Portrait eines Mannes, vielleicht Werner Blacher in jungen Jahren.

»Wir fangen an«, verkündet er, und sofort wird es still.

Ich sehe, dass sich alle Augen auf Werner Blacher richten. Wie alt er wohl ist? Bestimmt über siebzig.

»Ich begrüße Sie zur heutigen Lesung und freue mich, dass Sie so zahlreich erschienen sind. Aufgrund der gestiegenen Nachfrage habe ich beschlossen, dass ich künftig nicht alle zwei Monate, sondern einmal im Monat junge Autoren zu mir einladen werde.«

Es gibt großen Applaus. Der Mann neben Irina flüstert seiner Nachbarin zu, dass er hoffe, beim nächsten Mal lesen zu dürfen.

»Vorausgesetzt ...« Werner Blacher räuspert sich. »Man lässt uns hier weiterhin zusammenkommen. Wie wir wissen, haben die inoffiziellen Mitarbeiter der Stasi ihre Augen und Ohren überall.«

Ein paar Leute schauen sich misstrauisch um, als ob sie sich vergewissern wollen, dass sich kein Stasi-Spitzel in diese Runde eingeschlichen hat. Mir läuft es plötzlich kalt den Rücken herunter. Ich habe immer wieder gehört, wie geschickt die Stasi ist. Wenn tatsächlich ein Spitzel unter uns ist, würden wir es ihm sicherlich nicht ansehen.

»Als Ersten möchte ich den Lyriker Uwe Kießling bitten, uns seine neuen Gedichte vorzustellen«, fährt Werner Blacher fort. »Uwe Kießlings Werk zeichnet sich durch starke Bilder und einen unverwechselbaren Rhythmus aus. Seine Themen sind unbequem, sowohl für diesen Staat als auch für jeden Einzelnen von uns.«

Ein Mann von Ende zwanzig, klein, blass und etwas unbeholfen, geht nach vorn und beginnt zu lesen. Ich habe mich in der Schule nie besonders für Lyrik interessiert, aber diese Gedichte berühren mich. Es geht etwas Rohes, Verletztes von ihnen aus. Sie handeln von zerschlagenen Träumen, verbotenen Gedanken und vom viel zu frühen Sterben. Uwe Kießlings Sprache ist voller Kraft und Energie. Nie hätte ich diesem so unscheinbar wirkenden Mann zugetraut, solche Texte zu schreiben.

Er bekommt viel Beifall. Sichtlich erfreut, verbeugt er sich und dankt Werner Blacher dafür, dass er es Menschen wie ihm ermögliche, seine Gedichte in der Öffentlichkeit zu präsentieren.

Als Nächster ist Günther an der Reihe. Auch er wird vom Gastgeber hoch gelobt für seine an die Balladentradition anknüpfenden Texte, aus denen viel Mut und ein ungebrochener Kampfgeist spreche.

»Günther Murbachs Gedichte sind eine Aufforderung an uns alle, uns nicht unterkriegen zu lassen.«

Gisela drückt einmal kurz meinen Arm. »Hoffentlich verhaspelt er sich nicht. Er ist so aufgeregt.«

Doch davon ist Günther nichts anzumerken. Er trägt seine Gedichte auswendig vor, ja, er singt sie beinahe. Und dabei blickt er ins Publikum. Ich kenne ihn seit meiner Kindheit. Er hat sich noch nie von jemandem einschüchtern lassen.

Es wird begeistert geklatscht. Günther scheint allen in diesem Kreis bekannt zu sein.

»Vielleicht wird ein Verlag im Westen seine Gedichte herausbringen«, flüstert Gisela mir zu. »Er hat sie neulich einem

Autor aus Hamburg mitgegeben, der sich für ihn einsetzen will.«

»Ich würde es ihm so wünschen«, flüstere ich zurück. »Das wäre wunderbar.«

»Ich habe Angst um ihn.«

»Das verstehe ich, aber ich finde es großartig, dass er aufbegehrt.«

»Die würden ihm hier doch Schwierigkeiten machen.«

»Vielleicht hat er Glück, und es passiert nichts.«

»Das sagt er auch.« Gisela seufzt. »Für ihn geht es nur darum, dass seine Texte endlich veröffentlicht werden. Alles andere kümmert ihn nicht.«

Werner Blacher erhebt sich und bittet um Ruhe. »Bei jedem meiner Leseabende ist es mir wichtig, dass unterschiedliche Formen der Literatur Berücksichtigung finden. Und so freue ich mich, heute als meinen dritten Gast den vielversprechenden jungen Schriftsteller Frank Hollmann begrüßen zu können, der aus seinem ersten Roman mit dem Titel *Der Irrweg* lesen wird. Darin setzt er sich auf differenzierte Weise mit der deutschen Geschichte in diesem Jahrhundert auseinander. Für seinen Protagonisten hat er einen ganz eigenen Ton gefunden. Sie werden merken, dieser Text lässt Sie so schnell nicht wieder los.«

Werner Blacher winkt einen Mann zu sich nach vorn, der bisher neben der Tür gestanden hat. Er ist sehr groß, hat dunkle Haare und einen Bart. Unter dem Arm trägt er eine Aktentasche, aus der er jetzt ein dickes Manuskript mit lauter Lesezeichen zieht.

»Keine Sorge, ich werde mich auf ein paar Auszüge beschränken«, sagt Frank Hollmann und lächelt.

Mir ist, als ob er mich direkt anschaut. In seinen Augen liegt etwas Freundliches, Neugieriges, vielleicht auch Fragendes. Mein Herz klopft.

Er beginnt zu lesen. Ich lausche dem sanften, melodischen Klang seiner Stimme, und erst nach einer Weile gelingt es mir, mich auf den Inhalt des Romans zu konzentrieren.

Es geht um einen Kommunisten, der unter den Nationalsozialisten im Konzentrationslager war und sich nach dem Zweiten Weltkrieg entschieden hat, beim Aufbau der DDR mitzuwirken. Er hat vom politischen System profitiert, ist in wichtige Positionen aufgestiegen, doch im Lauf der Jahre merkt er, dass er seine Ideale verraten hat. Ihm hat eine Demokratie vorgeschwebt, mit freien, mündigen Bürgern, und keine Diktatur, die ihre Bevölkerung einsperrt.

Ich höre Frank Hollmann gebannt zu. Seine Stimme steht in einem seltsamen Gegensatz zum harten Inhalt des Textes. Ich bewundere ihn dafür, dass er es wagt, so etwas zu schreiben.

In der anschließenden Diskussion ist er der gesprächigste der drei Autoren. Er wirkt so lebensfroh, so idealistisch und völlig ohne Angst.

Als ihn jemand fragt, ob er versuchen wolle, den Roman in der DDR zu veröffentlichen, schüttelt er den Kopf. »Ich weiß, dass das Buch keine Chance hat, in diesem Land zu erscheinen, aber es war mir wichtig, es zu schreiben. Danke, Werner Blacher, dass ich hier bei Ihnen lesen durfte.«

Dieser erhebt sich zum Abschluss, dankt den drei Autoren und wünscht ihnen alles Gute für ihre weitere Arbeit.

Die ersten Gäste beginnen sich zu verabschieden. Ein paar andere gehen auf die Autoren zu und gratulieren ihnen zu ihren Texten. Ein Mann lässt sich von Uwe Kießling ein Autogramm geben.

Günther schaut sich um und winkt Gisela und mir, dass wir dazukommen sollen.

»Ich weiß nicht …«, murmelt Gisela.

»Sei nicht so schüchtern«, antworte ich und ziehe sie hinter mir her.

Günther stellt uns den anderen vor. Uwe Kießling wirkt verlegen, aber Frank Hollmann lächelt, als er uns die Hand gibt.

»Die Lesung hat mir sehr gut gefallen«, sage ich. »Ich wünschte, wir könnten Ihre Texte als Bücher kaufen.«

Frank Hollmann nickt. »Das wünschen wir uns alle.«

Ob er auch versucht, im Westen einen Verlag zu finden?, überlege ich, während Frank Hollmann einer Frau ein Autogramm gibt. Er wirkt so, als würde er kein Risiko scheuen.

»Und was machst du?«, höre ich ihn da fragen. »Ich darf doch Du sagen, oder?«

»Ja, natürlich. Ich stecke mitten im Abi und hoffe, dass ich zum Medizinstudium zugelassen werde.«

»Ah. Ich studiere Germanistik.«

»Ich finde es toll, dass du den Mut hattest, einen solchen Roman zu schreiben.«

»Danke.«

Wieder habe ich das Gefühl, dass er mich auf eine besondere Weise anschaut.

Ich würde gern noch bleiben, aber Gisela und Günther wollen aufbrechen. Als ich mich von Frank verabschiede, liegt ein leichtes Zögern in seiner Stimme. Hat er ein Treffen vorschlagen wollen?

Auf dem Nachhauseweg ärgere ich mich, dass ich ihn nicht gefragt habe, ob ich sein Romanmanuskript lesen dürfe.

Irina vergrub das Gesicht in ihren Händen. Die Erinnerung an ihre erste Begegnung mit Frank war so schmerzhaft, dass sie es kaum ertragen konnte. Wie anders hatte sie sich damals als Achtzehnjährige gefühlt. Sie war voller Energie, das Leben lag vor ihr, nichts schien unmöglich zu sein. Sie hatte keine Ängste, war nicht unsicher, und es fiel ihr nicht schwer, vor einer größeren Gruppe von Menschen zu sprechen. Das wäre heute völlig undenkbar. Schon die bloße Vorstellung hatte etwas zutiefst Bedrohliches für sie. Sie konnte froh sein, dass sie es in ihrem Beruf immer nur mit einer Person zu tun hatte.

Nach einer Weile stand sie auf und ging ins Schlafzimmer zurück. Stefan schlief. Er sah so friedlich aus, wie er dort lag und ganz ruhig atmete.

3.

Ihr Wecker klingelte um zwanzig nach sechs. Irina war so erschöpft, dass sie nur mit Mühe die Augen öffnen konnte.

»Gut geschlafen?«

Vor ihr stand Stefan, fertig angezogen und mit seinem Fahrradhelm unter dem Arm.

»Es geht so.«

»Ich will direkt nach der Arbeit zum Sport. Essen wir gegen sieben?«

»Lass mich erst mal in Ruhe wach werden.«

»Es wird heute sehr heiß und schwül. Denk dran, im Wohnzimmer die Gardinen zuzuziehen.« Er küsste sie zum Abschied.

Irina richtete sich auf. Sie musste sich beeilen. Um acht kam ihre erste Patientin. In der Mittagspause könnte sie es schaffen, zu ihrer Buchhandlung zu fahren. Sie würde erst wieder zur Ruhe kommen, wenn sie einen Blick in Franks Autobiografie geworfen hatte.

Der Vormittag verging so langsam, dass Irina mehrmals glaubte, ihre Uhr sei stehen geblieben. Es fiel ihr schwer, sich auf die Behandlungen zu konzentrieren. Ein älterer Patient, den sie seit Langem kannte, fragte sie, ob es ihr nicht gut ginge, sie sei ungewöhnlich still. Irina murmelte, dass sie starke Kopfschmerzen hätte. Das liege sicherlich an dem drückenden Wetter, meinte er und wünschte ihr baldige Genesung.

Zwischendurch sah sie, dass Jenny ihr eine WhatsApp geschickt hatte. *Ich freue mich schon darauf, mit dir zusammen Mittag zu essen.* Diese Verabredung mit ihrer neuen, jungen Kollegin hatte Irina ganz vergessen. *Es tut mir leid,* schrieb sie zurück. *Ich habe wahnsinnige Kopfschmerzen. Wir müssen unser Treffen leider verschieben.* Kurz darauf antwortete Jenny: *Du Arme! Gute Besserung!* Irina fuhr sich mit beiden Händen durch ihre Haare. Sie mochte diese Notlügen nicht.

Als sie um kurz nach halb eins gehen wollte, sah sie ihre Chefin Nicole über den Terminplan gebeugt an der Rezeption sitzen. Hoffentlich war niemand krank geworden. Irina sprang oft für ihre Kolleginnen ein, aber heute hatte sie keine Zeit.

Nicole blickte hoch und lächelte. »Geht's dir besser?«

»Woher weißt du, dass …«

»Der alte Herr Hartung sagte mir, dass du starke Kopfschmerzen hättest.«

»Ja, ich … habe etwas eingenommen.«

Nicole sah sie besorgt an. »Andere hätten sich vermutlich längst krankgemeldet. Du bist so gewissenhaft, Irina. Ohne dich wäre der Laden hier schon so manches Mal zusammengebrochen. Aber du darfst dich auch nicht übernehmen.«

»Nein … Die Tablette wird bestimmt bald helfen.«

»Willst du nach Hause gehen? Vielleicht finde ich für ein oder zwei deiner Nachmittagspatienten eine Vertretung. Und wenn nicht, sage ich die Termine ab.«

»Auf keinen Fall. Ich komme, wie geplant, um halb zwei zurück.«

Nicole lächelte wieder. »Du bist meine eiserne Stütze. Wenn ich dich nicht hätte.«

»Danke. Bis nachher.«

Auf dem Weg zu ihrem Fahrrad dachte Irina an ihr Vorstellungsgespräch vor zwanzig Jahren, kurz nachdem Nicole ihre Praxis eröffnet hatte. Sie waren sich sofort sympathisch gewesen. Und auch wenn Irina über Nicoles Privatleben nicht viel mehr wusste, als dass sie eine begeisterte Rennradfahrerin war, mit ihrem Partner zusammenlebte und keine Kinder hatte, so war sie doch nicht nur eine Chefin für sie. Sie konnten sich hundertprozentig aufeinander verlassen, und in einer Notsituation würde Irina sich ohne zu zögern an sie wenden. Sie wurde von ihr gut bezahlt und gut behandelt. Wenn hier etwas eine eiserne Stütze war, dann diese Stelle, die sie um nichts in der Welt aufgeben würde.

Bis zu ihrer Buchhandlung brauchte sie nicht länger als zehn Minuten. Sie sah sofort, dass eines der Schaufenster ausschließlich Franks Buch gewidmet war. Der leuchtend rote Titel auf dem dunkelblauen Umschlag hatte etwas von einer Schlagzeile in einer Boulevardzeitung. Ob Frank ein solcher Stil gefiel?

Hinter den vielen Exemplaren, die hier ausgebreitet lagen, hingen Werbeplakate des Verlages mit demselben Text, der auch in der Zeitung gestanden hatte.

ES GAB FÜR MICH KEINE ALTERNATIVE
Die seit Langem erwartete Autobiografie
von Frank Hollmann

Schon der Titel ist falsch, schoss es Irina durch den Kopf. Es gab für *uns* keine Alternative.

Sie betrat den Laden, begrüßte die Buchhändlerin Frau Sasse, die sie seit Langem kannte, und zwang sich, nicht gleich auf den Büchertisch in der Mitte zuzustürzen, auf dem Franks Buch stapelweise auslag. Stattdessen wandte sie sich den literarischen Neuerscheinungen zu, blätterte in diesem und jenem Roman, ohne wirklich wissen zu wollen, worum es in diesen Büchern ging.

»Frau Lohrisch, darf ich Ihnen behilflich sein?«

Irina schaute hoch. Frau Sasse stand vor ihr und lächelte.

»Suchen Sie etwas für sich oder ein Geschenk?«

»... Etwas für mich.«

»Da habe ich ein Buch für Sie, das ich Ihnen wärmstens empfehlen kann. Ich habe es gerade hereinbekommen.« Sie griff nach Franks Autobiografie. »Wir Buchhändler haben ja immer das Glück, schon vorab in den Leseexemplaren stöbern zu dürfen. Als ich mit der Lektüre von *Es gab für mich keine Alternative* begonnen habe, konnte ich das Buch nicht mehr aus der Hand legen. Ich habe bis morgens um vier gelesen. Frank Hollmann hat eine Geschichte, die einen bis ins Mark erschüttert. Was dieser Mann in der DDR alles durchgemacht hat!«

»Ja, ich ... habe von dem Buch gehört«, murmelte Irina, ohne Frau Sasse anzusehen.

»Ich bin ein großer Fan seiner Romane, doch seine Autobiografie übertrifft alles. Sie ist spannender als jeder Krimi. Und wenn man bedenkt, dass das alles tatsächlich passiert ist! Erstaunlich, dass so jemand nicht einfach aufgegeben hat.«

»Ja ...«

»Aber es ist ein aufwühlendes Buch. Wenn Sie eher etwas zur Entspannung suchen, wäre es nicht das Richtige.«

»... Ich werfe mal einen Blick hinein.«

»Bitte.«

Irina Hand zitterte, als sie das Buch entgegennahm.

Frau Sasse stutzte. »Sie sind plötzlich ganz blass. Ist Ihnen nicht gut?«

»Ich ... habe schlimme Kopfschmerzen.«

»Setzen Sie sich. Ich hole Ihnen etwas zu trinken.«

»Das ist nett von Ihnen.«

Irina sank in den Sessel. Sie betrachtete das teuer aufgemachte Buch und schlug es langsam auf. Die Buchstaben verschwammen vor ihren Augen. Sie würde es nicht einmal schaffen, den Klappentext zu lesen. Ob es hinten ein Foto von Frank gab? Nein.

»Hier. Das wird Ihnen guttun.« Frau Sasse reichte ihr ein Glas Wasser.

»Danke.« Irina trank es in einem Zug aus.

»Die Schwüle hat es in sich. In unserem Alter steckt man die Belastungen durch das Wetter nicht mehr so ohne Weiteres weg.«

»Da haben Sie recht. Ich … ich glaube, es geht mir schon etwas besser.«

Sie legte das Buch beiseite und stand auf. »Vielleicht komme ich ein andermal auf die Autobiografie zurück.«

»Ja, natürlich. Wenn Sie mögen, empfehle ich Ihnen gern eine leichtere Lektüre.«

»Leider muss ich jetzt los. Meine Patienten warten auf mich.«

»Dann wünsche ich Ihnen gute Besserung. Und bis zum nächsten Mal.«

Irina atmete auf, als sie den Laden verlassen hatte. Auch beim nächsten Mal würde sie Franks Buch nicht kaufen. Und sie würde alles, was damit zusammenhing, von sich fernhalten.

4.

Eine Woche später blätterte Irina beim Abendbrot in der Fernsehzeitung und sah, dass für zweiundzwanzig Uhr eine Büchersendung angekündigt wurde, in der auch Franks Autobiografie auf dem Programm stand. Wieder spürte sie die bekannte Aufregung. Statt ins Bett zu gehen, würde sie sich die Sendung anschauen, obwohl sie wusste, dass es nicht gut für sie war. Stefan spielte heute Abend Skat; vor elf würde er nicht zurückkommen.

In den vergangenen Tagen hatte sie sich darum bemüht, wieder in ihr normales Leben zurückzufinden. Sie hatte am Sonntag für die ganze Woche vorgekocht, war jeden Morgen vor der Arbeit schwimmen gegangen und hatte ihre neue Kollegin Jenny zum Mittagessen getroffen. Aber es war ihr nicht gelungen, den Gedanken an Frank und sein Buch zu verdrängen. Im Gegenteil, sie hatte sämtliche Besprechungen in den Zeitungen und Zeitschriften gelesen, die im Warteraum der Praxis auslagen, hatte sich Podcasts von mehreren Rezensionen im Radio angehört und eine Talkshow im Fernsehen gesehen, in der frühere DDR-Bürgerrechtler mit Journalisten über Franks Buch diskutierten. Alle überschlugen sich in ihrem Lob. Es war Irina beinahe unheimlich, dass es keine einzige kritische Stimme gab.

Stefan gegenüber wurde sie immer routinierter darin, es sich nicht anmerken zu lassen, was sie beschäftigte. Im Grunde war es ganz leicht. Solange bei ihnen alles seinen gewohnten Gang ging, sie kochte, die Wohnung in Ordnung hielt und guter Stimmung war, stellte er keine Fragen.

Um kurz vor zehn schaltete sie den Fernseher ein. Sie hatte plötzlich die irrationale Hoffnung, dass der Literaturkritiker ein Interview mit Frank geführt haben könnte und sie ihn gleich zum ersten Mal nach vierzig Jahren vor sich auf dem Bildschirm sehen würde. Aber natürlich folgte kein Interview, weil Frank für so etwas nicht zur Verfügung stand. Stattdessen unterhielt sich der Kritiker mit einem jungen Autor aus Frankfurt an der Oder über diese, wie sie sagten, bewegende Ost-West-Geschichte, die noch einmal verdeutliche, wie brutal die DDR mit denjenigen umgegangen sei, die sich der Diktatur nicht unterordnen wollten.

Irina runzelte die Stirn. Was sollte dieses Gespräch? Der Autor war nicht älter als dreißig. Was wusste er über die Brutalität in der DDR?

»Frank Hollmann ist mein großes Vorbild. Ich bewundere ihn für seine Art zu schreiben und für seine Integrität. Er hatte den Mut und die Kraft, zu seinen Überzeugungen zu stehen.«

»Was durchaus nicht selbstverständlich war«, warf der Kritiker ein.

»Nein, ganz und gar nicht.« Der junge Autor räusperte sich und trank einen Schluck Wasser. »Gerade in Zeiten, in denen sich eine gewisse Ostalgie breitzumachen droht, ist es wichtiger denn je, auf eine Stimme wie die von Frank Hollmann zu hören. Auf eindrückliche Weise und in dem ihm ganz eigenen Ton vermittelt er einen Einblick in die perfide und sadistische Vorgehensweise der Stasi, deren erklärtes Ziel es war, Regimegegner zu zersetzen, das heißt, ihren Willen zu brechen.«

»Bei Frank Hollmann ist der Stasi dies zum Glück nicht gelungen«, meinte der Kritiker. »Aber er verhehlt auch nicht, dass die Inhaftierung ihn sehr verändert hat und die Folgen immer noch fortwirken.«

Ob er es in geschlossenen Räumen auch nicht aushält?, schoss es Irina durch den Kopf.

»Vielleicht ist darin der Grund dafür zu suchen, warum Frank Hollmann seit vielen Jahren so zurückgezogen lebt«, fuhr der junge Autor fort. »Er sagt ganz offen in seiner Autobiografie, dass er sich für beziehungsunfähig halte. Seine Ehe ist gescheitert, und er hat keinen Kontakt mehr zu seinem Sohn.«

Der Kritiker nickte. »Frank Hollmann hat in der Tat einen hohen Preis bezahlt.«

Irina spürte, wie auf einmal eine ungeheure Wut in ihr hochkam. Sie griff nach der Fernbedienung und schaltete die Sendung aus. Keine Sekunde länger hätte sie dieses mitleidheischende Gerede ertragen.

Sie sprang auf und lief auf den Balkon. Es war immer noch warm, irgendwo wurde gegrillt, unter ihr brauste der Verkehr. Ja, politisch gesehen mochte Frank Hollmann ein Held sein, der für andere ein Vorbild war. Doch niemand kannte den Privatmenschen, der sich ihr gegenüber so schäbig verhalten hatte. Über den hätte Frank auch kein Buch geschrieben.

Die Wut half Irina, von dem Thema Abstand zu gewinnen. Nach einiger Zeit stellte sie fest, dass sie immer seltener an Frank dachte.

Sie war auf dem Weg zur *Trattoria Calabria.* Fast drei Wochen waren seit jenem Tag vergangen, an dem sie das Treffen mit Marlies absagen musste. Es hatte eine Weile gedauert, bis es ihnen gelungen war, einen neuen Termin zu finden. Marlies kümmerte sich jetzt noch intensiver um ihre alte Mutter. Und Irina passte inzwischen mehrmals in der Woche abends auf Leonie auf, weil Svenja von André so unter Druck gesetzt wurde, ihn zu begleiten, nicht nur zu Geschäftsessen, sondern auch zum Tennis-Doppel mit Freunden, zu einem Jazzkonzert oder Drinks in einer neuen Cocktailbar. André brauche abends Ablenkung von seinem stressigen Job, entschuldigte Svenja sein Verhalten. Irina hatte immer mehr den Eindruck, dass André so lebte wie vor der Geburt von Leonie. Und es beunruhigte sie, dass Svenja sich anscheinend damit abgefunden hatte.

Als Irina in der *Trattoria Calabria* ankam, saß Marlies bereits an ihrem Lieblingstisch am Fenster. Sie begrüßten sich und bestellten als Erstes ein Glas Prosecco.

»Auf uns«, sagte Marlies. »Wollen wir hoffen, dass meine Mutter und deine Tochter uns in den nächsten Stunden in Ruhe lassen.«

Irina nickte. »Wie geht es dir?«

»Ich bin erschöpft.«

»Das sieht man dir nicht an.«

Marlies grinste. »Du weißt doch, ich verlasse das Haus nie ohne Make-up.«

»Svenja meinte neulich zu mir, dass du glatt für Anfang fünfzig durchgehen könntest.«

»Danke für das Kompliment. Zurzeit fühle ich mich eher wie Anfang siebzig.«

»Ich glaube, Svenjas Bemerkung war auch als dezenter Hinweis an mich gedacht, dass ich mir wie du die Haare färben sollte.«

»Fang besser gar nicht erst damit an. Außerdem sehen deine weißen Haare doch sehr schön aus.«

Jetzt trat die Kellnerin an ihren Tisch und erläuterte ihnen die Tagesgerichte. Sie entschieden sich beide für ein Risotto mit Garnelen, dazu einen Salat.

»Möchten Sie zum Essen ein Glas Wein?«

Marlies schaute Irina fragend an.

»Lieber nicht. Ich muss morgen sehr früh raus.«

»Dann nehmen wir nur eine Flasche Mineralwasser.«

Nachdem die Kellnerin gegangen war, kam Marlies wieder auf Svenja zu sprechen. Ihrer Meinung nach verlange sie zu viel von Irina. Wenn das Paar schon mehrmals in der Woche abends ausgehen müsse, dann solle es sich gefälligst nach einem geeigneten Babysitter umsehen. André verdiene doch als IT-Manager mehr als genug.

»Ja«, seufzte Irina. »Svenja versucht auch immer wieder, jemanden zu finden, der auf Leonie aufpasst. Aber entweder sind die jungen Frauen unzuverlässig und sagen im letzten Augenblick ab, oder Leonie mag sie nicht und schreit stundenlang.«

»Dann müssen sie sich etwas anderes überlegen. Du arbeitest schließlich den ganzen Tag, im Gegensatz zu deiner Tochter, die sogar eine Putzfrau hat, wenn ich mich richtig erinnere. Lass dich nicht ausnutzen.«

»Ich weiß …«

»Sie haben sich entschieden, ein Kind zu bekommen. Da können sie nicht einfach so weiterleben, als gäbe es dieses Kind nicht.«

»Du hast ja recht.«

»Und warum sagst du nicht Nein?«

»Weil ich mir Sorgen um Svenja mache.«

»Wieso?«

»Es … hat mit André zu tun. Ich glaube, er hat wenig Interesse an Leonie.«

»Wirklich?«

»Ja, seit zwei, drei Wochen kommt es mir so vor, als ob sie ihm richtig auf die Nerven geht.«

»Spricht Svenja mit dir darüber?«

»Nein. Vielleicht täusche ich mich auch. Als Leonie geboren wurde, hatte ich das Gefühl, dass André sehr glücklich war, Vater geworden zu sein. Aber seitdem sie Zähne bekommt und krabbeln kann, ist das Leben mit ihr natürlich etwas anstrengender.«

Irina war froh, dass die Kellnerin ihnen in diesem Moment das Essen brachte. Es versetzte ihr jedes Mal einen Stich, wenn sie an André dachte. Sie hoffte, dass Marlies nicht auf das Thema zurückkommen würde, doch sie ließ nicht locker.

»Befürchtest du, dass die Ehe der beiden in Gefahr ist?«

Irina nickte.

»Oh, das tut mir leid. Was sagt Stefan dazu?«

»Ihm ist es auch aufgefallen. Er hatte von Anfang an leichte Vorbehalte gegen André, weil er aus so wohlhabenden Kreisen stammt. Aber dann hat es ihn wiederum auch beeindruckt, dass sein Schwiegersohn Svenja einen ganz anderen Lebensstandard ermöglichen kann, als sie ihn bisher gewöhnt war.«

»Hoffen wir, dass die junge Familie doch noch einen guten Weg miteinander findet«, sagte Marlies und trank ihren Prosecco aus.

»Und wie sieht's bei dir aus?«

»Meine Mutter ist vor zehn Tagen wieder gestürzt. Und seitdem scheint sie darüber nachzudenken, ob es nicht besser wäre, wenn jemand bei ihr wohnt.«

»Das ist ein Fortschritt.«

»Ja. Ich wäre so erleichtert, wenn sich da eine Lösung finden ließe. In der letzten Woche war ich jeden Abend bei ihr, weil es so viel zu regeln gab. Sie hat schließlich niemanden außer mir.«

»Du bist ihr immer eine gute Tochter gewesen.«

»Ich weiß nicht … Auf jeden Fall tut sie mir unendlich leid. Das Altwerden ist so schwer. Ich fühle mich oft völlig hilflos den Bedürfnissen meiner Mutter gegenüber.«

Irina schaute aus dem Fenster. Sie hatte es nie aus nächster Nähe miterlebt, wie es war, wenn ein Angehöriger alt und gebrechlich wurde. Ihr Vater war 1960 an einem Herzinfarkt gestorben. Und Stefans Eltern lebten auch nicht mehr.

»Ich schaffe es meistens, auf ihre körperlichen Beschwerden angemessen zu reagieren, weil ich mich damit auskenne«, hörte sie Marlies sagen. »Aber mit ihren Stimmungsschwankungen und ihrer Einsamkeit kann ich nicht gut umgehen.«

Irina wandte sich wieder zu ihr um. »Vielleicht fällt es dir leichter, wenn sie regelmäßig versorgt wird und ihr euch nicht mehr jeden Tag seht.«

»Ja, das kann sein.«

Sie schwiegen eine Zeit lang, bis Marlies plötzlich nach Irinas Hand griff. »Meine Bemerkung neulich am Telefon tut mir sehr leid.«

»Du hast dich schon dafür entschuldigt.«

»Es war sehr unsensibel.«

»Jedem von uns rutscht mal etwas Unpassendes heraus.«

»Danke, dass du es so siehst. Ich musste in den letzten Tagen immer wieder daran denken, weil ich gerade ein Buch lese, das dich auch sehr interessieren wird.«

Nein, bitte nicht, dachte Irina. Aber da begann Marlies schon, ihr voller Begeisterung von der Autobiografie Frank Hollmanns zu erzählen.

»Ich glaube, ich möchte jetzt doch ein Glas Wein«, versuchte Irina den Redefluss zu unterbrechen. »Wie ist es mit dir?«

»Ja, gern.«

»Rot oder weiß?«

»Weiß«, antwortete Marlies.

Kaum hatte Irina die Bestellung aufgegeben, fuhr Marlies fort, über dieses, wie sie sagte, beeindruckende Buch zu sprechen, das ihr noch einmal in aller Schärfe vor Augen führe, wie erbarmungslos die DDR mit Menschen umgegangen sei, deren Fluchtversuche gescheitert waren.

»Ja …«

»Und wenn ich mir vorstelle, dass du einer dieser Menschen warst und zweieinhalb Jahre in diesem entsetzlichen Stasi-Gefängnis Hohenschönhausen gesessen hast, wird mir ganz schlecht.«

Die Kellnerin brachte ihnen den Wein. Irina stieß beinahe ihr Glas um, bevor sie hastig ein paar Schlucke trank.

»Hey, was hast du?«, fragte Marlies erschrocken.

»Hohenschönhausen ist kein gutes Thema.«

»Nein, aber …«

»Ich möchte nicht weiter darüber reden.«

»Irina, das alles liegt doch sehr lange zurück. Ich hätte nicht gedacht, dass dir die Sache immer noch so nahegeht.«

»Es war eben keine Sache«, antwortete Irina eine Spur zu laut. »Es war mein Leben.«

»Ja, natürlich. Trotzdem frage ich mich, warum du so heftig reagierst.«

»Und ich frage mich, warum ausgerechnet du dich darüber wunderst. Du kennst mich doch. Ich habe Angst vor dem Alleinsein. Bei dem Gedanken an kleine, geschlossene Räume bricht mir der Schweiß aus. Ich kann keinen Aufzug nehmen, durch keinen Tunnel fahren …«

»Ich weiß. Aber in den letzten Jahren warst du viel stabiler. Du hast Erfolg in deinem Beruf. Stefan und du, ihr liebt euch, und er gibt dir Halt. Die Beziehung zu deiner Tochter ist bestens. Du bist eine tolle Oma. All das zeigt doch, dass du dein Leben im Griff hast.«

Irina zuckte mit den Achseln.

»Sonst wäre ich niemals auf die Idee gekommen, dir dieses Buch zu empfehlen.«

»Ich bin eben dünnhäutiger, als du denkst.«

Marlies seufzte. »Du hast recht.« Sie nahm wieder ihre Hand. »Lass uns die letzten zehn Minuten einfach löschen. Mir fehlt manchmal das nötige Einfühlungsvermögen im Umgang mit Menschen.«

»Das stimmt. Aber mach dir jetzt keine Gedanken mehr über mich.«

»Doch, ich zweifele allmählich an mir selbst. Du bist meine beste Freundin. Wie kann es sein, dass ich mich so geirrt habe?«

»Ich bin gleich wieder da«, murmelte Irina und stand auf.

Anstatt auf die Toilette zu gehen, blieb sie im Vorraum stehen und schaute in den Spiegel. Zum ersten Mal seit Jahren hatte sie wieder diesen verängstigten Blick. Marlies' Gespür war genau richtig gewesen. Bis vor Kurzem hatte sie ihr Leben im Griff gehabt. Aber seit dem Erscheinen von Franks Buch war alles ins Wanken geraten. Sollte sie ihr erzählen, dass der Autor, dessen Autobiografie sie gerade so begeistert las, die Liebe ihres Lebens gewesen war? Nein, dann würde sie auch alles andere erzählen müssen, und das schaffte sie nicht.

Sie kehrte an den Tisch zurück. Marlies hatte ihren Wein schon ausgetrunken und die Rechnung bestellt.

»Ich lade dich ein.«

Irina protestierte, doch Marlies war von ihrem Entschluss nicht abzubringen.

»Das ist das Mindeste, was ich heute für dich tun kann.«

Beim Abschied fragte sie Irina unvermittelt, ob in den letzten Wochen irgendetwas vorgefallen sei.

Irina schüttelte den Kopf. »Wieso?«

»Du kommst mir verändert vor.«

»… Wahrscheinlich ist es meine Sorge um Svenja und ihre Familie.«

»Ja, das wird es wohl sein.«

Sie nahmen sich in die Arme, dann gingen sie zu ihren Rädern.

»Du weißt ja, ich bin immer für dich da, wenn du mich brauchst«, rief Marlies ihr im Wegfahren zu.

Irina sah ihr nach und wünschte, sie hätte offen mit ihr reden können.

5.

Drei Tage lang rang sie mit sich, dann fuhr sie in die Innenstadt und kaufte in einer der großen Buchhandlungen Franks Autobiografie. Natürlich hätte sie auch zu Frau Sasse gehen können, aber sie wollte nicht noch einmal ihr überschwängliches Lob hören, sondern sich das Buch so anonym wie möglich besorgen. An der Kasse steckte sie es schnell in ihren Rucksack, was völlig unnötig war. In dem Gedränge achtete niemand auf die Bücher, die ein anderer erworben hatte.

Stefan spielte an diesem Abend Fußball. Sie wusste, dass er frühestens um halb neun nach Hause kommen würde. Als sie die Wohnungstür aufschloss, vergewisserte sie sich noch einmal, dass er wirklich nicht da war. Dann zog sie das Buch aus dem Rucksack, riss die Plastikfolie ab und wollte die erste Seite aufschlagen, aber ihr war, als ob sie einen Gegenstand in der Hand hätte, an dem sie sich gleich verbrennen würde.

Sie legte das Buch unter den Stapel auf ihrem Nachttisch und beschloss, ein Bad zu nehmen. Wenn es ihr nicht gelang, sich zu entspannen und an etwas anderes zu denken, würde sie die ganze Nacht wach liegen.

Stefan kam erst um kurz vor zehn zurück. Irina stellte sich schlafend, um nicht mit ihm sprechen zu müssen. Sie war innerlich immer noch so aufgewühlt, dass sie Angst hatte, es nicht vor ihm verbergen zu können. Sobald sie in eine Krise geriet, konnte sie nicht mehr normal atmen. Dann sprach sie mit flacher, gepresster Stimme, und Stefan wusste sofort Bescheid.

Sie hörte, wie er ins Badezimmer ging und sich die Zähne putzte. Gleich würde er das Klappfenster schließen, weil ihn der Verkehrslärm störte. Seit über dreißig Jahren war ihr Stefans Routine vertraut. Er wich nie von dem ab, was er ›die geregelte Struktur seines Alltags‹ nannte. Sie hatte sich bewährt, also wurde sie befolgt. Es hatte etwas zutiefst Beruhigendes für Irina, dass auf Stefan Verlass war. Er fing sie auf, wenn sie wieder von einer Panikattacke gepackt wurde.

Jetzt kam er auf Zehenspitzen ins Schlafzimmer, zog sich leise aus und legte sich ins Bett. Er knipste wie immer sofort das Licht aus, und es dauerte nicht lange, bis er eingeschlafen war.

Irinas Gedanken begannen wieder zu rasen. Warum fiel es André so schwer, in seine Rolle als Vater hineinzufinden und mehr Zeit mit seiner Tochter zu verbringen? Und was war, wenn die Ehe scheiterte und Svenja allein für Leonie verantwortlich sein würde? Müsste sie ihr dann nicht noch mehr zur Seite stehen? Aber das würde bedeuten, dass sie nur noch halbtags arbeiten könnte. Stefan würde das mit Sicherheit gut finden. Und vielleicht hätte er ja auch recht. Familie ging vor. Natürlich würde sie Svenja helfen wollen, wenn sie in Not wäre.

Er fing an zu schnarchen. Irina tastete nach ihren Ohrstöpseln. Sie musste versuchen abzuschalten. Morgen war Samstag, da hatte sie frei. Sie würde ausschlafen und in Ruhe frühstücken. Und nach dem Einkaufen könnten Stefan und sie schwimmen gehen oder eine Radtour machen oder ins Alte Land fahren und dort spazieren gehen. Aber so wie sie ihn kannte, würde er lieber im Schrebergarten arbeiten. Da mussten die Blumen gegossen werden, er würde die Hecke schneiden wollen. Und hatte er nicht auch davon gesprochen, die Pflaumen zu ernten?

Irina drehte sich auf die andere Seite. Sie war so erschöpft und trotzdem hellwach. Warum quälte sie sich mit diesen Fragen? Ging ihr all das nur deshalb durch den Kopf, weil sie nicht an Frank denken wollte?

In den Tagen nach der Lesung bei Werner Blacher überlege ich, wie ich Franks Anschrift herausbekommen kann. Natürlich könnte ich Gisela bitten, Günther zu fragen. Die drei Autoren haben bestimmt Adressen ausgetauscht. Aber ich scheue davor zurück, weil erst einmal niemand wissen soll, dass ich Frank wiedersehen will.

Am Freitag, in der Deutschstunde, beschließe ich, nachmittags Werner Blacher zu schreiben, dass ich Interesse habe, Frank Hollmanns Romanmanuskript zu lesen. Ob er vielleicht den Kontakt zu ihm herstellen könne.

Als ich nach der Schule nach Hause komme, liegt ein Brief von Frank in unserem Briefkasten. Seine Handschrift ist schwungvoll und schwer zu lesen, nur den Absender hat er in deutlichen Druckbuchstaben geschrieben. Er wohnt nicht weit von mir entfernt. Ich stutze. Der Umschlag hat keine Briefmarke. Frank muss den Brief persönlich bei uns eingeworfen haben.

Ich öffne die Haustür. Vielleicht steht er irgendwo da draußen und kommt gleich auf mich zu.

Nein, da ist niemand.

Ich renne die Treppen in den dritten Stock hinauf. Mutter hat heute Frühschicht. Wenn es keinen Notfall gegeben hat, ist sie vermutlich schon aus dem Krankenhaus zurück.

Die Wohnungstür ist noch abgeschlossen. Erleichtert laufe ich in mein Zimmer und reiße den Umschlag auf.

Berlin, den 7. Juni 1974

Liebe Irina!

Von Günther Murbach habe ich erfahren, wo Du wohnst. Ich fand es sehr schön, daß Du am letzten Freitag zu unserer Lesung gekommen bist. Gibt es die Chance, Dich zu treffen?

Viele Grüße

Frank

Ich streiche über das weiße Blatt Papier. Mein Herz klopft. Ich werde Frank gleich antworten und den Brief noch heute bei ihm einwerfen.

In dem Moment höre ich Mutter zurückkommen. Schnell stecke ich den Brief in den Umschlag und lasse ihn in der Schreibtischschublade verschwinden. Ich werfe einen Blick in den Spiegel. Mein sonst so blasses Gesicht ist leicht gerötet, und meine Augen leuchten. Ich atme ein paarmal tief durch. Mutter soll nicht merken, wie aufgeregt ich bin.

»Irina?«

»Ja …« Ich öffne meine Zimmertür und trete in den Flur.

Mutter steht an der Garderobe und kämmt ihre dünnen Haare. Sie sieht müde aus.

»Schön, dass du schon da bist.«

»Wie war deine Schicht?«

»Anstrengend. Zwei Mandel-OPs, eine schwierige Magen-OP, und dann wurde noch eine junge Frau mit einem geplatzten Blinddarm eingeliefert.«

»Oje. Wart ihr wenigstens ein gutes Team?«

Sie nickt. »Dr. Blomberg hat operiert.«

»Der ist doch sehr gut.«

»Ja, aber es kann sein, dass die junge Frau eine Sepsis bekommt und es nicht schaffen wird.«

Ich nehme Mutter in die Arme und gebe ihr einen Kuss. »Diese schwierigen Fälle dürfen dir nicht immer so nahegehen.«

»Das sagst du so leicht.«

»Jetzt ruh dich erst mal aus. Ich kann einkaufen und für uns was kochen.«

»Kind, du musst doch lernen. Nächste Woche sind die mündlichen Prüfungen.«

»Na und? Ich habe heute erfahren, dass ich in Bio und Chemie drankomme. Da kann nichts mehr schiefgehen.«

Mutter lächelt. »Ich wäre so stolz auf dich, wenn du zum Medizinstudium zugelassen würdest.«

»Das wird schon klappen.«

»Den Optimismus hast du von deinem Vater. Der glaubte auch, dass man alles erreichen kann, wenn man nur will.«

»Na, siehst du.«

»Und dann hat sein Herz versagt. Da war er gerade mal dreißig.«

»Komm, Mama, leg dich hin. Soll ich dir ein Käsebrot schmieren?«

»Ich habe keinen Hunger.«

»Du musst aber etwas essen. Sonst nimmst du wieder ab.«

»Ist gut«, seufzt sie und streichelt mir die Wange. »Was würde ich nur ohne dich machen.«

Ich gehe in die Küche. Wenn Mutter nicht so erschöpft wäre, hätte sie mir die Aufregung bestimmt angesehen.

Es sind noch Margarine und ein Käserest im Kühlschrank, in der Brottrommel liegt ein halbes Graubrot. Mutter kriegt den Käse, ich selbst esse eine Scheibe Brot mit Marmelade.

Als ich ins Wohnzimmer komme, schläft Mutter bereits auf dem Sofa. Ich stelle leise den Teller auf den Tisch und verziehe mich in mein Zimmer.

Ohne lange zu überlegen, greife ich nach meinem Briefblock und fange an zu schreiben.

Berlin, den 7. Juni 1974

Lieber Frank!
Ich habe mich über Deinen Brief sehr gefreut. Hast Du morgen Nachmittag Zeit? Ich könnte um vier am Kollwitzplatz sein.
Herzliche Grüße
Irina

Ich adressiere den Umschlag, hole die Einkaufstasche aus der Küche und verlasse die Wohnung.

Mit dem Rad brauche ich bis zu Franks Haus nur zehn Minuten. Es ist ein altes, hohes Gebäude, noch baufälliger als das, in dem ich mit Mutter lebe.

Ich studiere die vielen Namensschilder an den Briefkästen. Hier scheinen sich fünf, sechs oder sieben Personen jeweils eine Wohnung zu teilen. Bisher habe ich nicht darüber nachgedacht, dass Frank vermutlich nicht mehr bei seinen Eltern wohnt. Er ist ein paar Jahre älter als ich, und nach dem kurzen Eindruck, den ich von ihm gewonnen habe, passt es zu ihm, dass er mit anderen in einer Gruppe zusammenlebt.

Schließlich entdecke ich seinen Namen auf einem der Schilder und werfe den Brief ein.

Als ich wieder auf mein Rad steigen will, zögere ich plötzlich. Hätte ich vielleicht einfach bei ihm klingeln sollen? Nein.

In dem Moment höre ich, wie jemand ›Irina‹ ruft. Ich drehe mich um und sehe Frank auf der anderen Straßenseite stehen. Mir schießt das Blut in den Kopf.

Jetzt kommt er auf mich zugelaufen. Ich kann mich nicht rühren.

»Da bist du ja«, sagt er und lächelt.

»Ich habe gerade einen Brief bei dir eingeworfen.« Meine Stimme klingt ganz normal, dabei könnte ich vor Freude jubeln.

»Hast du Zeit?«

Ich nicke.

»Wir könnten zum Kollwitzplatz gehen.«

»Den hatte ich dir in meiner Antwort auch als Treffpunkt vorgeschlagen.«

»Für wann?«

»Morgen Nachmittag.«

»Das ist doch prima. Dann sehe ich dich morgen schon wieder.«

Er legt den Arm um meine Schulter und zieht mich an sich. Es scheint das Selbstverständlichste der Welt zu sein.

Irina spürte einen Kloß im Hals. Sie sah Frank vor sich, wie er sie an jenem Abend bei Werner Blacher angeschaut hatte. In dem Moment hatte sie sich in ihn verliebt. Ja, es war Liebe auf den ersten Blick. Sie hatte sich mit Gisela über dieses Klischee immer lustig gemacht. Wie sollte es möglich sein, sich in jemanden zu verlieben, den man gar nicht kannte? Aber genau darin lag das Verrückte, das Wunderbare, das Einzigartige: Ihr war, als würde sie Frank schon immer kennen. Von Anfang an war sie ihm nahe gewesen, hatte ihm vertraut, so wie sie es vorher und nachher nie wieder erlebt hatte.

Die Morgensonne ist warm. Wir laufen am Spreekanal entlang. Ich greife nach Franks Hand, streiche über seine langen, schmalen Finger. Er bleibt plötzlich stehen, beugt sich zu mir herunter und küsst mich. Seine Lippen sind warm und weich,

ich schließe die Augen, ein Gefühl des Glücks durchströmt mich, und gleichzeitig kann ich kaum glauben, was gerade geschieht.

Als wir uns voneinander lösen, öffne ich die Augen und will etwas sagen, aber ich bekomme kein Wort heraus.

Frank nimmt mein Gesicht in seine Hände. »Wie gut, dass du neulich zu der Lesung gekommen bist.«

In seinem Lächeln liegt so viel Zärtlichkeit, dass sich in meinem Innern etwas zusammenzieht. Es ist, als hätte sich eine Sehnsucht nach etwas erfüllt, was ich bisher nicht einmal hätte beschreiben können.

Bevor sie wusste, wie ihr geschah, begann sie zu weinen. Das war ihr seit Jahren nicht mehr passiert. Sie wollte aufstehen, aber dazu hatte sie nicht die Kraft.

»Irina?«

Sie erschrak. »Ja?«

Stefan knipste das Licht an. »Was ist denn los mit dir?«

»Ich …«

Er beugte sich über sie. »Hast du etwa wieder Beklemmungen?«

»Nein.«

»Und warum weinst du?«

»Ich … mache mir solche Sorgen … um Svenja und André.«

»Die beiden werden sich schon irgendwie zusammenraufen. Vielleicht kann Svenja ihre Elternzeit verlängern.«

»Darum geht es nicht. Ich glaube, dass … in Andrés Leben kein Platz für ein Kind ist.«

»Hat Svenja das gesagt?«

»Nein, das würde sie nie tun. Dazu ist sie André gegenüber viel zu loyal.«

Stefan seufzte. »Du musst nicht immer alles so dramatisieren. Im Notfall sind wir für Svenja und Leonie da. Sie weiß, dass sie sich auf uns verlassen kann.«

Irina wischte sich über die Augen. Das war genau die Reaktion, die sie von ihm erwartet hatte. Ihn brachte nichts aus der Ruhe. Sie wünschte, ihr ginge es genauso.

6.

Am nächsten Tag schien die Sonne. Stefan wollte sie überreden, nach dem Frühstück mit zum Schrebergarten zu kommen, um die Pflaumen zu ernten, doch Irina fehlte dafür die Energie.

»Die frische Luft würde dir guttun.«

»Ach, ich bleibe lieber zu Hause. Vielleicht lege ich mich wieder etwas hin.«

»Bist du krank?«

»Nein, nur erschöpft.«

Er gab ihr einen Kuss und versprach, nicht zu lange wegzubleiben.

Irina räumte die Küche auf, startete eine Waschmaschine und wollte schon zum Telefon greifen, um Svenja ihre Hilfe anzubieten, als sie innehielt. Nein, sie würde jetzt anfangen, Franks Autobiografie zu lesen. Und wenn es ihr noch so schwerfiel.

Sie ging ins Schlafzimmer, setzte sich auf ihr Bett und zog das Buch unter dem Stapel hervor. Heute konnte sie es ganz ruhig in der Hand halten, ohne das Gefühl zu haben, dass davon eine Gefahr für sie ausging.

Warum hatte sie sich wochenlang davor gefürchtet, in dieses Buch zu schauen? Sie wusste Bescheid über Franks Leben in der DDR. Erwartete sie bei der Lektüre irgendeine unangenehme Überraschung? Nein. Frank würde sich in seiner Autobiografie nicht über das geäußert haben, was er ihr angetan hatte. Sie hielt es für möglich, dass sie in seiner Schilderung des Fluchtversuchs gar nicht vorkam. Ja, sie würde es Frank sogar zutrauen, dass er sich nicht einmal mehr an sie erinnerte.

Auch von seinem Leben im Westen wusste sie mehr als genug. Irina fuhr sich durch die Haare. Wünschte sie sich insgeheim, mehr über Franks Einsamkeit zu erfahren? Wollte sie es schwarz auf weiß lesen, wie unglücklich er trotz seiner großen Erfolge war? Erhoffte sie sich eine späte Genugtuung? Nein, Schadenfreude lag ihr fern.

Sie öffnete das Buch, hielt sich nicht lange mit dem Lesen des Inhaltsverzeichnisses auf, sondern begann gleich mit dem ersten Kapitel: *Meine Familie*

Ich war ein sorgloses Kind, mit einer liebenden Mutter, die Geschichten für mich erfand, und einem stolzen Vater, der überglücklich war, dass seine Frau ihm nach vier Töchtern nun endlich einen Sohn geboren hatte.

Irina schloss die Augen. Schon diese wenigen Sätze ließen sie an Franks Stimme denken und an jenen Sommer im Jahr 1974, als sie sich in jedem freien Moment trafen und Frank ihr eines Tages im Freibad erzählte, aus was für einer Familie er stammte.

Es herrscht gleißendes Sonnenlicht. Wir schütteln das Wasser aus unseren Haaren, laufen zu unserem schattigen Platz unter der Buche und lassen uns auf die Handtücher fallen. Ich bin außer Puste. Seit Tagen versucht Frank, mir das Kraulen beizubringen.

»Das lerne ich nie.«

»Doch, du wirst immer besser.«

»Bei dir sieht es so mühelos aus, und ich schlucke ständig Wasser.«

»Du hast noch nicht den richtigen Atemrhythmus gefunden. Aber das schaffst du irgendwann.«

Ich richte mich auf und betrachte ihn. Seine Augen leuchten. Langsam fahre ich mit dem Finger über seine Nase, den Mund, den Bart.

Er nimmt meine Hand und küsst sie. »Wenn du lächelst, hast du Grübchen in den Wangen. Wusstest du das?«

Ich schüttele den Kopf.

»Und hat dir schon mal jemand gesagt, wie schön du bist?«

»Nein.«

»Dann wird es aber Zeit.«

Er schlingt die Arme um mich, wir küssen uns. Ich spüre, wie sein Herz klopft. Wir rollen uns wieder auf den Rücken, bleiben dicht nebeneinander liegen. Wie kann es sein, dass wir uns erst seit vier Wochen kennen.

»Ich … hatte schon einige Freundinnen«, sagt Frank nach einer Weile. »Aber mit denen war es nie so wie mit dir.«

»Und was ist anders mit mir?«

»Ich kann ganz ich selber sein, muss dir nichts vormachen und mich nicht zusammenreißen. Meinen früheren Freundinnen habe ich zum Beispiel nie gezeigt, dass die Literatur und das Schreiben mir so viel bedeuten und ich alles daransetze, um besser zu werden.«

»Du schreibst sehr gut.«

»Sagst du das auch nicht einfach nur so?«

»Nein. Du musst unbedingt damit weitermachen.«

Frank deutet plötzlich nach oben in den Baum. »Hörst du die Drossel?«

Ich lausche und nicke.

»Drosseln sind meine Lieblingsvögel. Ich finde es unglaublich, dass so ein kleines Wesen so melodisch und variiert singen kann.«

Frank überrascht mich jeden Tag mit Aussagen wie diesen. Ich habe bisher nicht über den Gesang der Drosseln nachgedacht. Aber ja, er hat recht.

»Irina, ich …« Seine Stimme stockt. »Ich möchte mit dir zusammenbleiben.«

»Ich auch mit dir.«

»So etwas habe ich mir früher nie vorstellen können. Ich war immer ein Einzelkämpfer.«

»Und ich habe mir nicht vorstellen können, wie es ist, jemanden zu lieben.«

»Warst du noch nie verliebt?«

»Doch, mit vierzehn. In einen Jungen aus der Nachbarschaft.«

»War er auch verliebt in dich?«

»Ja. Wir haben uns geküsst, aber wir hatten uns nichts zu erzählen.«

»Das kenne ich.«

Wir gehen ein zweites Mal ins Wasser, und diesmal klappt es mit dem Kraulen tatsächlich etwas besser.

»Siehst du«, sagt Frank, als ich am Beckenrand anschlage. »Ich hab's gewusst.«

»Wie kommt es, dass du bei allem immer so zuversichtlich bist?«

»Ich bin eben Optimist. Anders hält man es in diesem Land doch gar nicht aus, oder?«

»Nicht so laut.«

»Du musst nicht so ängstlich sein.«

»Bin ich normalerweise auch nicht. Aber seitdem du mir erzählt hast, dass du nach der Lesung bei Werner Blacher Schwierigkeiten mit deinem Studium bekommen hast …«

»Das nehme ich nicht so ernst. Da wollte sich einer dieser Germanistikprofs nur wichtigtun.«

Später holen wir uns ein Eis. Ich denke an vergangenen Sonntag, als Frank zum ersten Mal bei mir zu Hause war und wir mit Mutter zusammen Tee getrunken haben. Sie hatte einen Apfelkuchen gebacken, wir haben viel gelacht, und ich war so erleichtert, dass es keine Fremdheit zwischen den beiden gab.

»Du hast eine tolle Mutter.«

»Ich habe auch gerade an sie gedacht. Sie mag dich.«

»Bei euch herrscht eine ganz andere Stimmung als in meiner Familie.«

»Wieso?«

»Ach …« Franks Miene verdunkelt sich.

»Du siehst deine Eltern nicht oft, oder?«

»Nein. Als ich mit der Schule fertig war und den Wehrdienst verweigern wollte, gab es bei uns einen Riesenkrach. Mein Vater hat mich damit erpresst, dass ich mich dann zu Hause nicht mehr blicken lassen dürfte. Ich bin zähneknirschend zur NVA gegangen, habe aber anderthalb Jahre lang nicht mit ihm gesprochen und meine Mutter immer nur allein getroffen.«

»Wirklich?«, frage ich erschrocken. »Hat er keinen Versuch unternommen, sich mit dir zu versöhnen?«

»Nein. Mein Vater ist Offizier bei der Nationalen Volksarmee, er duldet keinen Widerspruch. Natürlich wusste er, wie sehr ich den Wehrdienst hasste. Wahrscheinlich hat er gehofft, dass die NVA mir das Rückgrat brechen und mich zu einem folgsamen DDR-Bürger erziehen würde. Doch da hat er sich gründlich verrechnet.«

Frank ballt die Hände zu Fäusten. Ich streiche ihm über die Stirn. Er scheint es nicht zu bemerken, sondern starrt weiterhin nach oben in den Himmel.

»Meine Mutter war am Boden zerstört, weil die Familie ihr

so viel bedeutet. Ihr zuliebe habe ich mich darauf eingelassen, wieder ab und zu sonntags bei ihnen zum Mittagessen zu erscheinen. Aber diese Begegnungen sind kein Vergnügen. Meistens fangen mein Vater und ich schon nach ein paar Minuten an, uns zu streiten. Es gefällt ihm natürlich überhaupt nicht, dass ich schreibe.«

»Und deine Schwestern? Wie reagieren die?«

»Die beiden ältesten sind Parteimitglieder und liegen mit ihren Ehemännern voll auf der Linie meines Vaters. Da herrscht eitel Sonnenschein, wenn sie mit den Enkeln zu Besuch kommen. Die dritte hält sich aus allem fein raus, wählt aber bestimmt die SED, und Bettina geht es wie mir.«

»Meine Mutter ist auch Mitglied in der SED.«

»Was?« Frank schaut mich entsetzt an.

»Ja. Sie hat zwar an diesem Staat viel auszusetzen, aber sie glaubt, dass es das bessere Deutschland ist.«

»Wolltest du deshalb nicht, dass ich die Lesung bei Werner Blacher erwähne?«

Ich nicke. »Für meine Mutter gibt es im Moment nichts Wichtigeres als meine Zulassung zum Medizinstudium. Wenn sie wüsste, was du für einen Roman geschrieben hast, hätte sie Angst, dass ich dadurch Nachteile haben könnte.«

Ich küsse ihn. Langsam verschwindet Franks Anspannung. Mir wird es wieder leicht ums Herz.

Irina riss sich von ihren Erinnerungen los und las weiter in Franks Familienkapitel. Er beschönigte nichts, im Gegenteil. Aus dem Text wurde deutlich, wie sehr er seinen Vater dafür verachtete, dass er in der Armee der stalinistischen DDR gedient hatte und Teil einer Elite gewesen war, die ein privilegiertes Leben führte. Nach Franks gescheitertem Fluchtversuch wollte Heinrich Hollmann nichts mehr von seinem

Sohn wissen, und dieser nichts von seinem Vater. Aber Frank merkte bald, wie sehr ihn der Konflikt belastete. Nach seinem Freikauf durch die BRD bat er ihn in einem Brief um Verzeihung dafür, dass es zwischen ihnen zum Bruch gekommen war. Darauf erhielt er nie eine Antwort. 1983 starb sein Vater. Zur Beerdigung durfte Frank nicht einreisen.

Es sprach viel Verbitterung und Traurigkeit aus diesen Zeilen. Wie sehr musste Frank sich gewünscht haben, mit seinem Vater Frieden zu schließen, selbst wenn sie so unterschiedliche Ansichten hatten.

Irina gab sich einen Ruck. Nein, sie wollte kein Mitleid mit Frank haben. Er hatte viel durchgemacht, aber sein Leid ließ sich nicht gegen das aufrechnen, was er ihr angetan hatte.

Sie legte das Buch beiseite und stand auf. Jetzt würde sie erst einmal nach der Post schauen und dann bei einem Kaffee in Ruhe die Zeitung lesen.

Im Hausflur begegnete ihr die junge Frau Adam, die noch müder aussah als sonst. Sie nickte ihr zu und verschwand schnell in ihrer Wohnung, wo ihr Baby schrie. Als alleinerziehende Mutter hatte Frau Adam es nicht leicht. Irina musste plötzlich an Svenja denken. Sie würde sie nachher doch anrufen, um zu hören, ob mit der Babysitterin alles geklappt hatte.

Als sie die Post aus dem Kasten nahm, stellte sie überrascht fest, dass sich zwischen der Zeitung, ein paar Rechnungen und der Werbung für einen neuen Pizzaservice ein Brief ihrer Münchner Freundin Sabine befand. War bei ihr irgendetwas passiert, was sie ihr nicht in einer Mail schreiben wollte? Briefpost bekam sie von Sabine sonst nur zum Geburtstag und zu Weihnachten.

Irina öffnete den Umschlag und begann zu lesen. Ja, es war etwas passiert. Ulrich, mit dem Sabine seit dreißig Jahren verheiratet war, hatte sich in eine andere Frau verliebt und wollte sich nun von Sabine scheiden lassen.

Ich bin völlig am Ende. Wie ist es möglich, dass ihm unser gemeinsames Leben nichts mehr bedeutet? Wir haben immer alles miteinander geteilt: die Freuden und die Sorgen. Es war nie so, dass wir nebeneinanderher gelebt und uns nichts mehr zu sagen gehabt hätten. Ganz im Gegenteil. Wir haben zusammen viele Veränderungen durchgemacht; wir konnten uns streiten und wieder versöhnen, was auch nicht selbstverständlich ist.
Unsere Kinder sind entsetzt. Sie haben versucht, mit Ulrich zu reden, haben ihn gebeten, seine Entscheidung noch einmal zu überdenken. Aber es war alles umsonst. Er ist wie ausgewechselt. Die Kinder und die Enkel zählen nicht mehr. Dabei war ihm unser Familienleben immer so wichtig.
Nun muss ich sehen, wie ich klarkomme. Wir werden das Haus verkaufen, ich werde in eine Wohnung umziehen und versuchen, mein Leben neu zu ordnen. Was für ein Segen, dass ich immer noch arbeiten kann und mein Beruf mir nach wie vor Spaß macht.
Es tut mir sehr leid, dass ich so schlechte Nachrichten für Dich habe. Hoffentlich geht es Dir und Deiner Familie gut. Ich würde mich freuen, wenn wir uns bald mal wiedersehen könnten. Wann wart Ihr zuletzt bei uns? Vor zwei Jahren, auf dem Weg mit Eurem Wohnwagen nach Italien? Beim nächsten Mal wird es ein Treffen in einer neuen Konstellation sein. Vielleicht kommst Du mich auch mal allein besuchen.
Viele liebe Grüße
Deine Sabine

Irina stand noch immer im Hausflur. Sie war wie vor den Kopf geschlagen. All die Jahre hatten Sabine und Ulrich als Paar sehr glücklich gewirkt.

Langsam stieg sie die Treppen zu ihrer Wohnung hinauf. Sie setzte sich an den Küchentisch und las den Brief ein zweites und drittes Mal. Sabine klang so tapfer, aber ihr Satz *Ich bin völlig am Ende* zeigte, wie es in ihr aussah. Sie kannten sich seit 1980, hatten gemeinsam ihre Ausbildung gemacht und waren immer in Kontakt geblieben, auch als Sabine Mitte der Achtzigerjahre zu Ulrich nach München gezogen war.

Sollte sie sie anrufen? Oder ihr schreiben?

Sie griff zum Telefon und gab Sabines Nummer ein. Wie sollte sie reagieren, falls Ulrich am Apparat war?

In dem Moment sprang der Anrufbeantworter an – mit einer neuen Ansage: »Bitte hinterlassen Sie mir Ihre Nachricht nach dem Signalton. Ich rufe Sie so bald wie möglich zurück.« Ulrich war offenbar schon ausgezogen.

Irina hängte die Wäsche auf und entwarf dabei im Kopf einen Brief an Sabine. Sie würde ihr schreiben, wie leid es ihr täte, dass ihre Ehe zerbrochen sei. Ob es irgendetwas gäbe, was sie für sie tun könne? Sie würde ihr so gerne helfen. Und ja, ein Besuch in München – das sei eine schöne Idee.

Allerdings war es mehr als fraglich, ob sie es schaffen würde, allein nach München zu reisen. Auf der Bahnstrecke gab es mehrere Tunnel. Wenn Stefan und sie im Wohnwagen unterwegs waren, nahm sie vorher eine Beruhigungstablette ein, und sobald ein Tunnel nahte, versuchte er, sie abzulenken. Aber das würde sie Sabine nicht schreiben. Sie hatte ihr nie von ihrer Klaustrophobie erzählt.

Nachdem sie den Brief eingeworfen hatte, rief sie bei Svenja an. Dort schien alles bestens zu sein. Die drei planten, mit

Andrés Eltern nachmittags in Blankenese zu segeln. Es war das erste Mal, dass sie Leonie mit aufs Boot nahmen.

»Passt bloß auf«, sagte Irina. »Die Elbe kann ziemlich tückisch sein.«

»Mach dir keine Sorgen. Es weht nur eine leichte Brise. Wahrscheinlich werden André und sein Vater eher stöhnen, dass wir kaum vorankommen.«

»Trotzdem finde ich …«

»Ach, Mama«, unterbrach Svenja sie. »Du musst nicht immer so ängstlich sein. Leonie wird, wie wir alle, eine Schwimmweste tragen.«

»Na gut. Wie war's gestern Abend mit der neuen Babysitterin?«

»Oh, Annika ist super. Sie hat eine Stunde mit Leonie gespielt, und danach gab's keine Probleme mit dem Einschlafen.«

»Das freut mich sehr.«

»Ich bin auch total erleichtert. Am kommenden Mittwoch wird sie wieder auf Leonie aufpassen. Da sind wir abends bei Tennisfreunden eingeladen.«

»Wie schön …«

»Und am Montag fängt Petra, die Tagesmutter, bei uns an. Dann haben wir zehn Tage Eingewöhnungszeit, bevor bei mir die Schule beginnt.«

»Na, wunderbar.«

»Hab nochmals tausend Dank dafür, dass du in den letzten Wochen so oft bei uns eingesprungen bist. Das wird jetzt hoffentlich nicht mehr nötig sein.«

»Ich habe es gerne gemacht.«

»Aber es war manchmal zu viel, das habe ich dir angemerkt.«

»Nur, wenn ich den ganzen Tag gearbeitet hatte.«

»Ja, das ist auch so ein Thema, über das wir mal ausführlicher sprechen sollten. Ich denke wie Papa, dass du genug geschuftet hast und Ende nächsten Jahres in Rente gehen solltest.«

»Ach, Svenja. Du weißt doch, wie sehr ich meine Arbeit liebe. Ich möchte noch nicht aufhören.«

»Aber Papa meint, dass es sich finanziell kaum lohnt.«

»Das stimmt nicht. Und selbst wenn es so wäre, geht es bei einem Beruf ja nicht nur ums Geld. Hast du nicht selbst neulich gesagt, dass du unbedingt wieder arbeiten möchtest, auch wenn dein Einkommen für die halbe Stelle gerade mal eure Tagesmutter bezahlt?«

»Ja, aber ich bin dreißig. Du dagegen hast ein ganzes Arbeitsleben hinter dir.«

»Ich habe das Gefühl, dass ich noch mittendrin stecke. Bei Stefan ist das was anderes. Er ist seine Arbeit wirklich leid.«

»Aber ich finde, dass du mehr Freizeit verdient hast.«

»Das ist lieb. Ich verspreche dir, dass ich die Stunden reduziere oder aufhöre, wenn es eine Belastung für mich wird.«

»Okay … Leonie schreit. Tut mir leid, ich muss Schluss machen.«

»Dann bis bald. Viel Spaß heute Nachmittag.«

»Danke.«

Kurz darauf kam Stefan vom Schrebergarten zurück. Er brachte einen Eimer Pflaumen mit.

»Wie geht's dir jetzt?«

»Ganz gut. Ich habe es langsam angehen lassen.«

»Vielleicht hast du nachher Lust, einen Kuchen zu backen oder Pflaumenmus einzukochen.«

»Ja, und du kannst mir beim Entsteinen helfen.«

»Darin bin ich leider nicht sehr geschickt.«

»Das macht nichts. Je mehr du übst, desto besser wirst du.«

Stefan grinste. Sie wussten beide, dass er keine Lust dazu hatte, ihr in der Küche zu helfen.

»Ab und zu könntest du dich mir zuliebe ruhig mal überwinden. Und heute ist so ein Tag.«

Stefan nahm sie in die Arme und drückte sie an sich. »Ich versuch's. Aber vorher musst du unbedingt raus. Das Wetter ist so schön.«

»Dann fahre ich jetzt eine Runde Rad.«

Bei der Suche nach ihren Schlüsseln sah sie Franks Autobiografie auf ihrem Bett liegen. Sie klappte sie zu und schob sie wieder unter den Bücherstapel auf ihrem Nachttisch. Stefan musste nicht bedingt sehen, in was für ein Buch sie sich vorhin vertieft hatte.

»Bis nachher«, rief sie ihm zu und schloss die Wohnungstür hinter sich.

Sie lief nach unten in den Keller, um ihr Rad zu holen. Normalerweise hätte sie ihn gefragt, ob er nicht mitkommen wolle. Aber heute brauchte sie noch etwas Zeit für sich allein. Vielleicht hatte er das gespürt.

Als sie auf ihr Rad stieg, sah sie ihn oben auf dem Balkon stehen. Er winkte ihr zu, und sie winkte zurück. Plötzlich wünschte sie, dass sie ihm von Frank erzählen könnte.

Sie fuhr zum Stadtparksee und setzte sich dort auf eine Bank. Der Gedanke ließ sie nicht los. Warum sollte Stefan nach all den Jahren nicht erfahren, dass sie auf ihrer Flucht nicht allein gewesen war? Sie hatten eine enge, vertrauensvolle Beziehung. Er würde sofort wissen, dass er hier nichts zu befürchten hatte. Was waren schon drei Jahre einer Jugendliebe im Vergleich mit einer Liebe, die seit über dreißig Jahren bestand?

Natürlich hätte sie Stefan damals, als sie ihn kennenlernte, gleich alles sagen sollen, aber sie hatte die Verletzungen, die

Trauer und die Enttäuschung tief in sich verschlossen. Und nach Jahren des Verschweigens fand sie keinen Weg mehr zu dem Thema und schwieg daher lieber weiter.

Sie fühlte sich befreit bei der Vorstellung, dass sie nur den richtigen Moment abwarten müsse, um mit ihm über alles zu reden.

7.

Als sie anderthalb Stunden später wieder nach Hause kam, hatte Stefan alle Pflaumen entsteint.

»Ich bin gerade erst fertig geworden.«

»Da kannst du mal sehen, wie viel Arbeit das ist.«

Er blickte auf seine braunen Finger. »Ich glaube, ich eigne mich eher zum Pflücken.«

»Nein, ganz und gar nicht. Die Pflaumen sehen perfekt aus. Und deine Finger kriegst du mit Zitronensaft wieder sauber.«

»Wirklich?«

»Ja. Wie viele Kilo sind das?«

»Zehn.«

»Nach dem Essen koche ich Pflaumenmus ein und backe einen Kuchen.«

»Super.«

Sie hatten noch einen Rest Hühnersuppe von gestern und etwas Rote Grütze. Während Irina die Suppe aufwärmte und Stefan seine Finger mit Zitronensaft bearbeitete, überlegte sie, wie sie das Gespräch auf Frank bringen könnte. Sollte sie Stefan von der Autobiografie erzählen? Oder wäre es einfacher, mit der Geschichte ihres Fluchtversuchs anzufangen? Sie könnte natürlich auch ganz allgemein über die letzten drei Jahre ihres Lebens in der DDR sprechen. Aber das käme für ihn sehr unvermittelt. Vielleicht würde sie noch etwas warten.

»Svenja wird sich freuen, wenn es wieder Pflaumenmus gibt. Das isst sie doch so gern.«

Stefan nickte.

»Hast du heute schon mit ihr telefoniert?«

»Ja, die drei waren mit den Schwiegereltern auf der Elbe unterwegs.«

»Ich finde, dass so ein kleines Kind wie Leonie noch nicht auf eine Segeljacht gehört.«

»Svenja und André passen schon gut auf sie auf. Die Stimmung schien auf jeden Fall bestens zu sein. Svenja ist so erleichtert, dass die Frage der Kinderbetreuung endlich geklärt ist.«

»Das bin ich auch.«

»Hoffentlich haben wir überhaupt noch Gelegenheit, Leonie regelmäßig zu sehen.«

»Natürlich haben wir das. Vielleicht unternimmst du mal allein was mit ihr.«

Stefan runzelte die Stirn. »Ich glaube nicht, dass Svenja das recht wäre. Letztlich bist du doch diejenige, die immer am besten weiß, was mit Leonie los ist, wenn sie weint oder schreit.«

»Das ist alles eine Frage der Gewöhnung.«

Später, als sie das Mus in Gläser einfüllte, erwähnte sie, dass Sabine ihr heute geschrieben hätte. »Ulrich und sie lassen sich scheiden.«

»*Was?*« Stefan starrte sie fassungslos an.

»Ulrich hat sich in eine andere Frau verliebt. Er ist schon ausgezogen.«

»Das gibt's doch nicht. Ich habe immer gedacht, wie gut die beiden zusammenpassen.«

»Ich auch.«

»Wie geht es Sabine?«

»Schlecht. Sie versucht, ihr Leben neu zu ordnen.«

»Was machen sie mit dem Haus?«

»Das wird verkauft.«

»Hast du sie angerufen?«

»Ich hab's versucht, aber da lief nur der Anrufbeantworter. Jetzt habe ich ihr geschrieben.«

»Sabine wird das schon schaffen. Sie ist doch sehr stabil.«

»Wenn du dich da mal nicht täuschst«, rutschte es Irina heraus.

Warum hatte sie das gesagt? Sie glaubte eigentlich auch, dass Sabine an dieser Trennung nicht zerbrechen würde. Wollte sie mit ihrer Bemerkung Stefan darauf vorbereiten, dass Sabine Hilfe brauchte und sie vielleicht demnächst nach München reisen würde, und zwar allein?

Stefan seufzte. »Hauptsache, du bleibst mit ihr in Kontakt.«

»Ja, sicher.«

Er umarmte sie und gab ihr einen Kuss, als wolle er ihr zeigen, dass ihnen beiden so etwas wie Sabine und Ulrich nicht passieren könne.

Jetzt war auch nicht der richtige Zeitpunkt, um mit Stefan über Frank zu sprechen.

In dieser Nacht konnte Irina wieder nicht schlafen. Sie stand auf, nahm Franks Buch und setzte sich damit in die Küche. *Offener Widerstand* lautete die Überschrift des Kapitels, in dem sie zu lesen begann. Darin ging es darum, dass Frank im Sommersemester 1975 immer mehr Probleme an der Universität bekommen hatte.

Im August dachte ich zum ersten Mal darüber nach, einen Ausreiseantrag zu stellen. Wenn ich allein gewesen wäre, hätte ich nicht gezögert, aber ich hatte seit einem Jahr eine Freundin, die mir viel bedeutete.

Irinas Kehle schnürte sich zu. Hatte sie die ganze Zeit insgeheim gehofft, dass sie in Franks Autobiografie nicht vorkommen würde?

Sie blickte in die Dunkelheit. Nie würde sie jenen Abend vergessen, an dem Frank ihr von seinen Plänen erzählt hatte.

Wir sitzen in seinem Zimmer. Es ist heiß. Ich lerne Biochemie, Frank sitzt an seiner Seminararbeit über Anna Seghers' Roman *Transit.* Seit Tagen stöhnt er, dass er damit nicht vorankomme.

»Es hat alles keinen Zweck«, bricht es auf einmal aus ihm heraus. »Warum soll ich diese Arbeit schreiben? Sie werden mich doch bei der nächsten Gelegenheit exmatrikulieren.«

»Lass uns spazieren gehen«, sage ich und stehe auf.

»Warum? Glaubst du etwa, sie haben eine Wanze bei mir montiert?«

Ich zucke mit den Achseln. »Ich würde lieber draußen weiterreden.«

Statt zu reden, laufen wir schweigend durch die dunklen Straßen. Frank legt den Arm um meine Schultern, sofort fällt die Anspannung von mir ab.

Ich denke an die Lesungen bei Werner Blacher. Seit ein paar Monaten kommen dorthin auch Autoren aus dem Westen, die für einen Tag mit einem Tagesvisum von Westberlin aus einreisen. Werner Blacher will den Ideenaustausch fördern und jungen Ost-Autoren neue Kontakte verschaffen. Einige West-Autoren haben schon Manuskripte ihrer Kollegen über die Grenze geschmuggelt. Manchen passiert nichts, wenn ihre Bücher in der Bundesrepublik erscheinen, vielleicht weil sie eher unpolitische Texte schreiben. Aber Günther Murbach hat Pech gehabt. Vor zwei Monaten haben sie ihn wegen staatsfeindlichen Verhaltens verhaftet.

»Vielleicht sollten wir besser nicht mehr zu den Lesungen bei Werner Blacher gehen. Ich bin sicher, dass es da irgendeinen Spitzel gibt, der der Stasi von euren Texten berichtet.«

»Wenn ich nirgendwo mehr lesen kann, kann ich irgendwann auch nicht mehr schreiben. Das wäre für mich eine Katastrophe. Verstehst du das?«

»Ja, sicher.«

Wieder verfallen wir in Schweigen. Ich weiß, dass es für Frank nicht nur ums Lesen geht. Am letzten Freitag war eine Lyrikerin aus Köln bei Werner Blacher. Frank hat ihre Art zu schreiben sehr bewundert. Sie hat ihm versprochen, im Westen einen Verlag für seinen Roman zu suchen.

»Was meinst du, wie der Staat reagieren wird, wenn dein Buch tatsächlich im Westen erscheint?«

»Keine Ahnung. Ich bin auf alles gefasst.«

»Ich habe Angst um dich. Hast du schon vergessen, was sie mit Günther gemacht haben?«

»Nein, natürlich nicht.«

»Gisela darf ihren Bruder nicht mal im Gefängnis besuchen. Sie ist verzweifelt.«

»Ich will mich trotzdem nicht mundtot machen lassen. Das wäre ein Sieg für den Staat.«

»Aber du musst vorsichtiger sein.«

»Kannst du mir sagen, wo die Vorsicht endet und die Feigheit beginnt?«

»Du bist alles andere als feige.«

Frank bleibt plötzlich stehen. »Ich mache mir viel größere Sorgen um dich. Es kann sein, dass du Schwierigkeiten bekommen wirst, weil du mit mir zusammen bist.«

»Das ist mir bewusst.«

»Wer weiß, ob du dann weiter Medizin studieren kannst.«

»Ich werde mich trotzdem nicht von dir trennen.«

Er küsst mich. »Ich liebe dich, Irina. Lass uns zusammen weggehen.«

»Wie meinst du das?«, frage ich erschrocken.

»Wir könnten beide einen Ausreiseantrag stellen.«

»Aber ich kann meine Mutter nicht hier zurücklassen.«

»Vielleicht würde sie mitkommen.«

»Nein, ganz sicher nicht. Sie hat hier ihre Arbeit, ihre Wohnung, ihren Freundeskreis. Und ich habe dir doch gesagt, dass sie Sozialistin ist.«

»Das kann ich immer noch nicht begreifen. Ich hätte gedacht, dass eine kluge Frau wie sie dieses kaputte System durchschaut.«

»Sie klammert sich an die Hoffnung, dass der Sozialismus eines Tages hier verwirklicht werden kann.«

»Da kann sie lange warten.«

»Das glaube ich auch. Aber meine Mutter hat ihren eigenen Kopf. Es hat keinen Zweck, mit ihr über Politik zu diskutieren.«

»Das wirst du wahrscheinlich irgendwann nicht mehr vermeiden können.«

»Nein, vielleicht nicht …«

»Willst du denn ewig in einem Land leben, in dem jede Kritik sofort im Keim erstickt wird und wir nicht einmal in der eigenen Wohnung offen aussprechen können, was wir denken, weil wir befürchten müssen, bespitzelt zu werden? In einem Land, in dem wir riskieren, verhaftet zu werden, wenn wir anderer Meinung sind als die Partei? In einem Land, das uns nicht frei atmen lässt?«

»Du weißt, dass ich all das genauso schlimm finde wie du.«

»Na, also! Stell dir vor, wie es uns gehen könnte, wenn wir im Westen wären: Wir müssten nicht mehr ständig vorsichtig sein, sondern dürften sagen und tun, was wir für richtig halten. Wir könnten reisen, wohin wir wollen: nach Frankreich, Italien, Spanien. Die ganze Welt stünde uns offen. Aber das Wichtigste wäre für mich das Schreiben. Ich müsste keine Angst mehr haben, dass mir meine Ideen, meine Energie, meine Zuversicht verloren gehen könnten und ich irgendwann ein Opfer meiner inneren Zensur würde. Und wenn mein Roman veröffentlicht werden sollte, könnte ich auf Lesereise gehen und mit dem Publikum …«

»Im Westen ist auch nicht alles ideal«, unterbreche ich Franks Redefluss. »Wer die Regeln des Kapitalismus nicht beherrscht, kriegt schnell eine Menge Probleme.«

»Ach, Irina, das ist mir doch klar.«

»Bei uns hat zumindest jeder ein Dach über dem Kopf, und es gibt keine Arbeitslosigkeit.«

»Das ist so ein Satz, den deine Mutter vermutlich sagen könnte.«

»Stimmt«, murmele ich.

»Hier sind wir nicht frei. Und ich brauche die Freiheit, um zu überleben.«

»Das verstehe ich ja. Aber ich habe nicht den Mut, so vom Westen zu träumen wie du.«

Frank nimmt mich in die Arme. »Lass mich für uns beide mutig sein, damit wir zusammen weggehen können.«

»Aber meine Mutter …«

»Denk jetzt nicht an deine Mutter, denk an uns«, sagt er und küsst mich.

Ich will mich nicht mit ihm streiten. Vielleicht haben wir Glück, und die Situation beruhigt sich. Dann wird Frank die Idee der Ausreise aufgeben, und wir können in Ruhe weiterstudieren.

Irina stand auf, um sich einen Tee zu kochen. Wenn sie damals geahnt hätte, wohin das alles noch führen würde, hätte sie energischer versucht, Frank von der Idee abzubringen, einen Ausreiseantrag zu stellen.

Wochenlang erwähnte er das Thema nicht mehr, bis er ihr eines Sonntags mitteilte, er hätte den Antrag eingereicht. Falls er bewilligt würde, müssten sie sich erst mal trennen.

»Aber warum hast du mir nicht gesagt, dass du das jetzt allein versuchen willst?«, frage ich entsetzt.

»Ich habe keinen Sinn darin gesehen. Deine Antwort neulich war ziemlich klar.«

»Frank, ich … ich liebe dich. Ich will dich nicht verlieren.«

»Ich dich doch auch nicht, aber …« Er schlägt mit den Fäusten auf den Tisch. »Ich halte es in diesem Land nicht mehr aus … An der Uni legen sie mir lauter Steine in den Weg … Meine Eltern machen mir die Hölle heiß … Aber was noch viel schlimmer ist: Mir fällt es immer schwerer, mich aufs Schreiben zu konzentrieren … Bevor diese Leute ihr Ziel erreicht haben und ich ganz leer im Kopf bin, muss ich hier weg!«

Mir schießen die Tränen in die Augen. Ich will ihn anschreien, warum ihm das Schreiben wichtiger sei als unsere Liebe. Aber ich reiße mich zusammen. Noch ist nichts entschieden.

»Wenn ich drüben bin, hole ich dich nach. Das verspreche ich dir.«

»Du bist mal wieder sehr optimistisch.«

»Und du bist zu ängstlich.«

»Ich habe allen Grund dazu.«

Frank nimmt mich in die Arme, nun fange ich doch an zu

weinen. Er streicht mir über den Kopf. Ich merke, dass er mit seinen Gedanken woanders ist.

Irina schenkte sich ihren Tee ein und setzte sich wieder an den Küchentisch. Frank hatte fest daran geglaubt, dass sein Ausreiseantrag bewilligt würde. Sie dagegen wunderte sich nicht über die Ablehnung im Januar 1976. Kurz darauf wurde er exmatrikuliert. Während sie beinahe erleichtert war, weil sie sich nun nicht trennen mussten, zermarterte Frank sich das Hirn, warum die DDR jemanden wie ihn nicht gehen lassen wollte. Und als ihm dann ein Arbeitsplatz in einer Braunkohlengrube in Bitterfeld zugewiesen wurde, war seine Verzweiflung so groß, dass Irina Angst hatte, er könnte Selbstmord begehen.

Jetzt sahen sie sich nur noch einmal im Monat, am Wochenende, und das blieb auch Mutter nicht verborgen. Schließlich überwand sich Irina und erzählte ihr, was geschehen war.

»Frank wollte ausreisen?«, ruft Mutter fassungslos. »Ja, ist er denn wahnsinnig geworden?«

»Es gibt Menschen, die es nicht mehr ertragen, in diesem Land zu leben. Aber das willst du einfach nicht zur Kenntnis nehmen.«

»Er hätte wissen müssen, dass er einen hohen Preis dafür zahlen würde. Jemand, der so begabt ist wie er, sollte doch nicht in einem Bergwerk schuften müssen.«

»Das kannst du wohl sagen. Macht dich das nicht stutzig, dass dieser Staat Andersdenkende wie Frank so bestraft?«

Meine Stimme ist immer lauter geworden. Mutter schaut mich erschrocken an.

»Irina, du weißt, dass ich nicht alles gut finde, was in diesem Land geschieht. Aber ich verstehe, dass der Staat sich schützen muss.«

»Was soll das denn heißen?«

»Es gibt keinen Grund, so aggressiv zu werden. Wir können Menschen, die hier ausgebildet wurden und die wir für die Weiterentwicklung unserer Gesellschaft dringend brauchen, nicht einfach gehen lassen.«

»Du bist also dafür, Zwang auszuüben?«

»Ja … in einem gewissen Rahmen und wenn es einem höheren Ziel dient.«

»So ein Unsinn! Ich weiß schon, warum ich es immer vermieden habe, mit dir über Politik zu diskutieren.«

»Irina, du musst aufpassen. Deine Beziehung zu Frank kann bedeuten, dass die Behörden auf dich aufmerksam werden und du deinen Medizinstudienplatz verlierst.«

»Willst du damit etwa sagen, dass ich mich von Frank trennen soll?«

»Nein …«

»Ich liebe ihn.«

»Du kannst beruhigend auf ihn einwirken. Warum versucht er nicht, irgendwie in diesem Staat zurechtzukommen? Das schaffen andere doch auch.«

»Wir sind keine Heuchler. Hast du mich nicht dazu erzogen, immer aufrichtig und ehrlich zu sein?«

»Natürlich«, seufzt Mutter. »Aber man muss im Leben manchmal Kompromisse eingehen.«

»Bevor ich meine Überzeugungen verrate, werde ich auch einen Ausreiseantrag stellen.«

»Nein! Kind, bitte nicht. Du wirst dich ins Unglück stürzen, und mich gleich mit.«

»Das Unglück hat für mich längst begonnen.«

Mutter will mich umarmen, aber ich reiße mich von ihr los und laufe aus der Wohnung.

Irina schlug die Hände vors Gesicht. Eine Woche lang hatte sie damals nicht mit Mutter gesprochen. Danach kehrten sie allmählich zu ihrem gewohnten Leben zurück. Doch sie waren beide auf der Hut.

8.

Sie spürte eine Hand auf ihrer Schulter und öffnete die Augen. Stefan hockte neben ihrem Bett und schaute sie fragend an.

»Ich dachte, ich wecke dich mal. Es ist schon Viertel nach neun. Und die Sonne scheint.«

»Ich hatte wieder eine schlechte Nacht.«

»Wie kommt denn das?«

»Ich … weiß es nicht.«

»Das Frühstück ist fertig.«

»Ich stehe gleich auf.« Sie sah ihm nach, wie er aus dem Zimmer ging. Warum hatte sie ihm nicht geantwortet, dass sie die halbe Nacht in einem Buch gelesen hätte, das so viel in ihr aufwühlen würde? Es wäre ein Anfang gewesen.

Sie machten eine Radtour durchs Alte Land und kehrten unterwegs im Café eines Obsthofes ein, wo sie unter schattigen Bäumen Kaffee tranken und Apfelkuchen aßen.

Auf der Rückfahrt überraschte Stefan sie damit, dass er für abends einen Tisch in einem Restaurant am Hafen reserviert hatte.

»Das war ein schöner Tag«, sagte Irina.

Stefan strich ihr über die Stirn. »So was sollten wir uns öfter gönnen.«

Sie hatte stundenlang nicht mehr an Frank und sein Buch gedacht. Und vielleicht war es auch besser so. Warum sollte sie Stefan diese alte Geschichte erzählen? Es würde ihn nur traurig stimmen, zu hören, dass sie früher einmal einen anderen Mann sehr geliebt hatte.

Als sie später miteinander schliefen, waren sie sich so nah, dass Irina keinen Zweifel mehr daran hatte, die richtige Entscheidung getroffen zu haben.

Nachts um zwei war sie wieder hellwach. Sie setzte sich in die Küche und las Franks Schilderung, wie er im Sommer 1976 so verzweifelt war, dass er seinen zweiten Ausreiseantrag stellte.

> Und dieses Mal wollte ich nicht allein ausreisen, sondern zusammen mit meiner Freundin. Sie wusste, dass sie damit riskierte, ihren Medizinstudienplatz zu verlieren. Aber wir liebten uns, und sie war bereit, für unsere Liebe alles aufs Spiel zu setzen.

Irinas Hand zitterte, als sie die Seite umblätterte. Frank schrieb so offen über ihre Liebe, die er später verraten hatte. Was für eine Lüge würde er erfunden haben, um das Ende ihrer Beziehung zu erklären?

> Es war auch aus einem anderen Grund ein schwerer Schritt für sie. Meine Freundin hatte ein sehr enges Verhältnis zu ihrer Mutter, die alleinstehend war und nur diese eine Tochter hatte. Eine Ausreise bedeutete, dass die beiden sich vielleicht nie wiedersehen würden.

Sie griff nach ihrem Becher, um einen Schluck zu trinken. An dem Tag, als der Brief mit der Mitteilung ihrer Exmatrikulation kam, war Mutter außer sich gewesen vor Zorn und Enttäuschung.

»Wie konntest du nur so verantwortungslos sein und deinem fanatischen Freund nacheifern«, schreit sie und packt mich an den Schultern. »Damit hast du dir all deine Zukunftschancen ruiniert.«

»Du tust mir weh! Ich war nicht verantwortungslos, und Frank ist alles andere als fanatisch. Und was meine Zukunftschancen angeht, so kann ich auch im Westen Medizin studieren.«

»Bist du etwa so naiv zu glauben, dass sie eure Ausreise genehmigen?«

»Warum denn nicht? Es gibt immer wieder Anträge, die bewilligt werden.«

»Aber nicht von Leuten wie Frank, die ihre Texte in den Westen schmuggeln lassen, damit sie dort veröffentlicht werden.«

»Woher weißt du das?«

»Ich habe Gisela neulich getroffen, die mir ihr Herz ausgeschüttet hat. So habe ich überhaupt erst von der Verhaftung ihres Bruders erfahren. Du hast es ja vorgezogen, mir nichts davon zu erzählen.«

»Ich wollte dich nicht aufregen.«

»Gisela hat mir auch gesagt, dass ihr schon zu Zeiten eures Abiturs zu Lesungen in der Privatwohnung des Schriftstellers Werner Blacher gegangen seid.«

»Ja. Dort habe ich Frank kennengelernt. Werner Blacher fördert seit Jahren junge, kritische Autoren.«

Mutter seufzt. »Jemand, der so berühmt ist wie er, kann sich das leisten. Er wird keine Schwierigkeiten bekommen. Bei deinem Freund sieht das ganz anders aus.«

»Ja, das ist ihm klar. Frank war von Anfang an zu jedem Risiko bereit. Er hat feste Prinzipien und schreibt nur das, was er schreiben will.«

»Das klingt alles sehr heroisch, aber …«

»Es wird dem Staat nie gelingen, Frank zu zwingen, sich irgendeiner Zensur zu unterwerfen«, unterbreche ich sie. »Auch wenn das bedeutet, dass seine Texte nicht veröffentlicht werden.«

»Ach, Kind …« Mutter sinkt auf den Küchenstuhl. »In gewisser Weise bewundere ich Frank für seinen Mut, obwohl ich seine politische Haltung nicht teile. Aber ich mache mir solche Sorgen, weil ihr euer Leben zerstört. Was soll denn jetzt aus dir werden? Du hast in der Schule immer so hart gearbeitet und warst so erfolgreich …« Sie beginnt zu weinen.

»Mutter, ich werde meinen Weg schon gehen«, versuche ich, sie zu trösten.

»Aber wenn sie dir jetzt irgendeine Fließbandarbeit zuteilen, wirst du daran verzweifeln … Da bin ich mir sicher … Und wenn eure Ausreiseanträge bewilligt würden … müssten wir uns für immer trennen. Wie … soll ich damit leben? Ich habe doch nur dich …«

Darauf weiß ich keine Antwort. Ich nehme Mutter in die Arme und versuche, meine Tränen hinunterzuschlucken.

Irina fuhr sich durch die Haare. Schon damals hatte sie geahnt, dass alles ein schlechtes Ende nehmen würde. Als sie die Nachricht erhielt, dass sie ab sofort als Hilfspflegerin auf einer Männerstation in der Charité zu arbeiten hätte, bemühte sie sich darum, Zuversicht auszustrahlen. Aber nach ein paar Wochen konnte sie auch Mutter gegenüber nicht mehr verbergen, wie entmutigt und erschöpft sie war. Sie würde es nicht schaffen, für den Rest ihres Lebens Spucknäpfe und Bettflaschen auszuleeren, Erbrochenes aufzuwischen, ausgemergelte Körper zu waschen, zu betten, zu füttern, den ganzen Tag von sabbernden, unter sich lassenden, röchelnden alten Männern umgeben zu sein.

»Es tut mir so leid für dich, dass du es nun so schwer hast«, meint Mutter eines Abends. »Ich kann euch nur wünschen, dass eure Ausreise entgegen all meinen Befürchtungen bewilligt wird.«

»Ist das dein Ernst?«

»Ja.«

»Neulich hast du noch gesagt, dass du nicht wüsstest, wie du mit einer solchen Trennung leben sollst.«

Mutter streicht mir über den Kopf. »Der Abschied von dir würde mir viel abverlangen, aber du bist mein Kind. Ich kann und will deinem Glück nicht im Wege stehen.«

»Ach, Mama ...«

»Hauptsache, du bringst dein Leben nicht in Gefahr. Versprichst du mir das?«

»Ja.« Ich gebe ihr einen Kuss auf die Stirn. »Kannst du dir vorstellen, irgendwann nachzukommen?«

Mutter blickt in eine unbestimmte Ferne. Nach einer Weile schüttelt sie den Kopf. »Hier ist mir alles vertraut: mein Zuhause, meine Arbeit, meine Freunde. In dieser Welt fühle ich mich sicher. Im Westen wäre ich verloren.«

»Auch mit uns?«

Sie nickt traurig.

Irina trank ihren Tee aus. Mutter musste an jenem Abend schon an die Möglichkeit gedacht haben, dass Frank und sie versuchen würden, aus der DDR zu fliehen. Sonst hätte sie ihr dieses Versprechen nicht abgenommen. Irina dagegen kam ein solcher Gedanke erst Monate später in den Sinn. Und es quälte sie noch immer, dass sie Mutter damals nicht hatte sagen können, warum sie ihr Versprechen würde brechen müssen.

Gleich Viertel nach vier. Sie schlug das Buch zu und beschloss, ins Bett zu gehen. Sonst würde sie es nicht schaffen, in zwei Stunden wieder aufzustehen.

Als sie aufwachte, stand ihr Wecker auf zehn nach neun. Das konnte nicht sein. Sie erinnerte sich, dass Stefan um zwanzig nach sechs mit ihr geredet hatte, bevor er zur Arbeit gefahren war. Danach musste sie wieder eingeschlafen sein. Das war ihr noch nie passiert.

Sie rief Nicole an, um sich zu entschuldigen. Natürlich würde sie die versäumten Morgentermine nachholen.

»Keine Sorge. Das kriegen wir schon irgendwie hin. Ist alles okay mit dir?«

»Ja. Ich beeil mich. Den Zehn-Uhr-Termin schaffe ich.«

»Prima.«

Irina duschte, verzichtete auf das Frühstück und schwang sich auf ihr Rad. Sie durfte jetzt nicht mehr an Franks Buch denken.

9.

Drei Tage gelang es ihr, sich abzulenken und nicht weiterzulesen. Einmal traf sie sich nach der Arbeit mit Svenja und Leonie zum Eisessen. Einen Abend telefonierte sie mit Marlies, die verzweifelt war, weil ihre Mutter sich bei einem Sturz den Oberschenkelhals gebrochen hatte und nun im Krankenhaus lag. Sie würde vermutlich nicht in ihre Wohnung zurückkehren können.

Und mittwochs versuchte Irina noch einmal, bei Sabine anzurufen. Diesmal war sie zu Hause.

»Ich danke dir für deinen Brief. Deine Worte haben mir sehr gutgetan.«

»Wie geht's dir im Moment?«

»Auf und ab. Ich hoffe, dass wir bald das Haus verkaufen können. Wir haben unsere Hypothek noch nicht abbezahlt.«

»Oh, das belastet dich bestimmt sehr.«

»Ja. Ulrich dagegen tut so, als ob ihm das alles nichts ausmacht. Der ist ganz und gar mit seiner neuen Beziehung beschäftigt.«

»Kennst du die Frau?«

»Nein, wir sind uns nie begegnet. Aber ich habe Fotos aus den Siebzigerjahren von ihr gesehen. Ulrich und sie sind zusammen zur Schule gegangen. Die beiden waren mit sechzehn schon mal für ein paar Monate ein Paar.«

»Ach …«

»Er ist also zu seiner ersten Liebe zurückgekehrt.« Sabines Stimme war voller Hohn. »Was für ein Klischee!«

Irina schluckte. »In der Tat …«

»Und er glaubt, dass er im Grunde immer nur sie geliebt hat. Das Ganze klingt wie eine Seifenoper. Leider ist es für mich bitterer Ernst.«

Irina dachte an ihre erste Liebe. Wie wäre ihr Leben verlaufen, wenn Frank und sie in der DDR geblieben wären? Hätte ihre Beziehung dort eine Chance gehabt? Oder hätten sie sich früher oder später ohnehin getrennt?

»Bist du noch da?«

»Ja … die Verbindung muss kurz unterbrochen gewesen sein.«

»Ich sagte gerade, wie furchtbar es auch für unsere Kinder ist, zu hören, dass ihr Vater all die Jahre eigentlich jemand anderen geliebt hat.«

»Euer Familienleben wirkte auf mich immer sehr glücklich.«

»Es gab schon schwierige Zeiten, als die Kinder in der Pubertät waren, aber mir kam es so vor, als hätten Ulrich und ich diese Herausforderungen gut zusammen gemeistert …«

Sabine versagte die Stimme, und Irina hörte sie plötzlich schluchzen.

»Es tut mir so leid«, murmelte sie. »Ich wünschte, ich könnte etwas für dich tun.«

»Dein Brief … dein Anruf … das alles hilft mir ein Stück weiter … Ich muss über die Sache reden, sonst …«

Während Sabine weinte, überlegte Irina, ob sie ihr einen konkreten Termin für einen Besuch in München vorschlagen sollte. Aber es wäre nicht fair, so etwas anzukündigen, wenn sie doch wusste, wie unrealistisch eine solche Reise war.

»Vielleicht ist es so … dass wir unsere Partner letztlich nur bis zu einem gewissen Grad wirklich kennen …«, hörte sie Sabine sagen. »Selbst wenn wir seit vielen Jahren verheiratet sind und meinen, alles Entscheidende voneinander zu wissen.«

Irina zuckte zusammen. Das könnte Stefan eines Tages auch von ihr sagen, wenn er jemals erfahren sollte, welche Bedeutung Frank in ihrem Leben gehabt hatte.

»Für mich ist es ein Vertrauensbruch, der sich jeden Morgen aufs Neue wie ein Abgrund vor mir auftut. Ich ... weiß manchmal nicht, wie ich durch den Tag kommen soll. Wenn ich die Kinder nicht hätte ...«

»Am liebsten würde ich dir anbieten, nach Hamburg zu kommen. Aber unsere Wohnung ist zu klein.«

»Danke, Irina. Ich kann ja gar nicht weg, weil ich arbeiten muss.« Sie räusperte sich. »Und jetzt habe ich dir genug vorgejammert. Sag mir noch schnell, wie es bei euch aussieht. Leonie wächst und gedeiht?«

»Ja, sie ist wonnig. Und sonst ... geht alles seinen gewohnten Gang.«

»Das freut mich. Was macht deine Arbeit?«

»Die genieße ich nach wie vor. Stefan will mich überreden, Ende nächsten Jahres in Rente zu gehen, aber ich bin noch nicht so weit.«

»Kann ich gut verstehen. Und solange du es kräftemäßig schaffst ...«

»Eben. Stefan würde gern mehr verreisen, aber das können wir später immer noch.«

»Lass dich von ihm nicht unter Druck setzen. Du gibst sowieso zu oft nach.«

»Stimmt. Ich lerne gerade, etwas mehr an mich zu denken.«

»Sehr gut.«

»Es hat damit zu tun, dass ich ...« Irina stockte. Fast hätte sie Sabine erzählt, wie es in ihr aussah und dass nichts mehr seinen gewohnten Gang ging, seitdem sie von ihren Erinnerungen an jene Zeit vor ihrem Fluchtversuch eingeholt wurde.

»Irina?«

»Ja?«

»Mit der Leitung scheint tatsächlich etwas nicht in Ordnung zu sein. Was wolltest du eben sagen?«

»Ach … Ich … In den letzten Wochen wurde ich als Oma sehr beansprucht. Das war manchmal nicht so einfach. Andererseits macht mir das Zusammensein mit Leonie natürlich auch viel Spaß.«

»Du darfst dich aber nicht ausnutzen lassen.«

»Nein. Jetzt wünsche ich dir erst mal viel Kraft.«

»Danke.«

»Ich melde mich bald wieder.«

Am Donnerstag spielte Stefan abends Skat. Irina wartete, bis die Tür ins Schloss gefallen war, dann griff sie nach Franks Buch.

Der Fluchtplan hieß das Kapitel, bei dem sie aufgehört hatte zu lesen. Und dies nicht nur, weil sie Sonntagnacht so müde gewesen war und dringend schlafen musste. Sie fürchtete sich vor dem, was da kommen würde, und auch in diesem Moment verließ sie beinahe der Mut.

> Im Februar 1977 wurden unsere Ausreiseanträge abgelehnt. Mich konnte die Nachricht kaum noch erschüttern; ich hatte mich innerlich darauf eingestellt. Aber meine Freundin war mit ihren Nerven am Ende. Ich bekam Angst um sie.

Irina erinnerte sich, dass sie nicht aufhören konnte zu weinen. Sie hatte nur auf die Ausreise hingelebt. Wie sollte sie die wochenlangen Trennungen von Frank und ihre Arbeit als Hilfspflegerin überstehen, wenn es keine Hoffnung mehr gab, dass sich ihr Alltag jemals wieder ändern würde?

Unwillkürlich schüttelte sie den Kopf. Wie hatte sie in den Monaten vor der Ablehnung der Anträge so arglos sein können, immer noch zu hoffen, dass ihre gemeinsame Ausreise bewilligt werden würde? Die DDR hatte kein Interesse daran, einen Schriftsteller wie Frank ausreisen zu lassen, damit er im Westen seinen regimekritischen Roman veröffentlichen konnte.

Und sie? Sie stand auf Franks Seite. Für den Staat war das Grund genug, auch ihr die Ausreise zu verweigern.

Aber was wäre gewesen, wenn sie damals schon erkannt hätte, dass Frank nicht ehrlich ihr gegenüber war? Hätte der Staat in ihrem Fall anders entschieden, wenn sie sich von Frank getrennt hätte? Der Gedanke war ihr noch nie zuvor gekommen.

Es ist Samstagabend, Frank und ich sitzen bei uns in der Küche, Mutter hat Nachtdienst. Wir sind beide so müde und erschöpft, dass wir nicht mehr die Kraft haben, irgendetwas zu unternehmen. Mutters Nudelsalat haben wir kaum angerührt; ich kann nach der Arbeit nichts essen, und Frank hat Magenprobleme, seitdem er im Bergwerk schuften muss. Er ist bleich und noch dünner geworden.

Wir haben uns neun Wochen lang nicht gesehen. Als er im Januar anderthalb Tage freihatte, haben sie mich kurzfristig zum Wochenenddienst eingeteilt. Das ist im letzten halben Jahr schon dreimal passiert.

»Es kann doch kein Zufall sein, dass sie deinen Dienstplan immer ausgerechnet dann ändern, wenn ich ein freies Wochenende habe«, sagt Frank.

»Nein. Die wollen uns zermürben.«

»Wir müssen weg hier.«

Ich lege meinen Finger auf die Lippen. Frank schaut mich an, als wolle er sagen, ihm sei eh alles egal. Aber dann lässt er sich doch überreden, mit mir nach draußen zu gehen.

Es weht ein eisiger Wind. Schon nach ein paar Minuten spüre ich, wie die Kälte unter die Haut dringt. Wir versuchen, uns warm zu laufen, ich stürze beinahe auf dem gefrorenen Boden.

»Uns bleibt nur die Flucht«, murmelt Frank.

Ich denke an das Versprechen, das ich Mutter gegeben habe. »Damit riskieren wir unser Leben.«

»Hängst du etwa an dem Leben, zu dem sie uns verdonnert haben? Ich kann diese demütigende Arbeit nicht mehr ertragen.«

»Und wenn wir erwischt werden und sie uns ins Gefängnis stecken? Eine jahrelange Haft in einem Stasi-Gefängnis würde ich nicht überstehen.«

»Warum malst du dir immer gleich das Schlimmste aus? Uwe Kießling zum Beispiel hat es geschafft.«

»Was?«

»Ja, er ist über die Tschechoslowakei in den Westen geflohen und lebt jetzt in München.«

»Ich habe ihn nur einmal gesehen, damals an dem Tag, als ich dich kennengelernt habe. Er wirkte so unbeholfen. Ich hätte ihm niemals zugetraut, dass er es wagen würde zu fliehen.«

»Wenn der Druck zu groß wird, sind die Menschen zu allem Möglichen in der Lage.«

»Habt ihr noch Kontakt?«

»Nein. Anna Weiss hat es mir neulich geschrieben.«

Ich stutze. »Die Lyrikerin aus Köln?«

»Ja.«

»Bringt sie dich nicht in Gefahr, wenn sie dir solche Sachen schreibt?«

»Sie hat das Ganze natürlich in eine unverfängliche Geschichte verpackt: Uwe K. hätte kürzlich in München im Literaturhaus gelesen. Er sei neu in der Stadt, aber er hätte ein großes Publikum gehabt. Nachdem er ein Gedicht über die tschechische Grenze vorgetragen hätte, seien alle aufgestanden und hätten geklatscht.«

»Ich finde die Geschichte gar nicht so unverfänglich. Werden die Briefe, die du aus dem Westen bekommst, nie geöffnet?«

»Doch, eigentlich immer. Aber was sollen die mir jetzt noch für einen Strick daraus drehen? Sie haben mich ja schon exmatrikuliert. Und fürs Schreiben habe ich keine Kraft mehr.«

»Bei einer misslungenen Flucht würden Westkontakte zusätzlich gegen dich sprechen.«

Frank bleibt stehen und starrt mich wütend an. »Hör auf, mir Angst zu machen. Meinst du, mir fällt die Entscheidung leicht?«

»Nicht so laut.«

»Ich dachte, wir würden zusammenhalten.«

»Das tun wir doch auch.«

»Nein, du hast immer nur Einwände.«

»Weil eine Flucht lebensgefährlich ist.«

»Merkst du nicht, wie sich unser Gespräch im Kreis dreht? So können wir keine Pläne machen, und ich brauche einen Plan, sonst werde ich verrückt. Ich hasse dieses Land. Und ich hasse es offenbar mehr als du.«

»Das stimmt nicht«, entgegne ich und will nach seiner Hand greifen.

Er zieht sie weg.

Wir laufen schweigend weiter. Schließlich bringt er mich nach Hause. Am Sonntag sehen wir uns nicht, obwohl er erst nachmittags nach Bitterfeld zurückfahren muss.

Es war ihre erste, ernsthafte Auseinandersetzung. Irina spürte wieder den Schmerz, den sie in den darauffolgenden Wochen empfunden hatte. Sie schrieb Frank mehrere Briefe, die alle unbeantwortet blieben. Hatte er sie nicht bekommen, oder war für ihn die Beziehung beendet? Aus dem Schmerz wurde allmählich Wut. Wenn Frank sich von ihr trennen wollte, sollte er ihr das offen sagen und sich nicht feige vor ihr verstecken.

Ende April schrieb sie ihm einen letzten Brief. *Ich sehne mich nach Dir und kann mir ein Leben ohne Dich nicht vorstellen.* Da endlich meldete er sich.

Ob er diese Zeit in seinem Buch erwähnen würde? Irina hielt es für unwahrscheinlich. Doch dann stieß sie beim Weiterlesen auf die Schilderung ihres Spaziergangs in der Kälte. Und auch ihren Streit verschwieg Frank nicht.

Noch nie hatte ich mich so zerrissen gefühlt. Ich liebte meine Freundin und wünschte mir nichts mehr, als gemeinsam mit ihr zu fliehen. Gleichzeitig war mir bewusst, dass ich nur dann einen Fluchtplan entwickeln könnte, wenn ich nicht ständig mit ihren Bedenken konfrontiert würde. So zwang ich mich, nicht auf die Briefe zu antworten, die sie mir schrieb, und meldete mich auch an meinen freien Wochenenden nicht bei ihr.

Stattdessen traf ich mich mit meiner Schwester Bettina. Ich wusste, dass einem Kollegen und Freund von ihr im Herbst 1976 in einem Faltboot die Flucht über die Ostsee geglückt war, und wollte sie fragen, ob sie Näheres über die Umstände wüsste. Zu meiner großen Überraschung erfuhr ich, dass

Bettina damals zusammen mit dem Mann hatte fliehen wollen, aber einen Tag vor dem vereinbarten Termin hatte sie Angst vor der eigenen Courage bekommen, was sie sehr bereute.

Da sie von Anfang an in die Planung der Flucht einbezogen worden war, konnte sie mir über die Einzelheiten der Vorbereitung genau Auskunft geben.

Ihr Kollege hatte seinen Sommerurlaub bei seinen Eltern in Wismar verbracht und an der mecklenburgischen Küste bei Kühlungsborn mehrere Tage lang von einem Getreidesilo aus mit einem Fernglas die Bewegungen der DDR-Küstenschutzboote beobachtet. So wurde ihm klar, dass er die westdeutsche Küste nicht direkt ansteuern durfte, sondern erst ein ganzes Stück nach Nordosten rudern musste, um dann in einem weiten Bogen Kurs auf Fehmarn zu nehmen. Und selbst wenn er die DDR-Grenze überwunden hatte, gab es noch die Gefahr, dass ihn die Grenzposten auf internationalen Hoheitsgewässern festnehmen würden. Das war zwar nicht erlaubt, aber es passierte immer wieder. Er schätzte, dass er zehn bis zwölf Stunden für seine Flucht brauchen würde.

Natürlich musste er das richtige Wetter abwarten: Windstille, um mit seinem Kajak nicht sofort in den Wellen unterzugehen, und Nebel, damit ihn die Suchscheinwerfer der Volksmarine nicht entdeckten. Und bei all dem galt: Er hatte nur im Schutz der Dunkelheit eine Chance, im Westen anzukommen. Das hieß, er würde nachts über die Ostsee rudern müssen.

Irina begann zu zittern, das Buch glitt ihr aus den Händen und fiel zu Boden.

Plötzlich hatte sie wieder jene Oktobernacht vor Augen, in der Frank und sie zu ihrer Flucht aufgebrochen waren.

Um uns herum nichts als das dunkle Meer. Es ist windstill und neblig. Mir ist kalt. Ich bin so erschöpft, dass ich beinahe das Paddel loslasse.

»Mensch, pass auf!«, schreit Frank.

»Ich kann nicht mehr«, keuche ich. »Meine Hände brennen wie Feuer. Die Blasen sind alle aufgeplatzt.«

»Meinst Du, meine Hände sehen anders aus?«

»Wie lange dauert es noch?«

»Keine Ahnung. Laut Kompass halten wir Kurs.«

»Wir sind seit Stunden unterwegs. Da müsste die Grenze doch längst hinter uns liegen.«

»Kann sein.«

»Ich will wenigstens die Sicherheit haben, dass sie uns hier nicht mehr erwischen können.«

»Es gibt keine Sicherheit.«

»Aber du hast doch immer gesagt …«

»Jetzt halt endlich den Mund! Ich brauche all meine Kraft, damit wir vorwärtskommen.«

Der Nebel beginnt sich zu lichten. Das ist ein schlechtes Zeichen. Ich versuche, wieder mitzupaddeln. Bei jeder Bewegung könnte ich schreien vor Schmerzen.

Und dann wird es auf einmal gleißend hell vor uns.

»Verdammt!«, höre ich Frank fluchen.

Da weiß ich, es ist vorbei.

Ihr wurde schwindelig, wenn sie daran dachte, wie die Grenzposten ein Schlauchboot zu Wasser ließen und ihnen mit vorgehaltenen Waffen befahlen, aus ihrem Kajak in das Boot zu klettern.

Dabei kenterten sie, und Irina war, als ob sie bei ihrem Sturz ins Meer ihr Bewusstsein verlor. Doch einer der Grenzer musste sie gepackt haben. Kurz darauf lag sie an Deck des

Patrouillenbootes und übergab sich. Frank saß gegen die Reling gelehnt und starrte ins Leere.

Irina stand auf. Sie brauchte dringend frische Luft. Es sah nach Regen aus, aber sie würde dennoch einen kurzen Gang machen.

Während sie durch die Straßen lief, sah sie sich immer noch an Deck jenes Bootes hocken, das mit hoher Geschwindigkeit in Richtung DDR-Küste fuhr. Es wurde kein Wort gesprochen. Ihre Gedanken kreisten um Mutter. Inzwischen würde sie ihren Abschiedsbrief gefunden haben.

Berlin, den 20. Oktober 1977

Liebe Mutter!

Es tut mir so leid, daß ich mich nicht von Dir verabschieden konnte.

Frank und ich müssen versuchen zu fliehen, weil wir es in diesem Land nicht mehr aushalten. Das Risiko, bei der Flucht unser Leben zu verlieren, gehen wir ein. Lieber sterben wir, als weiter in der DDR dahinzuvegetieren. Das bedeutet, daß ich das Versprechen, das ich Dir gegeben habe, brechen muß. Dafür bitte ich Dich um Verzeihung.

Ich will nicht, daß Du unter meiner Entscheidung zu leiden hast. Deshalb rate ich Dir, mich wegen »Republikflucht« anzuzeigen. Dann kannst Du bei den Verhören durch die Stasi glaubhaft machen, daß Du in meine Fluchtpläne nicht eingeweiht warst. Ich hoffe von ganzem Herzen, daß Du Dich so vor Repressalien durch das Regime schützen kannst.

Du warst und bist die beste Mutter, die ich mir vorstellen kann. Ich danke Dir für alles, was Du für mich getan hast.

Auch aus der Ferne werde ich immer an Dich denken und hoffe, daß Du mich nicht für das verurteilst, was ich vorhabe.
Herzliche Grüße sendet Dir
Deine Dich liebende Tochter Irina

Es begann zu regnen, und schon nach kurzer Zeit war Irina nass bis auf die Haut. Dennoch lief sie weiter, wie in Trance. Hätte sie sich nicht Mutter zuliebe zusammenreißen und in der DDR bleiben müssen? Mutter war allein und sie ihr einziges Kind. Sie hatte einundzwanzig Jahre lang für sie gesorgt und an sie geglaubt. Und selbst in der Zeit, als sie im Gefängnis gesessen hatte, und später, als sie von der BRD freigekauft worden war, hatte Mutter ihr nie Vorwürfe gemacht.

Irina fing plötzlich an zu frieren. Sie musste nach Hause und heiß duschen, sonst würde sie sich erkälten.

Als sie über die Straße rannte, wäre sie beinahe von einem Motorrad angefahren worden, doch sie blieb nicht einmal stehen.

Stefan machte ihr kopfschüttelnd die Tür auf. »Ich habe dich vom Fenster aus gesehen. Hatte mich gewundert, wo du steckst. Bist du verrückt geworden, bei dem Wetter draußen herumzurennen?«

»Ich hatte meine Regenjacke vergessen«, murmelte sie und lief an ihm vorbei ins Badezimmer.

»Du bist schon seit ein paar Tagen so seltsam. Hat es etwas mit dem Buch zu tun, das du gerade liest?«

Sie hielt inne. In ihren Schläfen pochte es. »Wie … kommst du darauf?«

»Es lag im Wohnzimmer auf dem Fußboden. Ich habe es mir vorhin mal angeschaut. Das ist ziemlich harter Stoff. Von so was kriegst du bestimmt Albträume.«

»… Ach, mach dir da mal keine Sorgen.«

»Das sagst du so einfach. Du leidest immer noch unter den Folgen deiner Haft. Denk nur an deine Klaustrophobie.«

»Lieber nicht.« Irina versuchte zu lächeln.

»Ich meine es doch gut.«

»Das weiß ich«, murmelte sie und gab ihm einen Kuss. »Ich gehe jetzt schnell duschen.«

»Soll ich dir einen Tee kochen?«

»Ja, gern.« Irina schloss die Tür hinter sich. Beim Blick in den Spiegel erschrak sie. In ihren Augen lag Panik. Weil sie das Buch nicht weggelegt hatte? Weil der Gedanke sie quälte, dass sie Mutter nicht hätte verlassen dürfen? Weil die Erinnerung an jene Nacht auf dem Meer und alles, was dann folgte, so unerträglich war?

Sie atmete ein paarmal tief durch. Jetzt war es vor allem wichtig, dass sie Stefans Besorgnisse zerstreute.

10.

Als sie unter der Dusche stand, versuchte sie, ihre Gedanken zu ordnen. Im Nachhinein konnte sie es selbst kaum fassen, dass sie so ziellos im Regen herumgelaufen war. Die Erinnerung an ihren gescheiterten Fluchtversuch hatte sie völlig aus dem Gleis geworfen.

Beim Abtrocknen spürte sie, wie erschöpft sie war, und beschloss, sofort ins Bett zu gehen.

Stefan brachte ihr einen Becher mit Kräutertee und setzte sich zu ihr. »Der wird dir guttun.«

»Danke.«

»Wann hast du denn angefangen, in diesem Buch zu lesen?«

»Ach, lass uns nicht mehr darüber reden.«

»Ich verstehe jetzt zumindest, wieso du seit einiger Zeit nachts stundenlang wach liegst.«

»Das wird schon wieder besser werden.« Hastig trank sie ein paar Schlucke. Konnte er dieses Thema nicht endlich fallen lassen?

»Solche Fluchtschilderungen müssen quälend für dich sein. Warum belastest du dich mit so was?«

Irina begann innerlich zu zittern. Sie musste ihn auf andere Gedanken bringen.

»Es geht mir nicht darum, dass ich dir vorschreiben will, welche Bücher du lesen sollst oder nicht. Aber kannst du nicht nachvollziehen, warum ich in diesem Fall befürchte, dass du ...«

»Das Buch wurde mir von meiner Buchhändlerin empfohlen«, unterbrach sie ihn. »Und Marlies hat es auch sehr gelobt. Deshalb lese ich es.« Ihre Stimme bebte. »Es hat nichts mit mir zu tun.«

»Das kann ich mir nicht vorstellen. Du hast doch etwas sehr Ähnliches erlebt.«

Irinas Hand zuckte, Tee schwappte auf ihre Bettdecke.

»Vorsicht.«

»Ich bin müde«, murmelte sie und stellte den Becher ab.

»Ich möchte einfach, dass unser Leben wieder in ruhigen Bahnen verläuft.«

»Hat es dir in den letzten Tagen an irgendetwas gefehlt?« Der Satz rutschte ihr heraus, bevor sie sich bremsen konnte.

Stefan schaute sie erschrocken an. »Nein. So meine ich das nicht. Irina, was ist denn los mit dir?«

»Lass mich bitte schlafen.«

Er strich ihr über den Kopf, doch sie drehte sich von ihm weg. Da verließ er wortlos das Zimmer.

Im nächsten Moment hörte sie ihn nebenan telefonieren. Er sprach bestimmt mit Svenja über seine Sorgen. Irina wünschte, sie könnte die letzten Stunden rückgängig machen, anstatt sich immer weiter in diesem Lügennetz zu verstricken.

In dieser Nacht schlief sie zum ersten Mal seit Langem wieder durch. Am nächsten Morgen stand sie so früh auf, dass Stefan noch schnarchte, als sie zum Schwimmen fuhr.

Beim Kraulen konnte sie alles vergessen, und da sie die Bewegungsabläufe und die Atmung seit Langem beherrschte, hatte das Schwimmen auch etwas Entspannendes. Heute schaffte sie ihre 1500 Meter in einer neuen Bestzeit.

Um neun Uhr hatte sie ihren ersten Behandlungstermin. Kurz vorher sah sie, dass Svenja ihr eine WhatsApp geschickt hatte, in der sie fragte, wann sie Mittagspause hätte. Sie müsse dringend mit ihr sprechen und würde sie abholen. *Wir können in der Nähe etwas essen gehen. Bis nachher. LG, Svenja.*

Nein, so nicht, dachte Irina. Warum konnte Svenja nicht wenigstens fragen, ob es ihr passte?

> *Ich hatte eigentlich vor, heute Mittag ein paar Besorgungen zu machen. Was gibt's denn so Dringendes zu besprechen?*, schrieb sie ihr.
>
> *Das erkläre ich Dir, wenn wir uns sehen,* lautete Svenjas Antwort.
>
> *Na gut. Aber falls es um den Streit gehen sollte, den ich gestern Abend mit Deinem Vater hatte, möchte ich Dich bitten, Dich aus der Sache herauszuhalten, auch wenn er das möglicherweise anders sieht.*
>
> *Okay. Wann soll ich Dich abholen?*
>
> *Um fünf nach eins. Ich habe bis zehn vor zwei Zeit. Lass uns im Stadtpark ein Käsebrot essen. Jetzt muss ich Schluss machen, weil meine erste Patientin kommt.*

Irina war überzeugt, dass Svenja ihren Wunsch nicht respektieren würde, sich in die Angelegenheit nicht einzumischen. Warum verabredete sie sich sonst mitten am Tag mit ihr?

Und so versuchte sie in den folgenden Stunden, sich für das Gespräch mit ihrer Tochter zu wappnen. Sie hatten nicht viel Erfahrung darin, ihre unterschiedlichen Meinungen im Streit auszutragen. Wann immer es einen Konflikt zwischen ihnen gab, war Irina diejenige, die einlenkte. Svenja wusste genau, wie wichtig ihrer Mutter ein harmonisches Zusammenleben war, und das hatte sie oft ausgenutzt.

Als sie mittags die Praxis verließ, wartete Svenja bereits auf sie.

»Hallo, Mama. Ich habe uns Sandwiches mitgebracht«, sagte sie zur Begrüßung.

»Wunderbar.« Irina nahm Svenja in die Arme. Ihr war der prüfende Blick ihrer Tochter nicht entgangen. »Dann können wir sofort in den Park fahren.«

Sie radelten hintereinander her und suchten sich eine schattige Bank. Svenja holte eine Wasserflasche mit zwei Bechern aus ihrem Rucksack, dazu zwei Baguettes mit Mozzarella, Tomaten und Basilikum.

»Das magst du doch gern, oder?«

Irina nickte und wickelte ihr Brot aus. »Wie läuft's bei euch?«

»Am Montag hat Petra, die Tagesmutter, bei uns angefangen.«

»Ah, ja. Und?«

»Leonie tut sich nicht leicht. Aber Petra hat viel Erfahrung und Geduld.«

»Das klingt gut.«

»Ich bin mir trotzdem nicht sicher, ob ich es wirklich riskieren kann, am nächsten Donnerstag wieder in der Schule anzufangen.«

»Versuch's. Und dann siehst du weiter.«

Svenja seufzte. »Das sagst du so einfach …«

Irina trank einen Schluck Wasser. Wollte ihre Tochter vorfühlen, ob sie im Notfall für die Tagesmutter einspringen könnte? War das der Grund, warum sie auf dem Treffen heute bestanden hatte? Vielleicht hatte auch ihr Rat, dass sie mit dreiundsechzig in Rente gehen solle, damit zu tun, schoss es Irina durch den Kopf. Stellte Svenja sich insgeheim vor, dass sie sich tagsüber um Leonie kümmern würde? Nein. So gern sie auch mit ihrem Enkelkind zusammen war, sie wollte sich auf kein festes Betreuungsprogramm einlassen.

»Es tut mir leid, dass ich nun doch den Streit ansprechen muss, den du gestern mit Papa hattest«, hörte sie Svenja da sagen. »Er ist besorgt, dass dir gerade alles zu viel wird.«

»Wir hatten eine Abmachung getroffen, und daran solltest du dich halten.«

»Ich weiß, aber …«

»Kein Aber«, unterbrach sie Irina. »Die Sache geht dich nichts an.«

»Es geht mich sehr wohl etwas an, wenn meine Mutter wie eine Verrückte im strömenden Regen durch die Gegend läuft«, fauchte Svenja. »Vor allem, nachdem sie vorher ein Buch gelesen hat, in dem es um eine missglückte Flucht aus der DDR geht.«

»Aha. Daher weht also der Wind«, entgegnete Irina. »Ich glaube, es ist besser, wenn wir ein andermal weiterreden.«

Sie legte ihr angebissenes Baguette auf die Bank und stand auf.

»Mama, du kannst doch jetzt nicht einfach gehen!«, rief Svenja erschrocken.

Irina zwang sich, ganz ruhig und gefasst auf ihr Rad zu steigen. Innerlich kämpfte sie mit sich und war so aufgewühlt, dass sie nicht wusste, ob sie den Weg zurück zur Praxis schaffen würde. Sie hatte diese Auseinandersetzung mit ihrer Tochter nicht gewollt. Aber die Diskussionen über Franks Buch setzten ihr so zu, dass sie jegliche Kontrolle über sich verlor.

Ob Svenja ihr folgte? Sie drehte sich kurz um. Nein. Und sie saß auch nicht mehr auf der Bank.

Irina spürte einen Stich. Jetzt hatte sie die beiden Menschen, die ihr am nächsten standen, gegen sich aufgebracht. Aber sie konnte nicht aus ihrer Haut.

Abends erhielt sie einen Anruf von Marlies.

»Deine Familie macht sich ernsthafte Gedanken über dich.«

»Meine Güte! Das kann doch wohl nicht wahr sein, dass sie dich jetzt auch noch in das Ganze mit reinziehen.«

»Ich wollte Svenja erst abwimmeln, aber als sie erwähnte, dass du die Autobiografie von Frank Hollmann liest, habe ich ein schlechtes Gewissen bekommen, weil ich dir das Buch doch empfohlen habe. Stefan und Svenja sind der Ansicht, dass die Lektüre eine Krise bei dir auslösen könnte.«

»So ein Unsinn!«

»Ganz so unsinnig ist das nicht, wenn ich daran denke, wie du vor zehn Tagen im Restaurant reagiert hast, als ich das Stasi-Gefängnis Hohenschönhausen erwähnt habe.«

»… Marlies … mach dir keine Sorgen. Ich komme gut zurecht.«

»Wirklich?«

»Ja.« Irina gab sich alle Mühe, entspannt zu klingen, dabei war ihr eher beklommen zumute. Warum redete nun auch noch ihre Freundin auf sie ein? Sie musste versuchen, von dem Thema abzukommen. »Im Grunde geht es auch gar nicht darum.«

»Sondern?«

»… Stefan und Svenja hadern damit, dass ich noch nicht in Rente gehen will. Sie wünschen sich, dass ich mich mehr um Leonie kümmere.«

»Ach so …«

»Aber dieser Widerstand kostet viel Kraft.«

»Das kann ich mir vorstellen. Du hast natürlich meine volle Unterstützung.«

»Ich weiß.«

Einen Moment lang schwiegen sie beide.

»Und …« Marlies räusperte sich. »Wie findest du nun das Buch von Frank Hollmann?«

»… Gut. Sehr authentisch.«

»Versprich mir, dass du's weglegst, wenn es zu belastend für dich wird.«

»Ja, klar.«

Sie vereinbarten, sich bald wieder zu treffen.

Irina war Stefan an diesem Tag noch nicht begegnet, weil er, wie jeden Freitag, direkt von der Arbeit zum Fußballspielen ging. Er hatte sich bisher nicht bei ihr gemeldet. Sie wusste, dass ihr Verhalten ihn gekränkt hatte. Sollte sie ihm eine WhatsApp schicken und sich bei ihm entschuldigen? Vielleicht würden sie dann wieder normal miteinander reden können.

Aber was sollte sie ihm schreiben? Sie musste auf das eingehen, was er gestern gesagt hatte, ohne zu viel preiszugeben.

Es dauerte eine Weile, bis sie einen Text entworfen hatte.

Lieber Stefan,
es tut mir sehr leid, dass wir uns gestritten haben. Ich weiß, wie besorgt Du um mich bist, aber ich kann dieses Buch nicht weglegen. Manchmal hilft es, etwas zu lesen, was die eigenen Erfahrungen widerspiegelt, auch wenn es mich gleichzeitig sehr aufwühlt. Insofern bin ich gestern Abend Dir gegenüber nicht ehrlich gewesen. Natür-

lich hat das Buch etwas mit mir zu tun, weil ich etwas sehr Ähnliches erlebt habe, so wie Du es ganz richtig gesagt hast.
Bitte verzeih mir. Ich liebe Dich.
Deine Irina

Ein paar Minuten später kam eine Antwort von ihm.

Liebe Irina, danke für Deine Nachricht. Ich bin froh, dass Du mir geschrieben hast. Warum hast Du das gestern Abend nicht gleich gesagt? Du warst auf einmal so verändert, dass ich das Gefühl hatte, es geht noch um etwas ganz anderes, irgendwas, was unsere Beziehung betrifft. (Das habe ich übrigens mit Svenja nicht besprochen.) Du kannst Dir sicherlich vorstellen, wie bestürzt sie war, als Du heute Mittag einfach aufgebrochen bist. Ich schicke ihr eine kurze Nachricht, dass bei uns alles wieder im Lot ist.
Liebe Grüße
Dein Stefan

Irina schluckte. Nun war das eingetreten, was sie insgeheim befürchtet hatte: Stefan hatte ihr angemerkt, dass sie mit etwas beschäftigt war, das nicht nur ihre gescheiterte Flucht aus der DDR betraf. Er neigte nicht zur Eifersucht, aber er hatte ein feines Gespür für Misstöne und Ungereimtheiten.

Sie wachte auf, als er nach Hause kam.

»Hallo.« Er beugte sich über sie und gab ihr einen Kuss. »Schlaf schnell weiter. Es ist alles in Ordnung. Liebe Grüße auch von Svenja.«

Erleichterung breitete sich in ihr aus. Sie hörte noch ein paar Minuten lang die üblichen Geräusche aus dem Badezimmer, dann schlief sie wieder ein.

Es war kurz nach vier. Stefan atmete ruhig und gleichmäßig. Leise stand sie auf und ging ins Wohnzimmer. Franks Buch lag auf dem Sessel. Sie zögerte einen Moment, dann setzte sie sich hin und schlug das nächste Kapitel auf. Es trug die Überschrift *Die Haft.* Sofort begann sie zu zittern. Da war nichts mehr von der Gelassenheit, die sie Marlies gegenüber an den Tag gelegt hatte.

Nein, sie würde es nicht schaffen, Franks Beschreibung seiner Hafterfahrungen zu lesen. Aber sie konnte nicht verhindern, dass ihr eine der dunkelsten Stunden ihrer eigenen Haft plötzlich wieder deutlich vor Augen stand.

Wie lange bin ich schon hier? Ich weiß es nicht. Ich weiß gar nichts mehr. Ich bin müde, unendlich müde. Aber sie lassen mich nicht schlafen, alle paar Minuten geht nachts das Licht an. So zermürben sie mich. Ich sehe niemanden außer dem Wärter, der mir morgens Muckefuck und zwei Scheiben Brot und mittags eine wässrige Kohlsuppe bringt.

Die Zellentür wird aufgeschlossen.

»Raustreten«, schnauzt der Wärter.

»Wo bringen Sie mich hin?«

»Seien Sie still.«

Ich folge ihm durch die Gänge. Wann immer wir ein rotes Ampellicht sehen, befiehlt er mir, stehen zu bleiben und mich mit dem Gesicht zur Wand zu drehen. Ich weiß, jetzt kreuzt ein anderer Gefangener unseren Weg, und wir sollen uns nicht begegnen. Erst bei Grün geht es weiter.

Im zweiten Stock werde ich in ein Zimmer geführt, in dem

ein älterer Mann hinter einem Schreibtisch sitzt. Er trägt einen grauen Anzug und verzieht keine Miene. Der Wärter deutet auf einen Hocker. Ich nehme Platz.

Der Vernehmer wartet, bis der Wärter den Raum verlassen hat. »Wissen Sie, wo Sie hier sind?«

Ich schüttele den Kopf.

»Sie brauchen es auch nicht zu wissen.« Er wirft einen Blick in die Akte, die vor ihm liegt. »Sie waren eine sehr gute Schülerin und Medizinstudentin. Wie konnten Sie in so schlechte Gesellschaft geraten? Angefangen hat es recht früh, am 31. Mai 1974. Wer hat Sie damals zu der Lesung bei Werner Blacher mitgenommen?«

Ich schweige.

»Sie müssen schon Ihre Bereitschaft zur Mitarbeit zeigen, sonst lasse ich Sie umgehend in Ihre Zelle zurückbringen. Wir haben Zeit ... Wochen, Monate, Jahre.« Sein Mund verzieht sich zu einem schiefen Grinsen.

Ich schaue auf meine Hände, will dieses Gesicht nicht mehr sehen.

»Es war Gisela Murbach, nicht wahr?«

Ich rühre mich nicht.

»Schauen Sie mich gefälligst an.«

Widerwillig blicke ich hoch.

»Sie gingen zu Werner Blacher, um sich die staatsfeindlichen Gedichte von Günther Murbach anzuhören. Und wie der Zufall es so wollte, trafen Sie dort einen gewissen Frank Hollmann.«

Wird er mir jetzt sämtliche Etappen seit jenem Abend aufzählen? Ich habe doch längst begriffen, dass die Stasi über alles, was wir unternommen haben, bestens informiert ist.

»Wer waren Ihre Fluchthelfer?«

»Wir hatten keine.«

»Ach, wirklich? Irgendjemand muss Ihnen geholfen haben, das Faltboot nach Kühlungsborn zu bringen.«

»Nein, niemand.«

»Und woher hatten Sie so genaue Kenntnisse davon, wie Sie paddeln mussten? Statt direkt auf die feindliche Küste zuzuhalten, wo wir Sie sofort erwischt hätten, sind Sie erst ein ganzes Stück nach Nordosten gepaddelt, sodass wir Sie erst viel später, genau genommen jenseits unserer Staatsgrenze, festnehmen konnten.«

»Was verboten ist«, rutscht es mir heraus.

»Werden Sie nicht frech!«

Ich habe es gewusst. Wir waren schon auf der anderen Seite. Die hätten uns gar nicht verhaften dürfen. Tränen steigen mir in die Augen.

»Es wird Ihnen nicht helfen, mir etwas vorzuheulen. Heraus mit der Sprache: Wer sind Ihre Mitwisser?«

»... Da ist niemand.«

»Auch nicht Ihre Mutter?«

Mir stockt der Atem. Hat sie sich nicht an meine Anweisung gehalten und mich angezeigt?

»Sie wollen doch sicherlich vermeiden, dass Ihre Mutter ihre Stelle verliert.«

»Meine Mutter ... wusste nichts«, stammele ich. »Bitte ... glauben Sie mir.«

»Warum sollte ich jemandem wie Ihnen glauben? Sie sind ein verdächtiges Subjekt.«

»Ich versichere, dass ich Ihnen die Wahrheit sage ... Meine Mutter hätte niemals unsere Fluchtpläne unterstützt ... Sie ist seit Langem Parteimitglied ... Sie steht zu diesem Staat.«

»Im Gegensatz zu Ihnen.«

Ich schlucke.

»Ihnen und Ihrem feinen Schriftsteller-Freund. Vermutlich ahnen Sie nicht einmal, dass er Sie nur benutzt hat.«

Ich starre ihn an. »... Wie bitte?«

»Er wusste, dass Sie zu zweit eine bessere Chance haben würden, die lange Paddelstrecke zu bewältigen.«

»Ich verstehe nicht, was Sie meinen. Frank und ich wollten gemeinsam fliehen. Wieso soll er mich benutzt haben?«

Da ist es wieder, dieses schiefe Grinsen. Ich würde dem Vernehmer am liebsten ins Gesicht schlagen.

»Ihr feiner Freund ist seit August 1975 mit einer Lyrikerin aus Köln liiert.«

In meinen Ohren beginnt es zu rauschen. Das kann nicht sein.

»Ihr Name ist Anna Weiss.«

»Nein! Nein, das ist nicht wahr!«

Ich sehe, wie der Vernehmer auf einen Knopf drückt und dann etwas in meiner Akte notiert.

»Wie können Sie so etwas Gemeines behaupten?«

Er schreibt weiter, ohne mich zu beachten.

Kurz darauf öffnet sich die Tür, und der Wärter bringt mich zurück in meine Zelle.

Ich weine, ich schreie, ich weigere mich zu essen. Aber nach drei Tagen zwinge ich mich zum Nachdenken. Gisela hat mir von den Zersetzungsmethoden der Stasi erzählt, und von Frank weiß ich, dass seine Schwester Bettina ihn auch mehrfach gewarnt hat. Die Vernehmer seien geschult darin, bei den Inhaftierten Zweifel an der Loyalität von Partnern, Familienmitgliedern und Freunden zu säen. Und weil sie so genau über das Leben jedes Einzelnen Bescheid wüssten, fänden sie immer eine schwache Stelle. Bei jemandem, der schon einmal durch seine Eifersucht, seinen Neid oder seine Habgier aufgefallen sei, gehe die Saat des Zweifels leicht auf.

Nein, das wird ihnen bei mir nicht gelingen. Es stimmt, dass Frank die Lyrik von Anna Weiss sehr bewundert. Und es stimmt auch, dass sie ihm versprochen hat, im Westen einen Verlag für seinen Roman zu suchen. Und ja, sie hat ihm in verschlüsselter Form geschrieben, dass Uwe Kießling die Flucht über die Tschechoslowakei in den Westen gelungen ist. Aber Frank hat nichts davon vor mir verborgen. Im Gegenteil, er hat mir immer alles ganz offen erzählt. Ich vertraue ihm, und dieses Vertrauen lasse ich mir von niemandem zerstören.

Irina lehnte sich zurück und schloss die Augen. Das Vertrauen in Frank hatte ihr die Kraft verliehen, die Zeit im Gefängnis zu überstehen. Sonst hätte sie sich vielleicht das Leben genommen.

Eine weitere Erinnerung flackerte wie ein Blitzlicht in ihr auf. Unwillkürlich krümmte sie sich zusammen, so sehr schmerzte es sie noch immer, was sie zweieinhalb Jahre später, nach ihrem Freikauf durch die Bundesrepublik, aus einem Zeitungsbericht erfahren hatte.

Ich sitze in der Stadtbibliothek in Gießen und blättere in der Zeitung. Vor drei Tagen bin ich hier im Notaufnahmelager angekommen. Und nun versuche ich, mich zurechtzufinden. Es fällt mir schwer. Natürlich bin ich erleichtert und dankbar, dass ich jetzt in Freiheit leben kann, aber dieses Land ist mir so fremd.

Im Kulturteil der Zeitung fällt mein Blick auf ein Foto. Das ist doch Frank! Er hält eine Urkunde in die Kamera und lächelt schüchtern. Neben ihm steht eine zierliche Frau mit langen, dunklen Locken. Ich erkenne sie sofort: Anna Weiss. Sie schaut Frank bewundernd an. Mein Mund wird trocken. Ich will die Zeitung beiseitelegen, will den Text unter dem Foto nicht lesen, aber ich kann mich nicht davon lösen.

> Der aus der DDR stammende und seit einem Jahr im Westen lebende Schriftsteller Frank Hollmann ... diesen wichtigen Literaturpreis für seinen ersten Roman ... Seine Lebenspartnerin Anna Weiss freut sich mit ihm ...

Lebenspartnerin? Anna Weiss? Ich bin wie gelähmt, meine Gedanken rasen, gleich wird mein Kopf zerspringen.

Die Stasi hat also recht gehabt. *Ihr feiner Freund ist seit August 1975 mit einer Lyrikerin aus Köln liiert.* Frank und Anna sind ein Paar. Er hat mich betrogen.

Irina öffnete ihre Augen. Sie war nass geschwitzt und spürte ihren Puls, ganz oben am Hals. Sie hätte Franks Autobiografie niemals kaufen dürfen. Aber jetzt war es zu spät, jetzt konnte sie nicht mehr aufhören zu lesen.

Der Wendepunkt hieß das nächste Kapitel. Was für ein Wendepunkt? Sie schlug das Kapitel auf und überflog die Seiten. Da ging es um die Isolation, den Schlafentzug, die Verhöre. Und um die Angst, aus dieser Hölle niemals herauszukommen.

Als sie das Buch zuklappen wollte, fiel ihr Blick auf den letzten Satz des Kapitels.

> Ich habe Jahre gebraucht, bis ich nach dem Tod meiner Freundin wieder festen Boden unter den Füßen hatte.

Sie stockte, las den Satz ein zweites und drittes Mal und fasste es nicht.

Hatte die Stasi Frank gegenüber behauptet, sie sei tot?

War das der Wendepunkt?

Konnte es sein, dass alles ganz anders gewesen war und er sie nicht betrogen hatte?

11.

SIE WACHTE MIT DRÖHNENDEN Kopfschmerzen auf. Wie spät war es? Viertel nach sieben. Dann hatte sie höchstens eine Stunde geschlafen.

Als sie versuchte, sich aufzurichten, verschwamm alles vor ihren Augen zu hellen Kreisen. Gleich würde sie sich übergeben müssen.

Sie brauchte ihre Tabletten, aber sie würde es nicht schaffen aufzustehen.

»Stefan?«

»Hm …«

»Ich hab Migräne … Hol mir bitte ein Glas Wasser und meine Tabletten.«

Er brummte etwas Unverständliches und stand auf. »Wo sind die?«

»Im Badezimmerschrank.«

Sie sank auf ihr Kissen zurück. Was war passiert? Es hatte etwas mit früher zu tun … Ja, natürlich, Franks Buch … *nach dem Tod meiner Freundin …*

»Hier«, hörte sie Stefan da sagen.

»Danke.«

Es dauerte eine Weile, bis es ihr gelang, die Tablette hinunterzuschlucken.

»So einen schlimmen Anfall hast du seit Jahren nicht mehr gehabt. Hat die Lektüre dieses Buches dich vielleicht doch zu sehr belastet?«

»Am besten jetzt nicht reden.«

»Meinst du nicht, dass es gut wäre, wenn du dir professionelle Hilfe holen würdest?«

»Stefan, lass mich … Ich kann nicht …«

»Svenja und ich können dir ja offenbar nicht helfen.«

Sie drehte sich auf die Seite und schloss die Augen. Wieso begriff er nicht, dass sie Ruhe brauchte?

Plötzlich spürte sie seine Hand auf ihrer Schulter. »Irina, wir machen uns Sorgen.« Seine Stimme klang sanft. »Du hast damals so Schlimmes durchgemacht. Wenn das nun wieder hochkommt …«

»Morgen …«, murmelte sie. »Morgen reden wir weiter.«

Er strich ihr über den Kopf. »Es wird alles gut.«

Allmählich begann sie sich zu entspannen. Stefan gab ihr Halt, so wie er ihr immer Halt gegeben hatte.

Sie verbrachte das ganze Wochenende im abgedunkelten Schlafzimmer. Ab und zu schaute Stefan herein, um zu fragen, ob er ihr etwas zu essen oder trinken bringen solle, aber sie wollte nur schlafen.

Irgendwann wurde sie wach und sah Svenja an ihrem Bett sitzen.

»Entschuldige, Mama. Ich wollte dich am Freitagmittag nicht aufregen.«

Irina nickte nur. Sie war noch zu schwach, um sich auf ein Gespräch einzulassen.

Als sie am Montagmorgen aufwachte, kam es ihr vor, als hätte sie eine schwere Krankheit überwunden. Sie hatte wieder Appetit und radelte wie gewohnt zur Arbeit.

Natürlich hatte sie es in den letzten zwei Tagen nicht vermeiden können, an den Satz in Franks Buch zu denken. Aber was machte es für einen Unterschied, dass Frank geglaubt hatte, sie sei tot? Sie würde sich nicht mehr mit dem Gedanken quälen müssen, dass er sie betrogen hatte. Aber darüber hinaus änderte sich nichts. Er hatte sein Leben gelebt, mit Anna Weiss und anderen Frauen, die sie nicht kannte. Und sie hatte sich vor über dreißig Jahren für ein Leben mit Stefan entschieden. 1987 war Svenja geboren worden. Dem gegenüber waren die drei Jahre von 1974 bis 1977, die sie mit Frank zusammen gewesen war, nicht mehr von Bedeutung.

Sie betrat die Praxis, begrüßte Nicole und bat ihre erste Patientin in ihr Behandlungszimmer. Es war die junge Frau mit dem Bandscheibenvorfall, die an dem Tag, als sie von Franks Autobiografie erfahren hatte, bei ihr in Tränen ausgebrochen war. Mittlerweile hatte sie keine Schmerzen mehr, heute war ihr letzter Termin. Irina ging noch einmal alle Rückenübungen mit ihr durch und freute sich, als sie sah, wie beweglich die junge Frau wieder war.

Beim Abschied nahm sie Irina in die Arme. »Ich möchte mich herzlich bei Ihnen bedanken. Sie haben ein großes Talent, den Menschen Mut zu machen.«

»Danke.«

Nachdem die junge Frau das Zimmer verlassen hatte, fühlte Irina sich auf einmal ganz leer. Sie setzte sich an den PC und machte ihre Notizen. Was war los mit ihr? Eben hatte sie sich noch über das Lob gefreut.

Gleich würde sie ihren nächsten Patienten aus dem Wartezimmer abholen müssen. Sie hatte keine Zeit, darüber nachzudenken, woher diese Leere kam. Aber sie ahnte, dass es mit etwas Widersprüchlichem in ihrem Innern zu tun hatte. Es war der Mut, den sie anderen machte und der ihr selbst fehlte.

Drei Tage vergingen, in denen Irina immer wieder spürte, dass sich sehr wohl etwas geändert hatte. Ständig ertappte sie sich bei der Frage, wo Frank jetzt sein mochte. Sie meinte, einmal gelesen zu haben, dass er den Sommer nie in Berlin verbrachte, wo er für gewöhnlich lebte, sondern in einem kleinen Dorf in Italien.

Vermutlich würde es nicht besonders schwierig sein, den Namen jenes Ortes herauszubekommen. Sie musste nur im Internet etwas forschen. Aber den Laptop, den Stefan und sie sich teilten, wollte sie dafür nicht benutzen. Und sie zögerte immer noch, weil sie wusste, dass es mit der Suche nach Franks Aufenthaltsort nicht getan war. Sie würde ihm begegnen wollen, um ihm eine andere Version ihrer gemeinsamen Geschichte zu erzählen.

Am Donnerstagabend konnte sie sich nicht länger zurückhalten. Nachdem ihre letzte Patientin gegangen war, gab sie in ihrem PC den Namen *Frank Hollmann* ein. Es erschienen unzählige Hinweise auf die Besprechungen seiner Bücher und die Radio- und Fernsehsendungen, in denen über ihn diskutiert worden war. Sie hatte sich schon durch über zwanzig Seiten gescrollt, als sie einen Beitrag entdeckte, der die Überschrift trug: *Der scheue Autor – Das Phänomen Frank Hollmann.* Es handelte sich um einen Zeitungsartikel, der 2007 veröffentlicht worden war. Darin schilderte ein Journalist seine vergeblichen Versuche, Frank Hollmann zu einem Interview zu bewegen. Er war schließlich sogar nach Fonaco gereist, einem winzigen Ort an der Grenze zwischen der Toskana und Umbrien, in der Hoffnung, Frank Hollmann möge seinen Einsatz dadurch belohnen, dass er ihm einige Fragen beantwortete.

Doch es war alles umsonst. Später erfuhr ich, dass hier schon so mancher Kollege vor verschlossener Tür gestanden hatte.

Fonaco. Den Namen hatte Irina noch nie gehört. Sie gab ihn bei Google ein und fand heraus, dass der Ort nur aus ein paar Häusern bestand und vierundzwanzig Einwohner hatte. Er lag zweiunddreißig Kilometer östlich von Arezzo. Diese mittelalterliche Stadt kannte sie, dort waren sie vor vielen Jahren mit dem Wohnwagen gewesen.

Einen Moment lang zögerte sie noch, dann rief sie die Webseite der Deutschen Bahn auf. Nachdem sie verschiedene Daten und Uhrzeiten eingegeben hatte, stellte sie zu ihrer Überraschung fest, dass es möglich war, in gut siebzehn Stunden vom Hamburger Hauptbahnhof nach Arezzo zu fahren. In München würde sie umsteigen müssen, ab dort könnte sie einen Platz in einem Liegewagenabteil buchen. Morgens um zehn nach sieben kam der Zug in Arezzo an. Am Wochenende war die Reise teurer als wochentags, aber auch an einem Freitag würde sie für eine Rückfahrkarte mindestens 338 Euro zahlen müssen, dazu kämen die Kosten für einen Mietwagen ab Arezzo. Natürlich wäre es günstiger zu fliegen, aber sie war noch nie geflogen und würde ihre Flugangst auch jetzt nicht überwinden können.

Irina hielt inne. Was für eine absurde Idee. Hatte sie eben ernstlich daran gedacht, nach Fonaco zu reisen?

Sie schaltete den PC aus und schaute auf ihre Uhr. Gleich halb acht. Bei ihren Nachforschungen im Internet hatte sie völlig die Zeit vergessen. Und es war nichts eingekauft für heute Abend. Wenn sie sich beeilte, würde sie es gerade noch schaffen, im Supermarkt zwei Tiefkühlpizzen zu besorgen.

Als sie nach Hause kam, lag ein Zettel von Stefan auf dem Küchentisch.

19.30 Uhr
Ich habe Brote gegessen und fahre jetzt zum Skatspielen.
Bis nachher.
LG, Stefan

Sie schob die Pizzen ins Tiefkühlfach, aß schnell ein Käsebrot und ging ins Wohnzimmer.

Franks Buch lag auf dem Couchtisch. Dort hatte sie es bestimmt nicht hingelegt. Hatte Stefan angefangen, darin zu lesen? Ihr schoss das Blut in den Kopf.

Und wenn schon, versuchte sie sich zu beruhigen. Franks Schreibweise war äußerst diskret. Bisher hatte er an keiner Stelle durchblicken lassen, um wen es sich bei seiner Freundin handelte.

Irina setzte sich in ihren Sessel und griff nach dem Buch. Doch im nächsten Augenblick legte sie es wieder beiseite. Nein, sie hatte heute nicht die Ruhe, um weiterzulesen.

War die Idee einer Reise vielleicht doch nicht so absurd? Sie könnte Nicole morgen fragen, ob es möglich sei, ab Freitag sechs Tage Urlaub zu bekommen. Die Schulferien waren seit heute vorbei. Alle Kolleginnen, die mit ihren schulpflichtigen Kindern Ferien gehabt hatten, arbeiteten wieder und könnten sie vertreten. Wie oft war sie in den letzten Jahren für diese Mütter eingesprungen, wenn ihre Kinder mit Masern, Windpocken oder Keuchhusten im Bett gelegen hatten. Manchmal hatte sie an einem Tag zwei oder drei Überstunden gemacht. Außerdem standen ihr noch drei Wochen ihres Jahresurlaubs zu.

Und was sollte sie Nicole für eine Begründung nennen, warum sie so plötzlich verreisen wolle? Irina brauchte nicht lange zu überlegen. Sie würde sagen, dass sie nach München fahren müsse, zu einer langjährigen Freundin, die in einer schweren Krise stecke und der sie beistehen wolle. Dafür würde Nicole Verständnis haben.

Wenn sie die Frage des Urlaubs geklärt hätte, könnte sie in der Mittagspause in ein Reisebüro gehen und sowohl die Bahnfahrt als auch den Mietwagen buchen. Es wäre zwar praktischer, dies von ihrem Laptop aus zu erledigen, aber dann würde Stefan anhand der Buchungsbestätigungen das tatsächliche Ziel ihrer Reise erfahren. Zum Glück hatte sie immer schon ein eigenes Konto und eine eigene Kreditkarte, sodass sie die Reisekosten erst einmal vor ihm verbergen konnte.

Irina erschrak. Was war in sie gefahren? Wie kam es, dass es ihr offensichtlich gar nicht schwerfiel, Stefan in Gedanken so zu hintergehen? Und warum wollte sie Frank überhaupt wiedersehen? Ging es ihr wirklich nur darum, ihm zu sagen, dass sie lebte, und ihm eine andere Version ihrer gemeinsamen Geschichte zu erzählen? Oder spürte sie wieder etwas von ihrer Liebe zu ihm, seitdem sie wusste, dass sie nicht von ihm betrogen worden war?

Das Thema ließ sie nicht mehr los.

Kurz nachdem sie die Nachrichten geschaut hatte, ertappte sie sich bei der Überlegung, dass sie Stefan dasselbe sagen würde wie Nicole, wenn sie tatsächlich beschließen sollte, nach Italien zu reisen. Und sie hörte quasi schon seine Antwort. Ja, natürlich könne er verstehen, dass Sabine Unterstützung brauche. Aber wie, um Himmels willen, wolle sie es schaffen, allein mit dem Zug nach München zu fahren? Auf der Strecke gäbe es eine Reihe von Tunneln, vor allem in den Mittelgebirgslandschaften. Und sie wisse doch, wie panisch sie immer auf Tunnel reagiere, selbst wenn er dabei sei und sie ein Beruhigungsmittel eingenommen hätte.

Irina lehnte sich zurück und schloss die Augen. Die Mittelgebirgslandschaften waren nichts im Vergleich mit den Alpen. Zwischen München und Arezzo würde es unzählige und vor allem sehr lange Tunnel geben. Und es wäre eine Fahrt durch die Nacht.

Sie stand auf und trat ans Fenster. In der aufziehenden Dunkelheit lag etwas Beklemmendes. Nein, es hatte keinen Sinn, noch länger über eine solche Reise nachzudenken.

Niemals zuvor hatte sie es als so bitter empfunden, dass sie sich nicht freier bewegen konnte. Aber es war nicht zu ändern.

12.

In den darauffolgenden Tagen hatte Irina zunehmend das Gefühl, neben sich zu stehen und sich dabei zuzusehen, wie sie ihre Patienten behandelte, einkaufte, kochte und die Zeitung las, am Samstag mit Stefan zum Schrebergarten radelte, den Rasen mähte, Unkraut jätete und Äpfel erntete, am Sonntag Wäsche wusch, bügelte, mit Leonie auf den Spielplatz ging und mit Svenja Kaffee trank. Früher war es ihr nie in den Sinn gekommen, darüber nachzudenken, ob sie so oder anders leben wollte. Ihr Alltag hatte seinen festen Rhythmus gehabt, der ihr vertraut war und den sie nicht infrage stellte.

Doch seitdem sie herausgefunden hatte, dass Frank die Sommer in Fonaco verbrachte, tauchten immer häufiger Bilder einer anderen Welt in ihr auf. Sie sah sich in einen Zug steigen, durch eine südländische Landschaft fahren, zwischen alten Häusern herumlaufen und nach Frank Ausschau halten. Es war, als würde sich in ihrem Innern eine zweite Lebensspur ihre Bahn suchen.

Svenja fand, dass sie abwesend wirkte und ließ sich mehrmals von ihr versichern, dass es ihr wieder gut gehe und sie von daher unbesorgt sein könne.

Stefan beobachtete sie aus den Augenwinkeln, aber er hielt sich mit Kommentaren zurück und erwähnte auch nicht mehr, dass sie sich professionelle Hilfe holen solle.

Am Montagmorgen war Irina die Erste in der Praxis. Sie warf einen Blick auf ihren Terminplan, sah, dass Nicole sie in dieser Woche dreimal mit Fragezeichen als Vertretung eingetragen hatte, und wusste plötzlich, dass sie so nicht weitermachen konnte.

Als Nicole ein paar Minuten später ankam und sich dafür entschuldigte, dass sie sie noch nicht gefragt hätte, ob sie die drei Vertretungen übernehmen könne, Jenny hätte Grippe und sei die ganze Woche krankgeschrieben, antwortete Irina, dass das kein Problem sei. Sie hätte Zeit.

»Hervorragend. Vielen Dank.«

»Ich habe auch eine Bitte …« Irina versagte auf einmal die Stimme.

»Ja?«

Sie räusperte sich. »Ich wollte dich fragen, ob ich … ab Freitag sechs Tage Urlaub bekommen könnte.«

»Oha, das ist aber sehr kurzfristig.«

»Es tut mir leid … Ich habe gestern Abend erfahren, dass eine meiner ältesten Freundinnen Hilfe braucht.« Irina bemühte sich, Nicole anzusehen, doch es gelang ihr nicht. »Sie ist von ihrem Mann verlassen worden … Bei ihr bricht gerade alles zusammen.«

»Wo lebt sie?«

»In München.«

»Ich verstehe.«

»Wenn ich ihr sagen könnte, dass ich am Freitag für eine gute Woche zu ihr komme, wäre das eine große Beruhigung für sie.«

»Ich guck mal, ob ich das hinkriegen kann. Spätestens heute Mittag sag ich dir Bescheid.«

»Danke.«

Ob Nicole irgendetwas gemerkt hatte? Irina hatte sie noch nie angelogen.

Der Vormittag verging schleppend. Während der Behandlung eines Mannes, der nach einer Rückenoperation immer noch Lähmungserscheinungen im linken Fuß hatte und befürchtete, ihn nie wieder richtig bewegen zu können, überlegte Irina, ob sie nicht tatsächlich nach München reisen sollte, wenn Nicole ihr den Urlaub bewilligte. Sabine würde sich über die Unterstützung freuen. Sie könnte für sie kochen, und abends würden sie in Ruhe all die schwierigen Themen durchsprechen, mit denen ihre Freundin sich jetzt befassen musste. So würde sie in ihrer Urlaubswoche etwas wirklich Sinnvolles tun, anstatt einer alten Liebe von vor vierzig Jahren nachzulaufen.

»Frau Lohrisch?«

»Ja, entschuldigen Sie ...«

»Ich habe Sie eben gefragt, wie Sie meine Situation einschätzen. Der Orthopäde gibt mir immer nur ausweichende Antworten.«

»Sie brauchen Geduld. Manchmal stellt sich ein Erfolg erst fünf oder sechs Wochen nach der Operation ein.«

»Kann es auch sein, dass mein Fuß dauerhaft gelähmt bleibt?«

»Machen Sie sich darüber jetzt keine Gedanken.«

»Das tue ich aber!«

»Es ist wichtig, positiv zu denken und alles zu tun, um den Heilungsprozess zu unterstützen.«

Der Mann seufzte resignierend. Er war stark übergewichtig, rauchte seit fünfzig Jahren und hatte noch nie etwas zur Stärkung seiner Rückenmuskulatur getan. Irina wunderte sich nicht, dass der Orthopäde ihm nur ausweichende Antworten gab.

Als sie zehn Minuten später ihre nächste Patientin aus dem Wartezimmer abholen wollte, winkte Nicole sie zu sich heran.

»Es war schwierig, aber es hat geklappt.«

Irinas Herz machte einen Sprung. »Danke.«

»Ich konnte eine junge Frau engagieren, die sich neulich um eine halbe Stelle bei mir beworben hat. Wir brauchen sowieso noch jemanden zusätzlich, schon allein, damit du nicht immer so viele Vertretungen übernehmen musst.«

»Das ist super.«

»Häng es nicht an die große Glocke, dass du deinen Urlaub erst vier Tage vorher beantragt hast«, sagte Nicole leise. »So eine Ausnahme gibt's nur bei dir.«

Irina drückte ihr die Hand und ging weiter zum Wartezimmer. Sie fühlte sich auf einmal ganz leicht.

Mittags radelte sie zu einem Reisebüro im Poelchaukamp, von dem sie wusste, dass dort auch Bahnfahrkarten gebucht werden konnten. Man würde dafür eine Extragebühr berechnen, aber das nahm Irina in Kauf. Hauptsache, es gelang ihr, das Reiseziel vor Stefan zu verheimlichen. Oder würde es gar nichts zu verheimlichen geben, weil sie zu Sabine nach München fuhr?

Vor dem Reisebüro schloss sie ihr Fahrrad an und atmete tief durch. Sie musste sich entscheiden. Es konnte nicht sein, dass sie immer noch nicht wusste, was für eine Reise sie buchen sollte.

Sie öffnete die Tür. Eine freundlich lächelnde Frau in Svenjas Alter bat sie, Platz zu nehmen.

»Was kann ich für Sie tun?«

»Ich möchte mit der Bahn nach Arezzo fahren«, hörte Irina sich sagen. »Und dann brauche ich einen Mietwagen und eine Unterkunft in der Nähe von Fonaco. Das ist ein winziger Ort östlich von Arezzo. Dort gibt es bestimmt keine Pension.«

Die Sachbearbeiterin notierte sich die Wörter *Arezzo* und *Fonaco* auf einem Zettel. Irina schluckte. Noch konnte sie es sich anders überlegen, konnte sagen, dass sie nur bis München fahren würde.

»Sind Sie sicher, dass Sie nicht fliegen wollen? Das wäre schneller und kostengünstiger.«

»Ganz sicher.«

»Gut. Ich wollte Sie nur auf diese andere Möglichkeit hinweisen. Haben Sie eine Bahncard?«

»Nein, ich ... fahre eigentlich sonst nie mit der Bahn.«

»Ich muss Sie noch darauf aufmerksam machen, dass wir als Reisebüro eine Gebühr von elf Euro für die Buchung einer Bahnfahrkarte erheben.«

»Ja, das ist mir bewusst.«

»Wann wollen Sie reisen?«

»... Am 8. September, also am kommenden Freitag.«

Die Sachbearbeiterin wandte sich ihrem PC zu und begann, die Angaben einzutippen. Irina hielt die Luft an. Sie sollte es lassen. Durch diese Reise würde alles noch komplizierter.

»Und zurück?«

»Das ... weiß ich leider noch nicht. Gibt es die Möglichkeit, die Fahrkarte umzutauschen, wenn ich zum Beispiel nicht nach einer Woche, sondern schon früher zurückfahren will?«

»Nicht bei dem Super-Sparpreis. Dafür müssten Sie den Flexpreis wählen. Der ist pro Strecke zweiundvierzig Euro teurer.«

»Dann buche ich nur die Hinfahrt.«

»14:01 ab Hamburg Hauptbahnhof, 20:00 an München, 20:10 ab München, 7:10 an Arezzo.«

»Ja, das sind die Zeiten, die ich auch im Internet gesehen

habe.« Jetzt wird sie sich fragen, warum ich die Fahrkarte nicht zu Hause buche, schoss es Irina durch den Kopf.

»Das günstigste Ticket kostet hundertachtundachtzig Euro und neunzig Cent. In dem Preis sind Sitzplätze für die Züge von Hamburg nach München und München nach Arezzo enthalten. Ein Liegewagenplatz ist leider nicht mehr verfügbar.«

»Oh, damit hatte ich nicht gerechnet.«

»Soll ich die Fahrt trotzdem buchen?«

»... Ja. Und es wäre nett, wenn Sie mir die Rückfahrzeiten ausdrucken könnten.«

»Das mache ich gerne.«

Die junge Frau arbeitete sehr effizient. Sie erklärte Irina, dass es sich nicht lohne, einen Leihwagen tageweise zu mieten, der Wochenpreis sei auf jeden Fall günstiger. Sie empfahl ihr einen Fiat Panda für zweihundertfünfzehn Euro. Zehn Minuten später hatte sie auch drei Übernachtungen mit Frühstück in einem Agriturismo in Anghiari für sie gebucht, einem Ort, der knapp zwanzig Minuten mit dem Wagen von Fonaco entfernt lag.

»Falls ich beschließe, länger zu bleiben, werde ich doch irgendwo eine Bleibe finden, oder?«

»Ja, mit Sicherheit. Anfang September ist die Hauptsaison vorbei.«

»Dann bin ich beruhigt.«

Irina stockte einen Moment, als die Sachbearbeiterin ihr die Rechnung vorlegte. Sechshundertvier Euro und neunzig Cent. Und das ohne die Kosten für die Rückfahrt und die restlichen vier Übernachtungen. War es nicht völlig verrückt, eine so teure Reise anzutreten, wenn sie noch nicht einmal wusste, ob Frank sich zurzeit überhaupt in Fonaco aufhielt?

Die Sachbearbeiterin hatte ihr Zögern bemerkt, und Irina sah, wie schwer es ihr fiel, weiterhin freundlich zu lächeln. Die Buchungen waren abgeschlossen, sie konnte nicht mehr zurück.

»Bitte«, murmelte sie und schob ihr die Kreditkarte zu. Hoffentlich würde es jetzt keine Schwierigkeiten geben. Neulich im Supermarkt hatte die Bezahlung mit der Karte nicht funktioniert.

Nein, es klappte problemlos. Die junge Frau reichte ihr die Reiseunterlagen und die Belege und wünschte ihr eine gute Fahrt.

»Danke. Auch für Ihre Beratung und … Ihre Geduld.«

»Dafür bin ich da.«

Irina ging auf die Tür zu und schaute sich noch einmal kurz um. Die junge Frau war mit ihrem Smartphone beschäftigt. Sie würde keinen weiteren Gedanken an diese sonderbare Kundin verschwenden. Woher sollte sie auch wissen, wie zerrissen Irina sich fühlte, wenn sie an die bevorstehende Reise dachte. Sie hielt es immer noch für möglich, dass sie nicht fahren würde.

Abends, als sie mit Stefan die Nachrichten sah, rief Marlies an, um zu hören, wie es ihr ergangen sei.

»… Ganz gut. Und dir?«

»Ich hatte Nachtdienst und bin ziemlich müde, aber sonst ist alles okay. Wie läuft's mit Stefan und Svenja? Ich hoffe, dass sie dir mehr Ruhe gönnen.«

»Ja … Warte mal eine Sekunde. Hier läuft der Fernseher.«

Sie ging ins Schlafzimmer und schloss die Tür hinter sich. »In letzter Zeit haben sie sehr viel Rücksicht auf mich genommen.«

»Na, siehst du. Es ist halt wichtig, dass du ihnen immer

wieder klar signalisierst, was du schaffen kannst und was nicht.«

»Stimmt. Wie geht's deiner Mutter?«

»Sie erholt sich allmählich. Mittwochnachmittag will ich eine Seniorenresidenz bei mir in der Nähe besichtigen. Drück mir die Daumen, dass das was für sie ist.«

»Mach ich.«

»Wollen wir uns Ende der Woche zu einem Spaziergang treffen? Vielleicht an der Elbe?«

»Eh ... Ich ... bin wahrscheinlich nicht da ...«

»Deine Stimme klingt plötzlich so leise.«

»Ich sagte, dass ich wahrscheinlich nicht da bin.«

»Ah, wollt ihr doch noch Urlaub machen?«

»Nein ...« Sollte sie ihr die Wahrheit sagen? Aber dann müsste sie ihr die ganze Geschichte erzählen. Das würde sie nicht schaffen. Nicht jetzt.

Stattdessen berichtete sie ihr von Sabines Krise und dem Wunsch, ihr beizustehen.

»Ich wusste gar nicht, dass ihr noch so eng befreundet seid.«

»Sind wir auch nicht, aber sie tut mir so leid.«

»Die Fahrt mit dem Zug wird bestimmt nicht einfach für dich, oder?«

»Nein ... Es kann sein, dass ich im letzten Moment wieder aussteige.«

»Sag mir Bescheid, wenn du doch hierbleiben solltest. Dann unternehmen wir was zusammen.«

»Ist gut.«

Nachdem sie sich verabschiedet hatten, trat Irina ans Fenster und starrte in die Dunkelheit. Es war merkwürdig genug, dass sie all die Jahre mit Marlies nicht über Frank gesprochen hatte. Und auch wenn sie ihren Fragen nach ihrem Leben in der DDR manchmal ausgewichen war, so hatte sie sie nie direkt belogen. Bis eben am Telefon. Dafür schämte sie sich.

Und Stefan und Svenja? Die beiden würde sie natürlich auch belügen müssen. Bei der Vorstellung wurde ihr plötzlich beinahe übel. Vor ein paar Tagen hatte sie die Situation noch ganz ruhig in Gedanken durchgespielt. Aber jetzt packte sie ihr schlechtes Gewissen. Wie sollte sie es durchhalten, ihnen etwas vorzumachen? An irgendeinem Punkt würde sie sich verraten.

Und was war, wenn Stefan am Wochenende bei Sabine anrufen und sie sprechen wollte? Müsste sie Sabine vorher quasi um ein Alibi bitten? Nein, das war völlig unmöglich, denn es würde bedeuten, dass sie Sabine nur benutzte, anstatt ihr in ihrer schwierigen Situation zu helfen. Sie musste sich darauf verlassen, dass Stefan sie während ihrer Abwesenheit auf ihrem Smartphone anrufen würde. Und dann würde sie vorgeben, bei Sabine in München zu sein. Oder am besten würde sie ihm zuvorkommen und sich einmal am Tag bei ihm melden.

Irina zog die Gardine zu. Lass es, sagte ihre innere Stimme. Du wirst Stefan und dich ins Unglück stürzen. Und warum willst du das Risiko eingehen? Weil du neugierig bist, ob Frank noch immer die Liebe deines Lebens ist? Und wenn es so wäre und es ihm genauso ginge, wärst du bereit, alles für ihn aufzugeben? Das ist unverantwortlich. Stefan ist der Mann, mit dem du seit über dreißig Jahren zusammenlebst, ihr habt ein gemeinsames Kind und ein Enkelkind. Er ist deine Lebensliebe.

Nein, heute hatte sie nicht die Kraft, ihm von ihrer angeblichen Reise nach München zu erzählen.

Sie ging kurz ins Wohnzimmer zurück, um ihm zu sagen, dass sie müde sei und jetzt schlafen gehen würde.

»Ich komme auch gleich.«

Als sie im Bett lag, nahm sie sich fest vor, morgen mit Stefan zu sprechen. Oder sie würde mit dem eindeutigen Gefühl aufwachen, dass sie diese Reise nicht antreten konnte. Vielleicht war es das, was sie sich wünschte.

13.

Aber am nächsten Morgen fühlte Irina sich zerrissener denn je. Zum Glück war Stefan schon zur Arbeit aufgebrochen. Sonst hätte er ihr angesehen, dass mit ihr etwas nicht stimmte.

Sie stand auf, ging duschen und bereitete ihr Frühstück vor. Da vibrierte ihr Smartphone.

Svenja schickte ihr eine lange WhatsApp.

Liebe Mama,
André und ich möchten uns bei Euch für den super Einsatz bei der Betreuung von Leonie in den letzten Monaten bedanken und Euch für Samstag um 20 Uhr zu einem Essen bei uns einladen. Leonie schläft dann hoffentlich, und wenn nicht, ist Annika für sie da. Die beiden lieben sich heiß und innig.
Andrés Eltern kommen auch. Ihr vier habt Euch ja lange nicht gesehen, und da dachten wir, dass dies eine schöne Gelegenheit sei, Euch mal wieder zusammenzubringen.
Papa hat bereits geantwortet, dass Ihr an dem Abend nichts vorhabt.
Wir freuen uns!
Liebe Grüße,
Deine Svenja

Was für eine nette Idee, dachte Irina. Und sofort nagte wieder der Zweifel an ihr. War diese Einladung nicht wie ein Zeichen, dass es besser wäre, doch nicht zu fahren, sondern sich um ihre Familie zu kümmern? Es wäre wichtig, ihrem Schwiegersohn mal wieder zu begegnen, um zu sehen, wie Svenja und er jetzt miteinander umgingen. Auf die Gesellschaft seiner Eltern konnte sie allerdings gut verzichten. Auch wenn sie sich bemühten, in ihrer Gegenwart nicht das Segeln, Golf spielen oder ihr Ferienhaus auf Sylt zu erwähnen, lag doch immer etwas Trennendes in der Luft. Sobald sie sich über all das ausgetauscht hatten, was mit dem Leben ihres gemeinsamen Enkelkindes zusammenhing, fiel es ihnen schwer, das Gespräch in Gang zu halten.

Das spürte Svenja bestimmt auch, obwohl sie nie darüber gesprochen hatten. Umso lobenswerter war es, dass sie sich Mühe gab, den Kontakt zwischen den Familien aufrechtzuerhalten.

Irina schloss einen Moment lang die Augen. Heute würde sie sich entscheiden müssen. So vieles in ihr sträubte sich gegen diese Reise, und doch gab es einen inneren Drang, der stärker war als ihre Bedenken.

Ob Stefan an dem Essen teilnehmen würde, wenn sie nicht dabei wäre? Nein, so wie sie ihn kannte, eher nicht.

»Was sagst du zu Svenjas Einladung?«, begrüßte er sie, als sie abends nach Hause kam. »Ist doch schön, oder?«

Irina nickte und ließ ihren Blick über den gedeckten Küchentisch gleiten. Seit ihrem Migräneanfall bemühte Stefan sich sichtlich.

»Warum guckst du dann so ernst?«

»Weil … ich leider nicht mitkommen kann.«

»Wieso denn nicht?«

Ganz ruhig bleiben, dachte sie. »Ich … werde am Freitag mit dem Zug zu Sabine nach München fahren.«

Stefan rutschte das Brotmesser aus der Hand. »*Was?* Warum hast du denn nichts davon gesagt?«

»Es ging alles ganz schnell. Sabine braucht meine Hilfe.«

»Weißt du, wie viele Tunnel es auf der Strecke gibt? Das schaffst du nicht.«

»Ich werde vorher eine Beruhigungstablette einnehmen.«

»Irina, das ist Schwachsinn! Willst du es etwa riskieren, eine Panikattacke zu bekommen?«

»Sabine steckt in einer tiefen Krise, und da ist es wichtig …«

»Ja, natürlich ist es das«, unterbrach er sie. »Aber kann sich nicht irgendeine Freundin aus München um sie kümmern?«

»Ich … habe die Fahrkarte bereits gebucht …«

Stefan schaute sie kopfschüttelnd an. »Also, das verstehe ich nicht. Wir hätten die Sache doch erst mal besprechen können. Vielleicht wären wir am Wochenende zusammen zu Sabine gefahren.«

»Es tut mir leid …«

Er drehte sich um und verließ die Küche.

Fast wäre sie hinter ihm hergelaufen, aber sie wusste, dass es keinen Zweck hatte, jetzt weiter mit ihm zu reden. Er war verärgert, und sie wäre es an seiner Stelle auch. Sie hatten in ihrer Ehe immer alles gemeinsam beschlossen.

Ein paar Minuten später hörte sie, wie Stefan mit Svenja telefonierte. Gleich würde auch sie mit ihr sprechen wollen, um ihr zu sagen, dass sie diese Reise lieber nicht unternehmen solle.

Irina schenkte sich ein Glas Wasser ein. Ans Essen mochte sie nicht denken. Während sie einen Schluck trank, regten sich wieder Zweifel in ihr, ob sie sich richtig entschieden hatte. So konnte es nicht länger weitergehen.

»Deine Tochter ist am Apparat.«

Durch die halb geöffnete Küchentür reichte er ihr das Telefon, ohne sie dabei anzusehen.

»Hallo, Svenja.«

»Papa und ich sind beunruhigt. Ich kann verstehen, dass du deine Freundin unterstützen willst, aber diese Zugfahrt würde dir nicht guttun.«

»... Ihr braucht euch keine Sorgen um mich zu machen. Es ist ja nur eine Reise nach München.«

»Nur?«, rief Svenja. »Du würdest doch schon in einem der Tunnel in Niedersachsen oder Hessen einen Anfall kriegen.«

»Ich habe Stefan bereits gesagt, dass ich eine Beruhigungstablette einnehmen werde.«

»Bitte fahr nicht.«

»Svenja, es rührt mich, dass ihr so besorgt um mich seid, aber ich ... ich kann diese Reise nicht absagen.«

»Warum denn nicht?«

»... Sabine ist eine langjährige Freundin von mir, und sie ist in Not.« Irina holte tief Luft. »Es tut mir sehr leid, dass ich nun bei eurem Essen nicht dabei sein werde.«

»Das werden wir wohl verschieben müssen. Papa will ohne dich nicht kommen.«

»Dann finden wir bestimmt ein anderes Wochenende. Ich bin am 17. September mittags wieder da. Und danach haben wir noch gar keine Termine.«

Svenja seufzte. »Ach, Mama ...«

»Bitte mach es mir nicht so schwer.«

»Schlaf noch mal drüber.«

»Glaub mir, ich werde das schon hinkriegen.« Irina räusperte sich. »So, und jetzt sag mir noch, wie deine ersten Tage in der Schule waren.«

»Anstrengend und schön.«

»Das klingt doch prima.«

»Ja …«

»Dann drücke ich dir die Daumen, dass du dich weiter gut eingewöhnst.«

»Danke.«

»Bis bald.«

Irina schaute noch einen Moment auf das Telefon. Es bedrückte sie, dass sie nun auch ihre Tochter belogen hatte.

14.

Der Intercity fuhr pünktlich vom Hauptbahnhof los. Irina lehnte sich zurück und atmete tief durch. Sie konnte es kaum glauben, dass sie tatsächlich in den Zug gestiegen war. Bereits das Gedränge auf dem Bahnsteig hatte ihr so zu schaffen gemacht, dass sie trotz der Beruhigungstablette, die sie morgens eingenommen hatte, im letzten Augenblick fast wieder umgekehrt wäre. Nur der Gedanke, dass sie nach Fonaco fahren musste, um sich über ihre Gefühle klar zu werden und so ihren Frieden zu finden, hatte ihr die Kraft verliehen, ihre Angst zu bezwingen. Zumindest für den Moment.

Sie hatte einen Gangplatz gewählt, um jederzeit aufstehen und herumlaufen zu können, wenn sie Beklemmungen bekommen sollte. Der Fensterplatz war noch frei, aber sie hatte gesehen, dass es ab Hannover eine Reservierung gab. Dann würde bis München jemand neben ihr sitzen. Sie konnte nur hoffen, dass diese Person genauso ruhebedürftig war wie sie selbst und nicht etwa versuchen würde, sie in ein Gespräch zu verwickeln.

Der Zug hatte Fahrt aufgenommen. Der Hafen, die Elbbrücken und die letzten Ausläufer der Stadt lagen längst hinter ihnen. Die schnell vorbeigleitenden Wiesen und Felder ließen Irina schwindelig werden. Und auf einmal spürte sie ihre Müdigkeit. In den letzten Nächten hatte sie jeweils nur wenige Stunden geschlafen. Sie hatte sich hin- und hergewälzt und nicht nur gegrübelt, ob sie die Fahrt bewältigen würde, sondern auch, ob es gut für sie wäre, Frank wiederzubegegnen.

Heute Nacht war Stefan wach geworden und hatte nach ein paar Minuten gemerkt, dass sie auch nicht schlafen konnte.

»Hast du Gedankenrasen?«

»Ja.«

Er knipste das Licht an und richtete sich auf. »Bist du nervös wegen der Reise?«

»Hm.«

»Warum sagst du sie nicht ab? Sabine hätte bestimmt Verständnis dafür.«

»Sie weiß nichts von meiner Klaustrophobie.«

»Ach …« Stefan zog erstaunt die Augenbrauen hoch. »Na, dann erzählst du's ihr eben. So wird sie noch viel besser nachvollziehen können, warum du nicht allein reisen kannst.«

Irina sog hörbar die Luft zwischen den Zähnen ein. »Bitte begreif doch, dass mein Entschluss feststeht.«

»Nicht so laut!«

»Ich fahre morgen, auch wenn es mir schwerfällt.«

»Ist ja gut.«

Er nahm ihre Hand, kein fester Griff, nur eine vorsichtige Berührung.

»Ich will mich nicht mit dir streiten«, murmelte er.

»Ich auch nicht mit dir.«

Sie drehte sich zu ihm herum, und er legte den Arm um sie.

»Ich mache mir Sorgen um dich, weil … ich dich liebe.«

»Das weiß ich.«

»In der letzten Zeit habe ich manchmal das Gefühl gehabt, dass du … dass wir …« Sein Arm zuckte.

»Was?«, fragte sie, obwohl sie ahnte, was er sagen würde.

»Dass zwischen uns irgendetwas anders geworden ist.«

»Wie … kommst du darauf?«

»Du bist oft so in Gedanken, so abwesend ... Ich kann es gar nicht richtig beschreiben ... Als ob dich etwas sehr stark beschäftigt ...«

»Ja, ich ... ich denke viel über Svenja und André nach.«

»Eine Weile habe ich auch befürchtet, dass die beiden in einer Krise stecken, aber inzwischen hat sich die Situation doch entspannt.«

»Hoffen wir das Beste.«

»Oder geht es bei deiner seltsamen Nachdenklichkeit um das Thema Rente? Ich habe mir Vorwürfe gemacht, dass ich dich immer wieder gedrängt habe, Ende nächsten Jahres aufzuhören.«

»Stefan, müssen wir das wirklich mitten in der Nacht besprechen?«

»Nein. Ich wollte dir nur sagen, dass ich meine Meinung geändert habe. Du allein bestimmst den Zeitpunkt, wann du in Rente gehen willst.«

»Gut, dass das Thema vom Tisch ist.«

»Ich habe gestern auch mit Svenja darüber gesprochen. Wir werden dich nicht mehr unter Druck setzen.«

»Ihr müsst nicht denken, dass ich arbeiten will, bis ich achtzig bin. Vielleicht reduziere ich irgendwann die Stundenzahl.«

»Das fände ich toll.« Er strich ihr über die Haare. »Du würdest mir sagen, wenn irgendwas wäre, oder?«

»... Ja, natürlich.«

»Wir haben uns doch immer vertraut.«

Irina brach der Schweiß aus.

»Ich kann mir ein Leben ohne dich nicht vorstellen.«

»Ich auch nicht ohne dich.« Ihre Stimme hatte etwas Gepresstes.

»Dann ist es ja gut.«

»Lass uns jetzt schlafen.«

Er zog sie näher zu sich heran.

Kurz darauf hörte sie seine ruhigen, gleichmäßigen Atemzüge.

Irina schaute aus dem Zugfenster. Erst jetzt bemerkte sie, dass es regnete. Das Pladdern der Tropfen auf den Scheiben beruhigte sie. Die Landschaft verschwamm zu grau-grünen Flächen. Es passte zu ihrer Stimmung, durch eine Art Niemandsland zu fahren.

In der Nacht hatte sie noch lange mit ihren Schuldgefühlen gekämpft, weil sie Stefan nicht die Wahrheit gesagt hatte. Aber die Wahrheit über ihre innere Abwesenheit und ihr tatsächliches Reiseziel hätte zu einer Auseinandersetzung geführt, für die ihr der Mut fehlte. Wie hätte sie ihm begreiflich machen sollen, dass sie Frank wiedersehen musste, um sich Klarheit zu verschaffen? Du liebst ihn noch, hätte er vermutlich gesagt. Warum würdest du sonst eine solche Reise unternehmen? Und was hätte sie darauf erwidern können? Sie hatte ja selbst Angst davor, dass ihre Gefühle für Frank sich nicht verändert hatten und sie ihr komplettes Leben aufs Spiel setzte.

Irina wurde davon wach, dass ihr jemand auf die Schulter tippte. Sie öffnete die Augen und sah eine junge Frau neben sich stehen.

»Entschuldigen Sie. Ich habe den Platz am Fenster gebucht.«

»Ja, natürlich.« Sie schälte sich aus ihrem Sitz und ließ die junge Frau vorbei.

Wie konnte es passieren, dass sie eingeschlafen war? Sie griff nach ihrer Handtasche, die sie auf dem Boden abgestellt hatte, und prüfte, ob irgendetwas fehlte. Nein, ihr Portemonnaie, ihre Schlüssel, die Reiseunterlagen, ihr Smartphone, die Autobiografie – es war alles noch da.

Ihre Nachbarin packte einen Laptop aus und fing an zu tippen. Wer arbeitet, hat kein Interesse an einem Gespräch, dachte Irina erleichtert.

Sie trank einen Schluck Wasser und überlegte, ob sie weiter in Franks Buch lesen wollte. Seit ihrer Lektüre des *Wendepunkt*-Kapitels vor zwei Wochen hatte sie es nicht mehr aufgeschlagen. Vielleicht weil sie zu sehr mit ihren inneren Konflikten und der Planung ihrer Reise beschäftigt gewesen war. Oder hatte sie befürchtet, dass sie beim Weiterlesen auf etwas stoßen könnte, was ihr missfiel und sie wieder schwanken lassen würde, ob sie die Fahrt nach Fonaco riskieren sollte?

Zögernd schlug Irina das Inhaltsverzeichnis auf. *Der Freikauf* lautete der Titel des nächsten Kapitels.

Ihre Hände zitterten, als sie im Buch blätterte, um die richtige Seite zu finden. Warum konnte sie nicht etwas gelassener sein? Beim Freikauf würde es nicht um etwas gehen, was zu lesen für sie unerträglich war.

Nach siebzehn Monaten, zwei Wochen und fünf Tagen Inhaftierung im Stasi-Gefängnis Hohenschönhausen verkündete mir der Wärter am 9. April 1979, morgens um zehn nach neun, dass ich mitkommen solle.

»Werde ich verlegt?«

»Keine Fragen!«

Ich wurde in einen kleinen Raum geführt, den ich bisher nicht kannte. Ein Stasi-Beamter tastete mich ab und überreichte mir meine Sachen.

»Komme ich frei?«, fragte ich ungläubig.

Ich erhielt keine Antwort. Sie verfrachteten mich in einen Transporter, in dem ich kaum Luft bekam. Die Fahrt dauerte Stunden, bis wir das Auslieferungsgefängnis der Stasi in Karl-Marx-Stadt erreichten.

Drei Wochen später hieß es: »Ihrem Antrag auf Entlassung aus der Staatsbürgerschaft ist stattgegeben worden.«

Tränen schossen mir in die Augen. »Das heißt, ich darf ausreisen?«

Der Stasi-Beamte verzog keine Miene. »Sie werden noch heute die DDR verlassen.«

Ein Bus brachte mich zusammen mit anderen Freigekauften zum Grenzübergang Herleshausen. Und von dort ging es weiter ins Notaufnahmelager in Gießen.

Erst dann erfuhr ich, dass westdeutsche Schriftstellerkollegen durch eine groß angelegte Kampagne die Öffentlichkeit auf meine Inhaftierung aufmerksam gemacht hatten. Mithilfe einer Intervention von Amnesty International wurde schließlich mein Freikauf durchgesetzt.

Ich hätte jubeln können, wäre der Preis für meine Ausreise nicht so hoch gewesen. Damit meine ich nicht die knapp hunderttausend Mark, mit denen die Bundesrepublik Deutschland mich freigekauft hat. Nein, ich meine den Tod meiner Freundin. Im Oktober 1978 hatte mir mein Vernehmer lapidar mitgeteilt, dass sie nicht mehr unter den Lebenden weile. Todesursache Herzversagen, hatte es geheißen. Ich bin damals fast wahnsinnig geworden. Ist sie wirklich an Herzversagen gestorben? Oder eher an den Folgen der schlimmen Haftbedingungen? Ich halte es sogar für möglich, dass sie Selbstmord begangen hat. Schon bei der Planung der Flucht hatte sie gesagt, dass sie eine jahrelange Haft in einem Stasi-Gefängnis nicht überstehen würde. Und dennoch hatte ich sie dazu überredet, mit mir einen Fluchtversuch zu unternehmen. Das werde ich mir nie verzeihen. Wenn sie mir nicht gefolgt wäre, würde sie vielleicht heute noch leben. Wenn ich auf die Flucht verzichtet hätte, wären wir vielleicht heute noch zusammen. Diese quälenden Gedanken werden mich bis an mein Lebensende begleiten.

Ein seltsamer Laut drang aus Irinas Kehle. Sie zuckte zusammen. War das eben ein Schluchzen oder ein Schrei gewesen?

»Ist Ihnen nicht gut?«, fragte ihre Nachbarin.

»Nein, ich ...« Irina rang um Fassung. »Es ... geht schon wieder.«

»Möchten Sie einen Kräuterbonbon?«

»Danke ... gern.« Vielleicht hatte der Laut nach einem beginnenden Hustenanfall geklungen.

Die junge Frau reichte ihr eine Tüte mit Salbei-Bonbons. »Nehmen Sie gleich zwei. Die sind wohltuend für den Hals und die Stimme.«

»Das ist sehr freundlich von Ihnen.«

Irina steckte sich einen Bonbon in den Mund, klappte das Buch zu und versuchte, sich auf ihre Umgebung zu konzentrieren. Hinter ihr bemühte sich eine Mutter darum, ihr weinendes Kleinkind zu trösten. Auf der anderen Seite des Ganges saß ein Geschäftsmann, der ständig telefonierte. Und vor ihr amüsierten sich zwei kichernde Mädchen über irgendwelche Fotos auf ihren Smartphones.

Plötzlich hielt sie es nicht länger auf ihrem Platz aus. Sie stand auf, nahm ihre Handtasche und ging durch den Großraumwagen und an mehreren Abteilen vorbei, die alle überfüllt waren. In dem schmalen Gang saßen zwei junge Männer auf ihren Rucksäcken und lasen.

Irina blieb stehen und blickte nach draußen. Es hatte aufgehört zu regnen, die Sonne war herausgekommen und tauchte die hügelige Gegend in ein orangefarbenes Licht. Bald würden sie durch den ersten Tunnel fahren. Der Gedanke erschreckte sie seltsamerweise nicht.

Ihr gingen so viele Fragen durch den Kopf. Warum hatte Frank nicht den leisesten Zweifel an der Aussage seines Vernehmers gehabt, dass seine Freundin nicht mehr unter den Lebenden weile? Er wusste doch genauso gut wie sie, was für Zersetzungsmethoden die Stasi hatte, um den Willen ihrer Gefangenen zu brechen. Und wieso hatte er nicht später, nach dem Fall der Mauer, Akteneinsicht in seine Stasi-Unterlagen genommen? Dann hätte er herausgefunden, dass die Mitteilung über ihren angeblichen Tod nur dazu dienen sollte, ihn zu zermürben.

Erinnerungen an den Sommer 1990 kamen in ihr hoch, als Stefan sie gefragt hatte, ob sie ihre Stasi-Akte einsehen wolle.

»Nein«, hatte sie schnell geantwortet, vielleicht zu schnell.

Er blickte sie erstaunt an. »Wieso nicht?«

»Weil ich ... all das vergessen will, was damals passiert ist.«

»Aber es könnte doch sein, dass du danach vieles klarer siehst, zum Beispiel, ob jemand aus deiner Umgebung dich bespitzelt hat.«

»Das will ich gar nicht wissen!«

»Ist ja gut«, sagte er und nahm sie in die Arme.

Dies wäre ein Moment gewesen, in dem sie ihm von Frank hätte erzählen können, doch es war ihr nicht einmal in den Sinn gekommen. Sie hatte nur daran gedacht, dass sie sich vor weiteren Informationen über Franks Leben schützen musste. Seitdem sie 1980 in der Zeitung das Foto von ihm und seiner Lebenspartnerin Anna Weiss entdeckt hatte, ging sie von seiner Untreue aus und wollte nicht im Detail erfahren, wie er sie verraten hatte. Sie brauchte all ihre Energie, um ihren Alltag zu bewältigen.

Die Einfahrt in den Tunnel kam völlig unvermittelt. Doch der Gang im Zug war hell erleuchtet. Irina blieb reglos stehen und wartete darauf, dass ihr Herz anfangen würde zu rasen. Aber nichts geschah. Die Beruhigungstablette schien zu wirken. Ein paar Sekunden später lag der Tunnel bereits hinter ihnen.

Sie beschloss, zu ihrem Platz zurückzukehren und sich ihre Fragen zu notieren. Wenn sie Frank tatsächlich in Fonaco antreffen sollte, würde sie vermutlich so aufgeregt sein, dass sie sich nicht an alles erinnern konnte.

15.

Irina hatte sich Notizen gemacht und überlegte nun, ob sie weiter in Franks Buch lesen oder einen Blick in die Tageszeitung werfen sollte.

Sie merkte, dass ihre Sitznachbarin sie ab und zu von der Seite ansah, vielleicht um zu prüfen, ob mit ihr alles in Ordnung war. Es störte sie nicht, im Gegenteil, sie empfand es beinahe als fürsorglich.

Als sie ihr irgendwann wieder den Kopf zuwandte, lächelte Irina sie an. »Es geht mir inzwischen besser. Haben Sie nochmals vielen Dank für die Bonbons.«

Die junge Frau zeigte auf Franks Buch. »Ich habe vorhin zufällig gesehen, dass Sie die Autobiografie von Frank Hollmann lesen.«

»Kennen Sie sie?«

»Ja. Es ist eine sehr bewegende Geschichte. Ich … ich hatte auch ein persönliches Interesse daran. Meine Mutter ist 1980 aus der DDR geflohen.«

»Ach …«

»Es war sehr knapp. Fast hätte sie es nicht geschafft.«

»Ich … bin eine derjenigen, die es nicht geschafft haben.«

Die junge Frau starrte sie erschrocken an. »Oh, das tut mir leid. Wurden Sie, wie Frank Hollmann, auch nach Hohenschönhausen gebracht?«

Irina nickte.

»Wie lange waren Sie dort inhaftiert?«

»Zweieinhalb Jahre.«

»Noch ein Jahr länger als er.«

»Ja …«

»Ich glaube, dass ich so eine Haft nicht überlebt hätte.«

»Die Angst hatte ich auch.«

»Von einer Freundin meiner Mutter, die ein Jahr nach ihr versucht hat zu fliehen, hieß es, dass sie sich in ihrer Zelle erhängt habe.«

»Es hat immer wieder Selbstmorde gegeben.«

»Und wohl auch Morde, die entweder als Selbstmord oder als natürlicher Tod ausgegeben wurden.«

»Ja, und die Grenzen zum Mord waren fließend. Schlafentzug, Isolation, schlechte Ernährung …« Irina stockte. Sie hatte plötzlich wieder den Kohlsuppengeschmack von damals im Mund. Das passierte ihr manchmal, wenn sie an das Essen in Hohenschönhausen dachte.

»Ich habe mich beim Lesen zum Beispiel gefragt, ob die Freundin von Frank Hollmann wirklich an Herzversagen gestorben ist.«

In Irinas Ohren begann es zu rauschen.

»Er scheint bis heute keinen Zweifel an dieser Aussage zu haben. Dabei ist es doch viel naheliegender, dass sie sich umgebracht hat oder ermordet wurde.«

Sie musste sich jetzt zusammenreißen und durfte nicht noch mehr von sich preisgeben.

»Ich bin Ärztin und habe seit einigen Jahren mit Menschen aus Kriegs- und Krisengebieten zu tun, die inhaftiert waren und gefoltert worden sind. Oft ist ihnen rein äußerlich nicht viel anzumerken, aber bei den Untersuchungen stellt sich dann heraus, wie schlecht ihr gesundheitlicher Zustand ist. Und immer wieder wird mir von Familienangehörigen berichtet, die Ähnliches durchmachen mussten und im Gefängnis gestorben sind. Ich denke, dass dies durchaus mit den Zuständen in den damaligen Stasi-Gefängnissen vergleichbar ist.«

»Bestimmt«, murmelte Irina und räusperte sich. »Sie … sehen noch so jung aus. Ich hätte nicht gedacht, dass Sie schon mit dem Studium fertig sind und solche Berufserfahrungen haben.«

Ihre Sitznachbarin lächelte. »Ich bin fünfunddreißig, aber man schätzt mich oft jünger.«

»Sind Sie auch jetzt beruflich unterwegs?«

»Nein, ich besuche meine Mutter für ein paar Tage. Sie lebt im Allgäu.«

»Dann sehen Sie sich nur selten.«

»Ja, und das wird zunehmend zum Problem. Ich will versuchen, sie nach Hannover zu holen.«

»Es ist nicht leicht, einen älteren Menschen zu verpflanzen.«

Die junge Frau schluckte. »Meine Mutter ist an Demenz erkrankt. Sie weiß nicht, wo sie ist, und sie erkennt mich auch nicht mehr.«

»Oh. Das ist sicherlich schwer für Sie.« Irina hätte beinahe nach der Hand der jungen Frau gegriffen, aber im letzten Moment hielt sie sich zurück.

»Entschuldigen Sie, dass ich Ihnen all das erzähle. Ich neige sonst nicht dazu, fremde Menschen im Zug anzusprechen.«

»Ich auch nicht. Aber manchmal ist es leichter, mit Fremden zu reden.«

»Da haben Sie recht. Wohin sind Sie denn unterwegs?«

»Ich … fahre zu einem Freund nach Italien, in die Nähe von Arezzo.«

»Das ist eine lange Zugreise.«

»Ja, ich … habe Flugangst.«

»Ist das eine Folge Ihrer Inhaftierung?«

»Ja. Ich halte es auch in Fahrstühlen nicht aus. Überhaupt neige ich dazu, Beklemmungen zu bekommen.«

»Viele Menschen, die eine Hafterfahrung hinter sich haben, leiden unter Klaustrophobie.«

»Vor der Fahrt heute habe ich eine Beruhigungstablette eingenommen, damit ich in den Tunneln keine Panikattacke kriege.«

»Haben Sie es mal mit einer Therapie versucht?«

»Nein, ich habe mich irgendwie mit diesen Zuständen abgefunden.«

»Das müssen Sie nicht.«

»Aber ich kann mir nicht vorstellen, dass sich nach vier Jahrzehnten daran noch etwas ändern lässt.«

»Doch, durchaus.«

Wieder fuhren sie in einen Tunnel. Irina erschrak, aber fing sich bald. Es beruhigte sie, dass die Ärztin neben ihr saß und so viel Zuversicht ausstrahlte.

Kurz bevor der Zug in den Münchner Hauptbahnhof einfuhr, verabschiedete sie sich von ihr.

»Ich habe nur zehn Minuten Zeit zum Umsteigen. Deshalb stelle ich mich jetzt schon mal an die Tür. Es hat mich sehr gefreut, Sie kennenzulernen.«

»Das geht mir genauso.«

»Alles Gute für Sie und … Ihre Mutter.«

»Danke. Und Ihnen schöne Tage in Italien.«

Irina lächelte ihr zum Abschied zu. Sie wünschte, diese junge Frau könnte sie auch auf ihrer Weiterfahrt durch die Nacht begleiten.

Erst beim Aussteigen fiel ihr auf, dass sie sie nicht nach ihrem Namen gefragt hatte.

So schnell sie konnte, lief sie mit ihrem Rollkoffer auf eine der Anzeigetafeln im Bahnhof zu und sah, dass ihr Nightjet in Richtung *Roma Termini,* wie vorgesehen, vom Gleis elf abfahren würde.

Auf dem Bahnsteig herrschte ein noch größeres Gedränge als in Hamburg, und Irina hatte Mühe, sich an den Menschenmengen vorbeizuschieben. Aus Angst, dass der Zug sich jeden Augenblick in Bewegung setzen könnte, stieg sie an der erstbesten Tür ein, ohne den Waggon mit ihrem Abteil gefunden zu haben.

Drinnen war es völlig unmöglich voranzukommen. Sie lehnte sich gegen eine Toilettentür und wartete, bis die meisten Passagiere ihre Plätze eingenommen hatten. Inzwischen fuhr der Zug längst aus dem Bahnhof hinaus. Sie konnte nur hoffen, dass mit ihrer Reservierung alles seine Richtigkeit hatte; sonst würde sie die Nacht im Gang verbringen müssen.

Zu ihrem eigenen Erstaunen fand sie ihren Sitzplatz wenige Minuten später. Die fünf Mitreisenden in ihrem Abteil schauten kaum auf, als sie ihren Koffer verstaute und sich setzte. Für diese Etappe hatte sie einen Platz am Fenster gewählt, weil sie hoffte, so wenigstens etwas Ruhe zum Schlafen finden zu können.

Sie durfte nicht darüber nachdenken, dass sie die nächsten elf Stunden auf engstem Raum mit diesen fünf Menschen verbringen musste: Ihr gegenüber tippte ein junger Mann auf seinem Laptop, ein älterer mit Halbglatze las in einem iPad. Neben ihm blätterte eine Frau um die vierzig in einer Illustrierten. Vielleicht handelte es sich um die Mutter der beiden Zwillingsmädchen, die neben Irina saßen. Sie waren höchstens vierzehn oder fünfzehn und hörten über AirPods Musik.

Gleich Viertel vor neun. Stefan war noch beim Fußball. Sie sollte ihm eine WhatsApp schicken, bevor er auf die Idee kam, sie anzurufen, und die Zuggeräusche hörte.

Lieber Stefan,
ich bin gut in München angekommen. Die Fahrt hierher hat bestens geklappt. Dank der Tablette habe ich auch in den Tunneln keine Probleme bekommen.
Sag bitte Svenja Bescheid, sie soll sich keine Sorgen machen.
Dir ein schönes Wochenende und liebe Grüße an Euch beide.
Bis bald
Deine Irina

Es behagte ihr nicht, dass dieses Geflecht aus Lügen immer dichter wurde. Aber jetzt gab es kein Zurück mehr.

Plötzlich merkte sie, wie hungrig sie war. Sie hatte seit heute Mittag nichts gegessen. Ob es die anderen Leute im Abteil stören würde, wenn sie ihre Brote und ihr Obst auspackte? Sie beschloss, sie nicht zu fragen. Jeder von ihnen würde irgendwann in den nächsten Stunden Hunger bekommen und etwas essen wollen.

Während sie in ihr Käsebrot biss, schaute sie in die beginnende Dunkelheit. Die Anspannung fiel von ihr ab, und sie spürte auch keine Panik mehr. Natürlich war sie aufgeregt, aber vor allem neugierig, wie diese Reise verlaufen würde.

Auf einmal begannen die Zwillinge, einander anzugiften. Irina verstand nicht, worum es ging, weil sie italienisch sprachen.

»Giorgia, Alessia, bitte hört auf!«, fuhr die Frau dazwischen.

»Du hast uns gar nichts mehr zu sagen«, entgegnete eines der Mädchen in perfektem Deutsch. »Ich wünschte, wir wären schon bei Papa in Rom.«

Die Frau rollte mit den Augen. »Bis morgen früh um acht

Uhr fünfunddreißig müsst ihr euch noch gedulden. Und jetzt vertragt euch gefälligst.«

»Und was ist, wenn wir keine Lust haben, uns zu vertragen?«

»Giorgia, ich warne dich!«

Der junge Mann hatte bisher weitergetippt, ohne die Miene zu verziehen.

Doch nun blickte er stirnrunzelnd auf. »Könnt ihr euch vielleicht woanders weiterstreiten? Ich muss mich auf meine Arbeit konzentrieren.«

»Entschuldigen Sie«, murmelte die Frau. »Meine Töchter stecken gerade in einer schwierigen Phase.«

»Das stimmt überhaupt nicht«, protestierte der andere Zwilling.

»Alessia, es reicht!«, schrie die Mutter. »Ihr geht jetzt beide raus in den Gang.«

Schmollend standen die Mädchen auf und verließen das Abteil. Die Mutter sah ihnen kopfschüttelnd nach und seufzte.

Irina griff nach Franks Autobiografie, bevor die Frau auf die Idee kam, sich mit ihr über aufsässige Teenager unterhalten zu wollen, zumal es in dieser deutsch-italienischen Familie offenbar noch viel tiefer gehende Probleme gab.

Aus den Augenwinkeln sah sie, wie die Frau hektisch auf ihr Smartphone tippte und sich dann wieder ihrer Illustrierten zuwandte.

Als es kurz darauf klingelte, sprang sie auf und lief auf den Gang hinaus. Noch durch die geschlossene Tür hörte Irina den wütenden Wortschwall, der dem Anrufer galt. Es ging um Sorgerechtsfragen, die Unzumutbarkeit dieser Reise und um das, wie sie sagte, ungehörige Benehmen der Zwillinge.

»Das kann ja heiter werden«, brummte der junge Mann.

Der andere nickte. »Ich habe zum Glück Ohrstöpsel dabei.«

»Oh, die habe ich vergessen«, entfuhr es Irina.

»Wir können nur hoffen, dass die drei Damen bald Ruhe geben.«

»Ich wünschte, ich hätte fliegen können«, sagte der Jüngere. »Aber an fast allen Flughäfen in Italien wird gerade gestreikt.«

»Genau aus dem Grund sitze ich auch in diesem Zug.« Der Ältere lächelte. »Eine Schicksalsgemeinschaft.«

Irina hatte nicht vor, den Männern mitzuteilen, dass sie wegen ihrer Flugangst mit dem Zug fuhr. So beeilte sie sich, die beiden zu fragen, wohin sie reisten.

»Rom«, antwortete der Jüngere.

»Ich auch«, meinte der andere. »Und Sie?«

»Arezzo.«

»Oh, eine herrliche Stadt.«

»Ja.«

»Werden Sie dort Urlaub machen?«

»Ich ... besuche einen alten Freund.«

In dem Moment kehrte die Frau mit einem Becher Kaffee ins Abteil zurück, und das Gespräch brach ab.

Franks Buch lag schwer in Irinas Händen. Am liebsten hätte sie aufgehört, darin zu lesen, weil die Lektüre sie immer wieder aus dem Gleis warf. Aber das war ein schwaches Argument. Nein, sie musste den Text kennen, bevor sie Frank begegnete. Wie sollte sie sich sonst mit ihm auseinandersetzen können?

Ankunft im Westen stand als Titel über dem nächsten Kapitel. Schon der Gedanke, dass sie beide allein in diesem anderen Deutschland angekommen waren, wo sie doch davon geträumt hatten, hier gemeinsam ein neues Leben zu beginnen, stimmte sie traurig.

Sie überflog Franks Schilderung seiner ersten Tage und Wochen im Westen. Auch er war zunächst im Notaufnahmelager in Gießen untergebracht worden. Bereits nach kurzer Zeit erhielt er Besuch von verschiedenen Schriftstellerkollegen, die ihm ihre Unterstützung anboten, allen voran Anna Weiss. Sie überredete ihn, nach Köln zu ziehen, besorgte ihm dort eine Wohnung und beriet ihn bei seiner Bewerbung um ein Stipendium. Und Anna Weiss war auch diejenige, die ihm vorschlug, dass er sich mit seinem Romanmanuskript um einen Literaturpreis bewerben solle.

> Ich war ihr dankbar, unendlich dankbar dafür, dass sie mir die Ankunft in diesem fremden Land so erleichtert hatte. Sie half mir, in den Behörden komplizierte Formulare auszufüllen. Sie wusste, wo ich günstig Möbel für meine Wohnung bekommen konnte. Sie zeigte mir, wie das Leben im Westen funktionierte.
> Natürlich spürte ich, dass sie sich mehr als eine rein freundschaftliche Beziehung mit mir wünschte. Das hatte ich schon in Berlin bemerkt, als sie immer häufiger ein Tagesvisum beantragte, um zu unseren Lesungen bei Werner Blacher kommen zu können. Aber damals lebte meine Freundin noch, wir liebten uns, und ich war immun gegen die Avancen anderer Frauen.

Irina schloss die Augen. Sie sah sie genau vor sich, die dunkelgelockte Anna Weiss. Ihre Zierlichkeit täuschte darüber hinweg, wie willensstark sie war. Doch der entschlossene Zug um den Mund und die unverhohlene Art, wie sie Frank bewunderte, waren Irina gleich bei ihrer ersten Begegnung im August 1975 nicht entgangen und hatten eine leichte Eifersucht bei ihr ausgelöst. Aber sie hatte sie nicht wahrhaben wollen und deshalb Frank auch nicht darauf angesprochen.

Inzwischen war so viel passiert. Unsere gescheiterte Flucht, die Inhaftierung, der Tod meiner Freundin. Es gab Tage, an denen ich dachte, dass ich meine Trauer um sie niemals würde überwinden können. Anna hörte sich meine Klagen an, sie hatte Verständnis dafür, und sie wartete. Nach sechs Monaten wurden wir ein Paar.

Beim Lesen dieses Satzes überfiel Irina ein jäher Schmerz, in den sich auch ein leiser Zweifel mischte, ob diese Beziehung tatsächlich erst in Köln begonnen hatte und nicht doch schon vor ihrer Flucht. So etwas könnte Frank natürlich niemals öffentlich zugeben, weil es ein schlechtes Licht auf ihn werfen würde.

War die heimliche Liebe zu Anna vielleicht der Grund dafür, warum er sich Anfang 1977 monatelang nicht gemeldet hatte? In seiner Autobiografie hatte er dies damit begründet, dass er nur einen Fluchtplan entwickeln konnte, wenn er nicht ständig mit ihren Bedenken konfrontiert wurde. Aber das könnte eine Ausrede gewesen sein.

Und auch wenn Irina an die Flucht selbst dachte, so hatte zwischen ihnen an dem Abend und in der Nacht eine äußerst schlechte Stimmung geherrscht. Sie hatte dies auf ihre Angst und die große Anspannung zurückgeführt, unter der sie beide standen. Doch es war gut möglich, dass Frank sich innerlich schon von ihr entfernt hatte und nur noch daran dachte, wie er es schaffen könnte, zu seiner Anna Weiss zu gelangen. *Vermutlich ahnen Sie nicht einmal, dass er Sie nur benutzt hat,* hatte ihr Vernehmer in Hohenschönhausen gesagt. *Er wusste, dass Sie zu zweit eine bessere Chance haben würden, die lange Paddelstrecke zu bewältigen.*

Irina fuhr sich durch die Haare. Warum bezweifelte sie, was Frank in seiner Autobiografie geschrieben hatte? Wirkten die Zersetzungsmethoden der Stasi etwa noch immer? Nein, das konnte und wollte sie nicht zulassen.

Sie wandte sich wieder dem Buch zu. Frank schilderte, wie er monatelang versuchte, eine Nähe zu Anna zu entwickeln.

> Wir hofften beide, dass sich meine Gefühle für sie verändern würden, aber das war nicht der Fall. Dankbarkeit kann niemals die Grundlage für Liebe sein. Ein halbes Jahr später trennte ich mich von ihr, wenige Tage nachdem ich einen wichtigen Literaturpreis für meinen ersten Roman erhalten hatte.
>
> Sie nahm mir diesen Schritt sehr übel, behauptete, ich hätte es von vornherein nur darauf angelegt, mit ihrer Hilfe im Westen weich zu landen, und nachdem ich nun ein preisgekrönter Schriftsteller sei, brauche ich sie nicht mehr. Ich konnte ihre Enttäuschung und ihre Wut verstehen, mir wäre es umgekehrt genauso gegangen. Aber hätte ich deshalb die Trennung weiter hinauszögern sollen? Nein.
>
> Für Anna war die Kränkung so groß, dass sie nie wieder mit mir gesprochen hat. So verlor ich noch in meinem ersten Jahr im Westen die Freundin, die mir dort den Weg geebnet hatte.

Irina las die letzten Sätze ein zweites und drittes Mal. Jetzt zweifelte sie nicht mehr daran, dass Frank die Wahrheit sagte.

Die Abteiltür wurde ruckartig geöffnet, und die Zwillinge ließen sich kichernd auf ihre Plätze fallen. Ihre Mutter warf ihnen einen strengen Blick zu, den sie mit lautem Losprusten quittierten. Doch dann steckten sie wieder ihre AirPods in die Ohren und hörten Musik.

Irina schaute auf ihr Smartphone und sah, dass Stefan ihr schon vor einer Stunde eine WhatsApp geschickt hatte.

Liebe Irina,
wie schön, dass alles so gut geklappt hat. Ich bin sehr erleichtert.
Eben habe ich versucht, Dich anzurufen, aber Du hast nicht abgenommen. Ich hoffe, Du machst es Dir mit Sabine gemütlich. Leider konnte ich ihre Telefonnummer nicht finden, sonst hätte ich mich übers Festnetz gemeldet.
Schlaf gut.
Es küsst Dich
Dein Stefan

Ihr stieg das Blut in den Kopf. War sie verrückt geworden, dass sie ihn so hinterging?

16.

Es war halb drei. Alle schliefen, sogar die Zwillinge, die bis vor einer Stunde noch aufgeregt miteinander getuschelt hatten.

Irina versuchte, sich auf Franks Buch zu konzentrieren und nicht daran zu denken, dass sie durch die Alpen fuhren. Die Tunnel machten ihr seltsamerweise nichts aus, im Gegenteil, die Dunkelheit beruhigte sie. Aber zweimal hatte Panik sie erfasst, als sie nach einer Tunnelfahrt hinausblickte und am Nachthimmel deutlich die Konturen der hohen Berge erkennen konnte.

Sie begann noch einmal von vorn mit dem Kapitel *Umzug nach Westberlin.* Nach einer Weile spürte sie, wie sich Ärger in ihr ausbreitete. Wieder hatte Frank sehr viel Glück gehabt. Wieder gab es Kollegen, die von einer günstigen Wohnung in Kreuzberg wussten, andere, die ihn in die Szenekneipen der Stadt mitnahmen, und Kulturbeauftragte, die ihn zu öffentlichen Leseabenden einluden. Schnell wurde er zu einem gefragten Gast.

Wie anders war es ihr ergangen, nachdem sie die DDR verlassen hatte! Bei ihrer Ankunft im Notaufnahmelager in Gießen war sie noch voller Euphorie gewesen, weil sie endlich frei war und von allen freundlich empfangen wurde. Der Pförtner, die Beamten, die Sozialarbeiter und selbst die Frauen in der Küche zeigten Interesse an ihrem Schicksal. Aber nachdem sie in der Zeitung den Artikel über Frank und seine Lebenspartnerin Anna Weiss entdeckt hatte und sie sich von ihm so betrogen fühlte, hatte sie ihren Lebensmut von einem Moment zum anderen verloren. Plötzlich war es ihr egal, in welches Bundesland man sie entlassen würde und was dann weiter mit ihr geschah. Ob sie sich darum bewerben sollte, Medizin zu studieren oder irgendeine Ausbildung zu machen. Genauso gut konnte sie als Verkäuferin, Kellnerin oder Putzfrau arbeiten.

»Gibt es jemanden in der Bundesrepublik, den Sie kennen und mit dem Sie Kontakt aufnehmen möchten?«, fragt der Beamte im Lager.

»Nein.«

»Oder haben Sie irgendwo entfernte Verwandte, die Ihnen vielleicht nicht persönlich bekannt sind, die sich aber anfangs etwas um Sie kümmern könnten?«

Ich schüttele den Kopf.

Der Beamte blättert in dem Fragebogen, den ich vor dem Gespräch ausfüllen musste. »Ich lese hier, dass Sie nach Ihrer gescheiterten Flucht über die Ostsee zweieinhalb Jahre im Stasi-Gefängnis Hohenschönhausen inhaftiert waren.«

Ich nicke.

»Haben Sie allein versucht zu fliehen?«

»Nein ... Zusammen mit meinem Freund.«

»Wurde er auch festgenommen?«

»Ja.«

»Wissen Sie, ob er schon von der BRD freigekauft wurde?«

»Es ist aus zwischen uns.«

Der Beamte runzelt die Stirn. »Wenn Sie beide im Oktober 1977 von Grenzbeamten der DDR verhaftet wurden, hat man Sie doch sofort getrennt und Sie haben sich danach gar nicht mehr gesehen. Ich verstehe nicht, wie ...«

»Bitte fragen Sie nicht weiter«, unterbreche ich ihn. »Ich möchte mich dazu nicht äußern.«

»Wir versuchen nur, Ihnen zu helfen.«

»Dafür bin ich Ihnen auch sehr dankbar, aber ich …« In meiner Kehle wird es heiß. Wenn ich mich nicht zusammenreiße, heule ich hier gleich los.

»Meine Kollegin vom Sozialdienst meinte, dass Sie bei Ihrer Ankunft zunächst sehr zuversichtlich gewirkt hätten. Ist in den letzten Tagen irgendetwas passiert, was Sie so mutlos hat werden lassen?«

Ich starre auf meine Hände und schweige.

»Frau Klein, um Ihnen die notwendige Hilfe bei der Eingliederung in der Bundesrepublik zukommen zu lassen, brauchen wir Ihre Kooperation.«

»Ja … Entschuldigen Sie, dass ich Ihre Fragen nicht beantworten kann.«

»Haben Sie denn eine Vorstellung, was Sie beruflich gern machen möchten?«

»Nein, ich … Es ist alles zu viel.« Jetzt fange ich doch an zu weinen.

»Natürlich«, höre ich den Beamten sagen. »Sie haben schwere Zeiten hinter sich.« Er schiebt mir eine Box mit Papiertaschentüchern zu.

Es dauert eine Weile, bis ich mich wieder gefangen habe. Ich putze mir die Nase und trinke einen Schluck von dem Wasser, das er mir eingeschenkt hat.

»Im Fragebogen schreiben Sie, dass Sie in der DDR vier Semester Medizin studiert haben.«

»Ja, von 1974 bis 1976. Aber nachdem ich einen Ausreiseantrag gestellt hatte, wurde ich exmatrikuliert und musste als Hilfspflegerin in der Charité arbeiten. Dort war ich bis zu meinem Fluchtversuch im Oktober 1977 tätig.«

»Sie wissen vermutlich, dass es in der BRD Zulassungsbeschränkungen für das Studium der Medizin gibt, oder?«

»Nein, das wusste ich nicht.«

»Es ist dennoch nicht ausgeschlossen, dass Sie hier weiterstudieren können. Im Gegenteil: Wenn Sie schon vier Semester absolviert haben, stehen die Chancen möglicherweise sogar recht gut.«

»Ich ... glaube nicht, dass ich die Kraft habe, mein Studium fortzusetzen.«

»Vielleicht ist es noch zu früh für Sie, in dieser Hinsicht eine endgültige Entscheidung zu fällen. Denken Sie in Ruhe darüber nach. Und auch über eventuelle Vorlieben, was die Region betrifft.«

»Danke für Ihr Verständnis.«

»Ich werde veranlassen, dass morgen noch einmal meine Kollegin vom Sozialdienst mit Ihnen redet.«

Wieder bedanke ich mich und verlasse den Raum.

Ich weiß, dass ich nicht wochenlang hier im Lager bleiben kann, um zu überlegen, wo ich leben möchte. Die meisten Flüchtlinge oder Freigekauften, mit denen ich bisher gesprochen habe, scheinen genaue Vorstellungen davon zu haben, wo sie hinwollen. Weil sie Freunde oder Verwandte dort haben. Weil sie wissen, dass sie an einem bestimmten Ort Arbeit finden können. Weil ihnen jemand erzählt hat, dass im Schwarzwald, im Hunsrück oder in der Rhön die Landschaft so schön sei. Nein, das klingt alles sehr einsam. Ich will in eine Großstadt, nach München, Stuttgart, Frankfurt, Köln oder Hamburg. Nur nicht nach Westberlin. Ich fände es unerträglich, ganz in der Nähe von Mutter zu leben und sie doch nicht sehen zu können.

Abends beim Essen komme ich mit einer resoluten Frau ins Gespräch, die etwas älter ist als ich und siebzehn Monate im Zuchthaus Hoheneck eingesessen hat.

»Wegen sogenannter staatsfeindlicher Hetze«, sagt sie voller Verbitterung. »Dabei habe ich nur für Meinungsfreiheit kämpfen wollen.«

»Ich war zweieinhalb Jahre in Hohenschönhausen, weil ich versucht habe zu fliehen.«

»Oh, da waren Sie ja noch länger im Knast als ich. Sie Arme!«

»Ich habe oft gedacht, dass ich da nie wieder rauskomme.«

»Das ging mir genauso. Bis es eines Morgens hieß: ›Sachen packen!‹ Sie brachten mich zum Amtsarzt, ich bekam meine eigene Kleidung wieder, und dann führten sie mich zu einem dieser berüchtigten Kleintransporter, in denen die Zellen so eng und so niedrig sind, dass man dort nur zusammengekauert sitzen kann. Aber das kennen Sie ja sicherlich.«

Ich nicke und kann auf einmal nicht weiteressen. Die Erinnerung an die stundenlange Fahrt in der winzigen Zelle lässt mein Herz rasen. Was ist das für ein Druck auf der Brust? Ich atme schneller und schneller.

»Ist Ihnen nicht gut?«, fragt die Frau besorgt. »Tut mir leid, ich wollte sie nicht beunruhigen.«

»Es … geht mir … gleich wieder besser«, stammele ich.

»Mir machte das alles nichts mehr aus«, fährt die Frau fort. »Ich wusste, jetzt fahren wir nach Karl-Marx-Stadt, in das Auslieferungsgefängnis der Stasi. Dann ist es nur noch eine Frage der Zeit, bis ich endlich frei bin. Und so war es auch. Drei Wochen später durfte ich in den berühmten Bus steigen, der gen Westen fuhr. Am Grenzübergang Herleshausen haben viele geweint, ich nicht. Ich habe vor Erleichterung gelacht.«

Ruhig, ganz ruhig, denke ich. Allmählich fange ich mich wieder. Ich habe auch nicht geweint, als wir die Grenze überquerten. Ich habe an Frank gedacht, den ich jetzt suchen würde. Und an Mutter, der ich nun schreiben konnte, dass ich frei sei und sie sich um mich keine Sorgen mehr machen müsse.

»Was haben Sie für Pläne?«, fragt die Frau.

»Noch nichts Genaues.«

»Ich will nach Hamburg. Dort lebt meine Schwester. Die ist noch vor dem Mauerbau in den Westen gegangen.«

Sie hat auf einmal die Stimme gesenkt, als ob sie verhindern wolle, dass jemand mithört. Das passiert mir seit meiner Ankunft im Lager auch immer wieder. Es ist die alte DDR-Vorsicht, die in uns steckt.

»Soll eine sehr schöne Stadt sein.«

Jetzt flüstert sie nicht mehr.

»Viel Wasser, viel Grün.«

Hamburg. Warum nicht?, denke ich.

»Ich bin Zahntechnikerin von Beruf. Meine Schwester meint, dass es für mich nicht so schwierig sein wird, dort Arbeit zu finden. Wollen wir das Beste hoffen. Das Leben im Westen ist teuer.«

»Ja«, murmele ich und weiß plötzlich, dass ich auf keinen Fall weiterstudieren werde, selbst wenn es Stipendien für Leute wie mich geben sollte. Ich muss so schnell wie möglich Geld verdienen und auf eigenen Füßen stehen.

»Zum Glück kann ich erst mal bei meiner Schwester unterkommen. Morgen geht's los.«

»Dann wünsche ich Ihnen alles Gute.«

»Ich Ihnen auch.« Sie steht auf, nickt mir zum Abschied zu und verlässt den Raum.

Ich bleibe mit einem schalen Gefühl zurück. Habe ich erwartet, dass diese Frau mich unter ihre Fittiche nimmt, nur weil wir beide in der DDR im Gefängnis gesessen haben? Sie wollte reden, weiter nichts.

Kurz vor vier. Irina strich sich über die Stirn. In etwas mehr als drei Stunden würde sie aussteigen müssen. Sie hatte bisher überhaupt noch nicht geschlafen. Wie sollte sie durch den Tag kommen? Es machte sie beinahe wütend zu sehen, wie ruhig ihre fünf Mitreisenden schliefen.

Sie trank einen Schluck aus ihrer Wasserflasche und schloss die Augen. Doch anstatt müde zu werden, dachte sie an das Gespräch, das sie am folgenden Tag mit der Sozialarbeiterin geführt hatte.

»Ich freue mich, dass Sie sich für einen Wohnort entschieden haben«, sagt sie und lächelt. »Hamburg wird Ihnen bestimmt gefallen.«

»Wenn möglich, würde ich gern eine Ausbildung machen.«

»Wollen Sie nicht versuchen, Ihr Medizinstudium wiederaufzunehmen?«

»Nein, das schaffe ich nicht.«

Die Sozialarbeiterin wirft mir einen bedauernden Blick zu. »Sind Sie ganz sicher?«

»Ja.«

»Schade. Wofür interessieren Sie sich denn?«

»Ich … würde gern mit Menschen arbeiten. Und … vielleicht einen helfenden Beruf erlernen.«

»Könnten Sie sich vorstellen, Krankenschwester zu werden?«

Ich denke an Mutters unzählige Nachtschichten und schüttele den Kopf.

»Altenpflegerin?«

»Eher nicht.«

»Und wie wär's mit Krankengymnastin?«

»… Ja, vielleicht. Bei uns heißt es übrigens Physiotherapeutin.« Ich zucke zusammen. Habe ich eben ›bei uns‹ gesagt?

Die Sozialarbeiterin blättert in ihren Unterlagen. »In dem Bereich werden Sie mühelos einen Ausbildungsplatz finden.«

»Wie lange dauert so eine Ausbildung?«

»Drei Jahre.«

»Und verdiene ich in der Zeit schon Geld?«

»Nein. Aber Sie werden natürlich eine finanzielle Unterstützung erhalten, von der Sie leben können.«

Ich atme auf.

»Sobald wir Sie ins Bundesland Hamburg entlassen haben, wird man sich dort um alles Weitere kümmern und Ihnen auch bei der Suche nach einer Wohnung behilflich sein.«

»Danke.«

»Eine Frage habe ich noch ...«

»Ja?«

Die Sozialarbeiterin sieht mich ernst an. »Ist Ihnen hier irgendetwas zugestoßen?«

»Nein. Wieso?«

»Bei unserem ersten Gespräch hatte ich den Eindruck, dass Sie sehr optimistisch waren, was Ihre Zukunft angeht. Und jetzt wirken Sie so niedergedrückt.«

»Ich möchte nicht darüber reden.«

»Das hat mir mein Kollege schon berichtet. Aber wenn Sie zum Beispiel im Lager angegriffen worden sind, müssen wir das wissen und es der Polizei melden.«

»Hier hat mich niemand angegriffen. Alle sind freundlich zu mir.«

»Gut. Das beruhigt mich.« Sie reicht mir die Hand. »Ich wünsche Ihnen viel Glück.«

»Und ich danke Ihnen für Ihre Hilfe.«

»Dafür sind wir da.«

Ich bin erleichtert, als ich endlich gehen kann. Es hat nicht viel gefehlt und ich hätte der Frau von Frank erzählt.

Künftig werde ich nie wieder erwähnen, dass ich bei meinem Fluchtversuch nicht allein war.

Irina schaute aus dem Fenster. Langsam begann es hell zu werden. Die Alpen lagen längst hinter ihnen. Hier, in der Poebene, war die Landschaft flach und eintönig.

Hatte sie sich richtig entschieden, als sie diese Reise buchte? Sie würde es erst wissen, wenn sie Frank gegenüberstand.

17.

Leise schloss sie die Abteiltür hinter sich. Gleich würde der Zug in Arezzo ankommen. Inzwischen war die Sonne aufgegangen, und es lag ein rotgoldener Schimmer auf den Berghängen des Apennins.

Die Gegend kam ihr merkwürdig vertraut vor. Dabei lag ihre Reise in die Toskana mehr als zwanzig Jahre zurück. Svenja hatte damals begeistert jede einzelne Zypresse gezählt, und Stefan war morgens immer vom Campingplatz zur Bäckerei geradelt, um frische Cornetti, gefüllt mit Vanillecreme, zu besorgen. Es war ihr schönster Familienurlaub gewesen.

Irina räusperte sich, als könne sie damit die Erinnerung abschütteln. Es hatte auch ganz andere Ferien zu dritt gegeben, zum Beispiel 2002 in Schottland, als es ununterbrochen regnete und Stefan tagelang an einem Fluss stand und angelte, während Svenja schlecht gelaunt im Wohnwagen saß und sie selbst sich mit einer Bronchitis herumschlug. Nach jenem Sommer hatten sie beschlossen, dass Svenja künftig mit ihren Freundinnen Jugendreisen unternehmen würde.

Der Zug bremste so ruckartig, dass Irina beinahe nach vorn fiel. Sie griff nach ihrem Koffer und öffnete die Tür. Wärme schlug ihr entgegen. Soweit sie sehen konnte, war sie die Einzige, die hier ausstieg.

Sie schaute auf den Stadtplan von Arezzo, den sie zu Hause ausgedruckt hatte. Die Autovermietung befand sich in der Via Masaccio 3/ab. Bis dorthin würde sie nicht länger als zehn Minuten laufen. Aber in ihren Informationen stand, dass die Mietwagen-Abholstelle samstags erst um neun Uhr öffnete. Also hatte sie genug Zeit, um in Ruhe zu frühstücken.

Auf dem Bahnhofsplatz musste sie nicht lange nach einem Café suchen. Einen Moment lang überlegte sie, ob sie drinnen oder draußen sitzen sollte. Dann beschloss sie, dass die Sonne ihr guttun würde.

Irina sprach kein Wort Italienisch, und der Kellner konnte kein Englisch, aber es gelang ihr dennoch, einen Cappuccino und ein Vanille-Hörnchen zu bestellen.

Am Tisch vor ihr saß ein älteres, elegant gekleidetes Ehepaar. Die beiden tranken Espresso und lasen sich gegenseitig aus der Zeitung etwas vor. Neben ihr unterhielten sich zwei junge Frauen, von denen die eine ein Baby im Arm hielt, das vor Vergnügen gluckste.

Jetzt nahmen drei Amerikanerinnen mit schweren Rucksäcken am letzten freien Tisch Platz und diskutierten, ob ihr Geld reichte, um eine weitere Woche durch Europa zu reisen.

Noch herrschte nicht viel Verkehr. Ab und zu brauste jemand auf einer Vespa vorbei, eine Polizistin stellte ein Strafmandat für einen falsch parkenden Fiat 500 aus, ein Priester hastete über die Straße, in der Hand einen schwarzen Motorradhelm.

Es kam Irina vor wie eine Szene aus einem Film. So wie sie es überhaupt kaum glauben konnte, dass sie tatsächlich in einem italienischen Café saß.

Eine ungewohnte Zuversicht breitete sich in ihr aus. Ja, es war richtig gewesen, sich auf den Weg hierher zu machen. Was auch immer in Fonaco geschehen würde.

Um halb neun brach sie auf. Sie fand die Autovermietung sofort, die Angestellte sprach Englisch, ihr Fiat Panda stand bereit.

Erleichtert stieg Irina in den Wagen. Er war fast neu, es gab eine Klimaanlage und ein Navigationssystem. Aber sie würde sich lieber auf die Landkarte verlassen, die sie in Hamburg besorgt hatte. Dort hatte sie den Weg zu ihrer Unterkunft in Anghiari genau eingezeichnet. Es war eine kurvenreiche Strecke, für die sie mindestens eine halbe Stunde brauchen würde.

Doch sie hatte die Wirkung unterschätzt, die die Fahrt durch die toskanische Hügellandschaft auf sie haben würde. Die Erinnerungen an jene Familienferien im Sommer 1996 holten sie mit einer solchen Macht ein, dass sie anhalten und aussteigen musste.

Was für eine Hitze. Stefan hatte es nichts ausgemacht, dass es so heiß war. Er hatte damals verkündet, dass er am liebsten im Süden leben würde, wenn er mal nicht mehr arbeiten müsste. Daran hatte sie schon lange nicht mehr gedacht. Ob das immer noch ein Traum von ihm war?

In der Luft hing ein würziger Geruch, Schafe und Ziegen grasten auf der Weide, Irina zählte einundzwanzig Zypressen.

Wie würde Svenja reagieren, wenn sie wüsste, dass ihre Mutter sich auf den Weg zu dem Mann gemacht hatte, der einmal die Liebe ihres Lebens gewesen war? Sie wäre heillos entsetzt. Nein, Verständnis konnte sie von ihrer Tochter nicht erwarten. Svenja würde sofort für Stefan Partei ergreifen.

Ein durchdringender Ruf unterbrach sie in ihren Gedanken. Das musste ein Greifvogel sein. Sie blickte nach oben, aber die Sonne blendete sie so sehr, dass sie nichts erkennen konnte. Erst jetzt fiel ihr ein, dass sie ihre Sonnenbrille zu Hause vergessen hatte. Sie schirmte ihre Augen mit der Hand ab, und da sah sie ihn kreisen. Es war ein Mäusebussard, der sich gleich auf seine Beute stürzen würde.

Auf einmal spürte sie, wie sie von einer tiefen Müdigkeit erfasst wurde. Sie musste versuchen durchzuhalten, bis sie das

Agriturismo erreichte. Laut ihren Unterlagen konnte sie ihr Zimmer frühestens ab vierzehn Uhr beziehen, aber vielleicht hatte sie Glück und es war schon frei. Und wenn nicht, würde sie den Wagen irgendwo in den Schatten stellen und dort ein paar Stunden schlafen. So erschöpft, wie sie jetzt war, konnte sie auf keinen Fall nach Fonaco fahren.

Die Straße wand sich noch etwa fünfzehn Kilometer durch die wenig bevölkerte Gegend, bis Anghiari das erste Mal ausgeschildert wurde. Kurz darauf entdeckte Irina in der Ferne das auf einem Hügel gelegene mittelalterliche Städtchen. Die ockerfarbenen Häuser mit ihren blassroten Dächern glänzten in der Sonne. Es war der perfekte Ort für einen Toskana-Werbeprospekt.

In einem kleinen Supermarkt unterhalb der Altstadt kaufte sie Wasser, ein paar Tomaten, Weintrauben, Käse und Ciabatta ein, um später etwas zu essen zu haben und nicht nach einem Restaurant suchen zu müssen. Auch wollte sie die Kosten so gering wie möglich halten.

Als sie wieder in ihrem Wagen saß, wurde sie plötzlich von einer Panik gepackt. Wo sollte sie hin, wenn sie das Agriturismo nicht fand? Oder wenn ihr Zimmer nicht mehr frei war? Oder wenn ihr Wagen versagte?

Sie schloss die Augen und versuchte, ganz ruhig zu atmen. Es gab nicht die geringste Veranlassung, panisch zu werden. Die Reise hatte bisher bestens geklappt. Natürlich würde sie ihre Unterkunft finden. Ihr Zimmer war bezahlt und konnte nicht anderweitig vergeben werden. Und warum sollte ein fast neuer Fiat Panda versagen?

Mit zitternden Händen ließ sie den Motor an. Nachdem sie etwa hundertfünfzig Meter gefahren war, sah sie das Hinweisschild *Agriturismo Il Sasso 3 km.* Na also. Wozu die Aufregung?

Wenig später lag das schön restaurierte und von Bäumen umgebene Landhaus mit verschiedenen Nebengebäuden vor ihr, und da verschwand auch der letzte Rest ihrer Angst. Hier würde sie gut aufgehoben sein.

Sie wurde freundlich von dem Eigentümer begrüßt, der Mitte vierzig war und sich dafür entschuldigte, dass er nur wenig Englisch und kein Deutsch sprach. Aber sie verstand, dass sie ihr Zimmer mit dem bezeichnenden Namen *Mimose* sofort beziehen konnte.

Es war ein schöner, rustikal eingerichteter Raum in Gelbtönen, mit kühlen, dunkelroten Steinfliesen und Holzbalken an der Decke. Sie öffnete das Fenster und sog den Geruch nach Pinien ein. Nachher würde sie eine Runde im Pool schwimmen, doch erst einmal musste sie schlafen.

Sie schaffte es gerade noch, sich die Hände zu waschen, dann sank sie auf das breite Bett.

Das Letzte, was sie hörte, waren spielende Kinder und wieder der Ruf eines Greifvogels.

Um kurz vor vier wachte sie auf. Sie brauchte einen Moment, bis sie wusste, wo sie so tief geschlafen hatte wie schon lange nicht mehr.

Sie stand auf, zog ihren Badeanzug an und ging hinaus zum Pool. Von den Sonnenliegen waren nur zwei besetzt. Dort lag ein älteres Paar und las. Die Frau schaute kurz hoch, als Irina ihr Handtuch auf eine Liege legte. Sie sagte etwas auf Französisch zu ihrem Mann, der daraufhin nickte, ohne sie anzusehen. Es beruhigte Irina, dass sie nicht aus Deutschland kamen, auch wenn dies völlig absurd war. Warum sollten ausgerechnet in diesen Tagen deutsche Touristen hier auftauchen, die sie kannten und Stefan über ihren wahren Aufenthaltsort informieren würden? Das grenzte schon an Verfolgungswahn.

Das Wasser war kälter, als sie vermutet hatte. Sie kraulte ein paarmal das Becken auf und ab, dann schwamm sie gemächlich auf dem Rücken und blickte in den wolkenlosen Himmel. Es kam ihr ganz und gar unwirklich vor, dass sie sich an diesem Ort befand. Stefan und sie hatten in all den Jahren nie einen Urlaub in einem solchen Haus mit Pool gemacht. Spätestens morgen musste sie ihn anrufen, auch wenn es ihr schwerfallen würde, so zu tun, als ob sie in München sei.

Nach dem Schwimmen merkte sie, wie hungrig sie war. Für ihr Picknick suchte sie sich einen schattigen Platz im Garten, von dem aus sie die umliegenden Hügel betrachten konnte. Während sie aß, wurde ihr bewusst, dass sie die Fahrt nach Fonaco immer weiter hinauszögerte. Ja, sie ertappte sich sogar bei dem Gedanken, dass sie vielleicht erst morgen früh in der Lage sein würde, Frank gegenüberzutreten.

Nein. Sie packte ihre Sachen zusammen und ging in ihr Zimmer zurück. Dort prüfte sie ein letztes Mal im Spiegel, wie sie aussah in ihrem schwarzen T-Shirt, der weißen Hose und den schwarzen Sandalen.

Es war Viertel vor sechs, als sie endlich in ihren Wagen stieg.

18.

Die Abendsonne liess die Farben der welligen Landschaft noch intensiver leuchten: das Grün der Laubwälder und Weinberge, das Gelb der gemähten Felder und die vor dem blauen Himmel fast schwarz wirkenden Zypressen. Wie warnende Zeigefinger, dachte Irina.

Alle Orte in dieser Gegend schienen Hunderte von Jahren alt zu sein und auf Hügeln zu liegen, so auch das Dorf Monterchi, an dem sie jetzt vorbeifuhr. Sie erinnerte sich, im Internet gelesen zu haben, dass es für Gäste, die eine Unterkunft in Fonaco oder Umgebung mieteten, in Monterchi alle notwendigen Lebensmittel gab. Vermutlich kaufte Frank hier ein.

Die schmale Straße führte wieder bergan. Hoffentlich kam ihr jetzt kein Auto entgegen, es gab kaum Platz zum Ausweichen.

Rechts und links von ihr erstreckten sich große Olivenhaine. Die silbrig grauen Blätter glitzerten in der Sonne.

Nun konnte es nicht mehr weit sein. Irinas Mund wurde trocken, und es fiel ihr schwer zu schlucken. Wie sollte sie reagieren, wenn Frank ihr womöglich gleich auf seinem Abendspaziergang begegnete?

Eine Kurve noch, und dann war sie da. Sie fuhr langsam an einem alten, sandfarbenen Steinhaus mit geschlossenen Fensterläden vorbei. Es sah frisch restauriert aus, vielleicht das Ferienhaus einer Familie aus Florenz oder Rom. Ein Stück weiter entfernt entdeckte sie ein zweites, etwas baufälliges, vor dem ein Transporter stand.

Die Straße wurde immer enger. Wer weiß, ob es irgendwo die Möglichkeit gab zu wenden. Sie würde besser den Wagen abstellen und zu Fuß weitergehen.

Ein intensiver Duft nach Rosmarin und Lavendel umfing sie, und es war noch sehr warm. Sie kam an Olivenbäumen vorbei, an ein paar Rebstöcken mit dunklen Weintrauben, an rosa blühenden Oleanderbüschen und vielen Zypressen.

Drei dichter zusammenstehende Häuser bildeten eine Art Einheit. War dies ein Hof, von dem aus die Gegend bewirtschaftet wurde? Vor den Fenstern hingen Blumenkästen mit üppigen Geranien, und jetzt hörte sie auch Stimmen. Als sie um die Ecke schaute, sah sie Wäsche auf der Leine hängen und einen für viele Personen gedeckten Tisch.

Plötzlich rannte ein großer schwarzer Hund bellend auf sie zu. Irina schrie auf.

Im nächsten Moment erschien eine junge Frau in der Haustür und pfiff den Hund zurück. Sie winkte ihr zu und rief etwas, was wie eine Entschuldigung klang. Irina nickte und überlegte, ob sie sie nach Frank fragen sollte. Aber da begann ein Baby zu schreien, und die Frau verschwand wieder im Haus.

Irina ging weiter, bis sie zu einem verrammelten Gebäude kam, vor dem ein alter Fiat stand. In dem verwilderten Garten wuchsen hohe Feigenkakteen. Hier endete die asphaltierte Straße, ein Lehmweg führte in den bewaldeten Berg hinauf.

Sie blickte sich um. Die Straße lag verlassen in der Sonne. Niemand war ihr gefolgt.

Sollte sie schauen, ob an dem Weg weitere Häuser lagen? Sie machte zögernd ein paar Schritte und erschrak, als eine braun getigerte Katze unter dem Fiat hervorschoss und auf dem Lehmweg davonlief. Vielleicht wohnte da doch noch jemand.

Kurz darauf erreichte sie ein kleines Steinhaus, das schon bessere Zeiten gesehen hatte. Die Fensterläden waren aufgeklappt. Unter einem großen, alten Olivenbaum standen ein Holztisch und eine Bank. Darauf lag die Katze und beobachtete sie.

Irina beschloss, an die Tür zu klopfen. Vielleicht hatte sie Glück, und es war jemand zu Hause, den sie fragen konnte, wo Frank wohnte.

Niemand antwortete ihr. Sie klopfte noch einmal. Die Stille hatte etwas Unheimliches. Trotz der Hitze lief es ihr plötzlich kalt den Rücken herunter.

Auf dem Rückweg zu ihrem Wagen wurde ihr allmählich die Vergeblichkeit dieses ganzen Unterfangens bewusst. Sie hatte nicht die geringste Ahnung, ob Frank immer noch ein Haus in dieser kleinen Häuseransammlung besaß, die kaum ein Ort genannt werden konnte. Und wenn ja, so war er in diesem Jahr vielleicht gar nicht in Fonaco gewesen oder längst nach Berlin zurückgekehrt. Wie konnte sie nur auf die idiotische Idee verfallen, eine so lange Reise zu unternehmen, um ihn an diesem Ort mit ihrer Geschichte zu konfrontieren, ohne zu wissen, ob er überhaupt hier war?

Der Hund lag jetzt an einer Kette und knurrte nur leise, als sie vorüberging.

War es möglich, dass sie irgendwo etwas übersehen hatte, zum Beispiel einen Wagen mit deutschem Kennzeichen? Nein. Und ohne Auto konnte man hier nicht leben. Aber natürlich war es denkbar, dass Frank einen in Italien zugelassenen Wagen besaß, den er hierließ, wenn er im Herbst nach Deutschland zurückkehrte. Ein so gut verdienender Autor wie er würde sich mit einem Taxi zum nächstgelegenen Flughafen bringen lassen.

Sie hätte doch die junge Frau fragen sollen, dachte Irina, als

Fonaco längst hinter ihr lag und sie schon fast im Tal angekommen war. Frank könnte einkaufen gefahren sein oder Freunde besuchen. Sie durfte nicht so schnell aufgeben. Morgen würde sie wiederkommen und versuchen, mit jemandem zu sprechen.

Es gab Weißbrot, selbst gemachte Aprikosenmarmelade und Sandkuchen zum Frühstück. Dazu starken Kaffee und Orangensaft. Irina blickte hinaus in den Garten. Sie war schon geschwommen, und wieder hatte sie den Pool für sich allein gehabt.

Am Nebentisch unterhielt sich das französische Paar leise miteinander. An den anderen Tischen saßen zwei englische Familien mit kleinen Kindern, die quengelten, weil hier keine Würstchen serviert wurden.

Irina dachte an das Telefonat mit Stefan gestern Abend. Er hatte ihr erzählt, dass er sich am Freitag beim Fußball das Knie verletzt habe und jetzt humpeln würde.

»Oh, wie blöd. Das hast du in deiner WhatsApp gar nicht erwähnt.«

»Ich wollte dich nicht beunruhigen. Außerdem dachte ich, dass es mir schnell wieder besser gehen würde. Aber die Schmerzen sind eher schlimmer geworden.«

»Das tut mir leid.«

»Von daher konnte ich heute kein Unkraut jäten.«

»Ist auch nicht dringend.«

»Wahrscheinlich muss ich am Montag zum Arzt.«

»Hast du das Knie gekühlt?«

»Ja. Und heute Morgen habe ich eine elastische Binde drumgewickelt.«

»Arnika-Salbe hilft auch. Aber denk dran, dass du keine Salbe auftragen darfst, wenn du das Knie bandagierst.«

»Ah, das wusste ich nicht.«

»Und leg dein Bein so viel wie möglich hoch.«

»Okay. Wie geht's dir?«

»Ganz gut.«

»Und Sabine?«

Irina schluckte. »Es ist alles sehr schwierig ... In den letzten Wochen war sie mehrmals krank ... Sie hält die psychische Belastung nicht aus. Aber es hilft ihr, dass ich für sie einkaufe, koche und ... vor allem, dass ich mit ihr rede.«

»Grüß sie mal von mir.«

»Das mach ich. Gute Besserung.«

»Danke.«

Nach dem Gespräch hatte sie lange auf ihrem Bett gesessen und überlegt, ob sie Stefan noch einmal anrufen und ihm die Wahrheit sagen sollte. Aber das war völlig unmöglich. Sie konnte und durfte ihre Ehe nicht gefährden. So wie sie Stefan kannte, würde die Tatsache, dass sie sich auf diese Reise begeben hatte, um den Mann aufzusuchen, den sie vor vierzig Jahre geliebt hatte, zu einer schweren Krise zwischen ihnen führen. Sie war erst gegen Morgen eingeschlafen.

Und auch jetzt plagte sie ihr schlechtes Gewissen. Wäre sie erleichtert, wenn sie heute in Fonaco erfahren würde, dass Frank bereits abgereist war? Würde sie dann zur Ruhe kommen? Oder würde sie anfangen, eine Reise nach Berlin zu planen? Nein, wenn Frank nicht mehr hier war, würde sie die Geschichte auf sich beruhen lassen und versuchen, in ihr normales Leben zurückzukehren.

Während sie ihren Kaffee austrank, kam ihr der Gedanke, dass sie bei einer vorzeitigen Abreise aus Italien tatsächlich zu Sabine nach München fahren und ein paar Tage bei ihr bleiben könnte. Dann wäre diese Unternehmung wenigstens nicht ganz vergebens gewesen. Und sie hätte Stefan zwar etwas verschwiegen, ihn aber nicht vollends belogen.

Diesmal schaffte sie die Strecke nach Fonaco in weniger als zwanzig Minuten. Sie stellte ihren Wagen an derselben Stelle ab wie gestern und ging auf den Hof zu, in dem die junge Frau wohnte. Der Hund begann zu bellen, bevor sie ihn gesehen hatte. Zum Glück war er wieder angekettet. Sie klopfte an die Tür. Nichts geschah. Im Haus war es ganz still.

Nach einer Weile hörte sie schlurfende Schritte, und ein alter Mann öffnete ihr. Er sah sie misstrauisch an. Sie entschuldigte sich auf Englisch für die Störung, doch er zuckte nur mit den Achseln.

»Would it be possible to talk to the young woman?«

Er machte eine ausladende Handbewegung und brummte etwas vor sich hin.

»Sorry, I didn't get that.«

Unwirsch schüttelte er den Kopf, als sei es ihm unbegreiflich, wie jemand so begriffsstutzig sein konnte. »In chiesa!«, rief er. »Sono tutti in chiesa!«

Da endlich wurde Irina klar, was er meinte. Natürlich. Es war Sonntagmorgen, und da waren alle in der Kirche.

»Perhaps you can help me. I'm looking for Frank Hollmann. He lives here during the summer.«

Der Alte runzelte die Stirn. Wenn sie doch nur etwas Italienisch könnte.

»He is German. From Berlin.«

»Ah!« Sein Gesicht hellte sich auf. »Il signore tedesco.«

»Yes, that's the one I mean.«

Mit seiner zittrigen Hand deutete er in Richtung des bewaldeten Berges.

»Grazie. Do you know if he is still in Fonaco?«

Der Alte sah sie hilflos an. Nein, es hatte keinen Zweck. Er verstand sie nicht.

Sie dankte ihm noch einmal und verabschiedete sich.

Der Hund lag unter einem schattigen Kastanienbaum. Irina erwartete, dass er wieder bellen würde, aber er blinzelte nur und wedelte ein paarmal mit dem Schwanz. Offenbar stellte sie keine Gefahr mehr dar, weil der Alte mit ihr gesprochen hatte.

Kurz bevor sie das verrammelte Gebäude erreichte, zuckte sie zusammen. Vor ihr auf der Straße hatte sich etwas bewegt. Fast wäre sie draufgetreten. Es war eine lange graue Schlange, die jetzt unter den Feigenkakteen verschwand.

Irina fuhr sich durch die Haare. Sie trug dünne Sandalen und musste besser aufpassen. An feste Schuhe hatte sie wegen der Hitze nicht gedacht.

Der alte Fiat stand an derselben Stelle wie gestern. Und auch das Gebäude wirkte unverändert.

Sie ging weiter. Heute begegnete ihr keine Katze.

Inzwischen war es so heiß, dass die Luft vor ihren Augen flimmerte. Bis zu dem kleinen Steinhaus konnte es nicht mehr weit sein.

Der Lehmweg machte eine leichte Biegung, die sie nicht erinnerte. Er kam ihr noch trockener vor als gestern. War dies überhaupt der richtige Weg?

In dem Moment sah sie das Auto: ein verbeulter, dunkelgrüner Saab mit Berliner Kennzeichen. Ihr erster Impuls war umzukehren und wegzulaufen. Sie musste ihre ganze Kraft zusammennehmen, um stehen zu bleiben und Ruhe zu bewahren.

Was sollte sie jetzt machen? Sie hatte sich zwar im Zug eine Reihe von Fragen notiert, die sie Frank stellen wollte, aber sie wusste nicht, wie sie ihm gegenübertreten sollte. Während ihrer Reise hatte sie ausschließlich das Ziel im Kopf gehabt, Frank zu finden. Vielleicht hatte sie insgeheim gehofft, dass er vor seiner Haustür stehen würde und sie nur ihren Namen sagen müsse. Danach würde sich alles von selbst entwickeln.

Aber hier stand niemand vor der Tür.

Mit weichen Knien ging sie auf das Steinhaus zu. Eine Klingel gab es nicht, also klopfte sie. Geschirrklappern drang zu ihr nach draußen, dann wurde ein Stuhl verrückt. Hatte Frank das Klopfen nicht gehört? Sie klopfte lauter und länger. Da war es plötzlich still. Gleich würde er die Tür öffnen. Doch nichts geschah.

Sollte sie um das Haus herumgehen und schauen, ob eine Gartentür offen war? Nein. Dann würde Frank womöglich noch auf die Idee kommen, dass sie eine dieser Journalistinnen war, die ihn unbedingt interviewen wollten. Sie dachte an den Artikel des Journalisten, der nach Fonaco gereist war und geschrieben hatte: *Es war alles umsonst. Später erfuhr ich, dass hier schon so mancher Kollege vor verschlossener Tür gestanden hatte.*

Wer weiß, ob Frank sie nicht bereits vom Fenster aus beobachtete. Ob er sie erkennen würde? Das war nach vierzig Jahren eher unwahrscheinlich.

Auf einmal spürte sie etwas Weiches an ihrem Bein. Es war die braun getigerte Katze, die sich lautlos herangeschlichen hatte und sie jetzt mit ihren hellgrünen Augen ansah.

Irina hockte sich hin und streichelte ihr den Rücken. »Was für ein schönes Fell du hast.«

»Vattene dalla mia proprietà!«, ertönte eine wütende Stimme hinter der Tür.

Irina zog unwillkürlich den Kopf ein. Sie wollte etwas entgegnen, wollte sagen, wer sie war, doch sie brachte kein Wort heraus.

»Immediatamente!«

Sie richtete sich auf und lief davon, ohne sich noch einmal umzudrehen.

Auf dem Lehmweg blieb sie mit ihrer rechten Sandale in einer Spalte hängen und wäre beinahe gestürzt. Sie rannte weiter bis zur asphaltierten Straße.

Dort hielt sie inne und rang nach Luft. Sie konnte kaum glauben, dass der Mann, der sie eben von seinem Grundstück verscheucht hatte, Frank sein sollte. Wie hart und fremd seine Stimme geklungen hatte. In ihrer Erinnerung war sie sanft und melodisch. Aber alles deutete darauf hin, dass es sich bei dem Mann, der die Sommer hier in Fonaco verbrachte, um Frank handelte: der Artikel des Journalisten, *il signore tedesco,* das Berliner Nummernschild.

Irina starrte auf die Feigenkakteen. Am liebsten würde sie noch heute nach Hamburg zurückfahren und das Kapitel Frank für immer schließen. Aber das kam nicht infrage, nach all dem, was sie unternommen hatte, um ihn zu finden.

Sie könnte ihm die Nummer ihres Smartphones mitteilen, und dann war es an ihm zu entscheiden, ob er Kontakt mit ihr aufnehmen wollte oder nicht.

Die Treppenstufen des verrammelten Gebäudes lagen im Schatten. Dort setzte sie sich hin, zog ihren Notizblock und einen Stift aus der Tasche und fing an zu schreiben.

Fonaco, den 10. September 2017

Lieber Frank,

es ist sicherlich eine Überraschung für Dich, dass ich lebe. Ich habe gerade erst aus Deinem Buch erfahren, dass Du all die Jahre geglaubt hast, ich sei tot. Wir müssen mit-

einander reden. Du erreichst mich mobil unter folgender Nummer: 0174–8087387.
Es grüßt Dich
Irina

Der Lehmweg war mittlerweile so heiß, dass Irina die Wärme durch die dünnen Sohlen ihrer Sandalen spürte. Sie brachte es nicht über sich, noch einmal bis zu Franks Haus zu gehen und dort nach einem Briefkasten zu suchen. Stattdessen klemmte sie den Zettel unter den Scheibenwischer seines Wagens.

Spätestens wenn Frank das nächste Mal einkaufen fuhr, würde er ihn entdecken. Natürlich könnte ein Regenguss ihre Schrift verwischen. Aber es sah nicht nach Regen aus.

19.

Irina sass in einer Trattoria in Anghiari und löffelte eine Minestrone. Wie lange sollte sie noch auf eine Reaktion von Frank warten? Vor neun Stunden hatte sie Fonaco verlassen, war ziellos durch die Gegend gefahren und hatte dann beschlossen, in Monterchi auszusteigen und sich das Dorf anzuschauen.

Für kurze Zeit war es ihr gelungen, sich abzulenken, als sie im Museum die Attraktion des Ortes, ein berühmtes Fresko des Renaissance-Malers Piero della Francesca, betrachtet hatte. Es trug den Titel *Madonna del Parto* und zeigte die hochschwangere Maria, eingerahmt von zwei Engeln. Ihr versunkener Blick war ernst und traurig. Nie zuvor hatte Irina eine solche Darstellung gesehen.

Sie musste an ihre eigene Schwangerschaft denken und an ihr schlechtes Gewissen, weil sie sich damals immer wieder bei dem Gedanken ertappt hatte, dass nicht Stefan, sondern Frank der Vater dieses Kindes hätte sein sollen. Wie kannst du dir nur so etwas wünschen?, hatte sie sich gefragt. Frank hat dich jahrelang betrogen. Er hat dein Leben zerstört, indem er dich für seine Fluchtpläne benutzt hat. Was immer zwischen uns war, ist vorbei. Aber in ihrem Innern hatte sie gespürt, dass es für sie nicht vorbei war und vielleicht niemals vorbei sein würde.

Irina schob ihren leeren Teller beiseite, trank ihr Mineralwasser aus und bat um die Rechnung. Der Kellner reagierte erstaunt. Ob sie nicht noch eine Hauptspeise oder wenigstens einen Nachtisch essen wolle? Sie schüttelte den Kopf.

Nachdem sie bezahlt hatte, ging sie langsam zu ihrem Wagen zurück. Morgen würde sie noch bleiben. Und wenn sie bis Dienstagmorgen nichts von Frank gehört hätte, würde sie abreisen.

Der Weg zum Agriturismo war ihr inzwischen so vertraut, dass sie ihn auch in der Dunkelheit fand.

Im Garten saßen zwei Deutsch sprechende Paare. Leicht irritiert beeilte Irina sich, ins Haus zu kommen. Neue Gäste aus England, Frankreich oder Italien wären ihr lieber gewesen.

In ihrem Zimmer herrschte eine angenehme Kühle. Sie zog ihre Sandalen aus und öffnete das Fenster. Ein starker Blumengeruch drang zu ihr herauf, die Grillen zirpten, am Himmel erschienen die ersten Sterne.

In dem Moment klingelte ihr Smartphone. Sie zuckte zusammen. Das musste er sein. Mit zitternden Händen öffnete sie ihre Handtasche. Wie sollte sie reagieren, wenn Frank gleich von ihr verlangte, dass sie ihn in Zukunft gefälligst in Ruhe lassen solle?

Sie starrte auf das Display. Es zeigte Stefans Nummer. Ihr Herz klopfte.

»Hallo.«

»Ach, du bist doch da. Ich dachte schon, du seist mit Sabine unterwegs und hättest dein Smartphone vergessen.«

»Wie geht's deinem Knie?«

»Viel besser. Die Schwellung ist weg, und ich kann fast wieder normal laufen.«

»Das ist doch gut.«

»Aber Leonie ist heute ganz blöd hingefallen und hat sich den Unterarm gebrochen.«

»Oh, das tut mir aber leid.«

»Svenja hat mich eben angerufen. Sie waren bei Freunden zu Besuch, die auch ein Kind in Leonies Alter haben. Die beiden haben getobt, Leonie ist gestürzt und war danach nicht mehr zu beruhigen.«

»Haben sie sie im Krankenhaus röntgen lassen?«

»Ja, natürlich. Dort hat sie einen Gips bekommen. Svenja ist völlig mit den Nerven fertig. Sie macht sich solche Vorwürfe.«

»Das kann ich mir vorstellen.« Irina trat ans Fenster. Es war Jasmin, der so betäubend süß duftete.

»Wirklich zu dumm, dass du ausgerechnet jetzt nicht da bist.«

»Ja, das stimmt.«

»Was ist das für ein Geräusch?«

»Wicso?«

»Es klingt wie Grillenzirpen.«

Irina stockte der Atem. »Das … muss etwas in der Leitung sein.« Leise schloss sie das Fenster.

»Kannst du nicht eher zurückkommen?«

»… Nein, leider nicht.«

»Dein Enkelkind müsste dir doch wichtiger sein als eine Freundin von früher.«

»Sabine ist keine Freundin von früher, sondern …«

»Du weißt genau, was ich meine«, unterbrach er sie.

Irina zwang sich, ganz ruhig zu bleiben. »Es ist wirklich eine vertrackte Situation. Ich wünschte, ich wäre bei euch, aber … ich kann Sabine jetzt noch nicht allein lassen.«

»Okay«, seufzte Stefan. »Ich hatte so gehofft, dass du dich gleich morgen früh in den Zug setzen würdest.«

»Du kannst Svenja bestimmt etwas helfen, oder?«

»Ja, natürlich.«

»Die Tagesmutter und die Babysitterin sind ja auch noch da. Und vielleicht tritt André in den nächsten Tagen beruflich mal etwas kürzer.«

»Daraus wird nichts. Er fliegt morgen in die USA und kommt erst am Freitag zurück.«

»Ach, das passt ja nun gar nicht.«

»Aber wir werden das irgendwie hinkriegen.«

»Am nächsten Sonntag bin ich wieder zu Hause.«

»Ich freue mich schon.«

»Ich mich auch.«

»Es ist so ungewohnt, dass du nicht da bist.«

»Ich weiß …«

»Die einzigen Nächte, die wir seit unserer Hochzeit getrennt verbracht haben, waren die nach Svenjas Geburt, als du nach deinem Kaiserschnitt eine Woche im Krankenhaus liegen musstest.«

Irinas Knie wurden weich. Sie sank auf den Stuhl und trank einen Schluck Wasser. Vielleicht sollte sie Stefan alles erzählen, dann wäre Schluss mit dem Versteckspiel, und sie könnte wieder frei atmen.

»Bist du noch da?«

»Ja …«

»Ich glaube, die Verbindung war gerade unterbrochen.«

»Das kann sein.«

»Schlaf gut.«

»Du auch.«

Irina schaltete ihr Smartphone aus und schloss die Augen. War sie eben kurz davor gewesen, ihm die Wahrheit zu sagen? Ich bin nicht in München, sondern in der Toskana, um mit dem Mann zu sprechen, der mir vor vierzig Jahren mehr bedeutet hat als alles auf der Welt. Für den ich meine Mutter verlassen und die Flucht gewagt habe, obwohl ich wusste, dass ich dabei mein Leben aufs Spiel setzen würde. Nein, das konnte sie nicht riskieren.

Eine innere Unruhe stieg in ihr hoch. Nur jetzt keine Panikattacke bekommen.

Vorsichtig stand sie auf, öffnete das Fenster und atmete ein paarmal tief ein und aus. Der Geruch nach Jasmin war noch intensiver als vorhin. Nach einer Weile merkte sie, dass sie tatsächlich ruhiger wurde.

Sie hatte einen Plan: Einen Tag würde sie noch warten und dann zu Sabine nach München fahren. Und vielleicht würde sie doch schon am Freitag nach Hause zurückkehren, um sich um Leonie zu kümmern.

Das Smartphone!, durchfuhr es sie in dem Moment. Sie hätte es nicht ausschalten dürfen. Vielleicht hatte Frank inzwischen versucht, sie zu erreichen.

Hastig schaltete sie es wieder ein. Es gab keine Nachrichten in ihrer Voicemail.

Sie könnte Svenja kurz anrufen und versuchen, sie zu beruhigen.

Kaum hatte sie ihre Nummer eingegeben, als ihre Tochter sich meldete.

»Hallo, Mama.«

»Mein Schatz, es tut mir so leid, dass Leonie sich den Arm gebrochen hat.«

»Ja, sie hat schrecklich geweint. Ich hätte besser auf sie aufpassen müssen.«

»Wie konnte das denn passieren?«

»Sie ist auf einen kleinen Baumstumpf geklettert und abgerutscht. Wahrscheinlich hat sie versucht, den Sturz mit den Händen abzufangen und ist dabei unglücklich auf dem linken Arm aufgekommen.«

»Hat sie Schmerzen?«

»Ich glaube, jetzt nicht mehr. Sie schläft seit zwei Stunden tief und fest.«

»Ich wünschte, ich könnte bei euch sein, aber es geht leider nicht.«

»Mama, das verstehe ich doch. Wir kommen schon zurecht. Wie sieht's denn bei dir aus?«

»Ganz gut ... Sabine und ich reden viel miteinander, ich koche für sie und denke mit ihr zusammen darüber nach, wie es für sie weitergehen kann.«

»Sie ist bestimmt froh, eine Freundin wie dich zu haben.«

Irina schluckte.

»Und toll, dass du die Reise nach München so problemlos geschafft hast.«

»Ja ...«

»Vielleicht lässt deine Klaustrophobie allmählich nach.«

»Kann sein.«

»Das wäre ja super. Dann müsstest du endlich nicht mehr so eingeschränkt leben.«

»Wir wollen uns nicht zu früh freuen.«

»Nein, aber allein der Gedanke hat was Befreiendes.«

»Ja, das finde ich auch.«

»Mama, André ruft. Wahrscheinlich ist Leonie aufgewacht.«

»Tschüs, meine Liebe. Gute Besserung für Leonie. Ich denke an Euch.«

»Danke.«

»Und grüß meine kleine Enkelin von mir.«

»Mach ich. Bis bald.«

Irina blickte hinaus in die Dunkelheit und dachte über das Gespräch nach, das so anders verlaufen war, als sie es erwartet hatte. Für Stefan, nicht für Svenja, war Leonies Armbruch ein Anlass, sie zu bitten, nach Hamburg zurückzukommen.

Und wie sehr Svenja sich darüber gefreut hatte, dass es ihr gut ging und sie auf der Reise keine Probleme gehabt hatte. Stefan war zwar auch erleichtert gewesen, aber würde er sich wirklich freuen, wenn es nicht mehr so viele Einschränkungen in ihrem Leben gäbe? Es gehörte zu ihrer Beziehung, dass sie allein nicht zurechtkam. Er fing sie auf und gab ihr Halt. Wie würde er reagieren, wenn sie eines Tages seinen Halt nicht mehr brauchte?

Noch war es nicht so weit. Vielleicht würde es nie so weit sein.

20.

Irina sass im Schatten des Hauses und blickte zum Pool hinüber, wo die beiden deutschen Paare ihre Runden schwammen. Sie hatte es bisher vermieden, sich als Deutsche zu erkennen zu geben, und die vier, die mit süddeutschem Akzent sprachen, hatten ihr nicht den Eindruck vermittelt, dass sie sie kennen würden. Woher auch? Sie musste aufhören, sich solche Sorgen zu machen. Aber sie war dem Besitzer des Agriturismo tatsächlich dankbar dafür, dass er kein Deutsch konnte und von daher beim Frühstück nur Englisch gesprochen wurde.

Eine erstaunlich gute Nacht lag hinter ihr. Svenjas positive Reaktion war so tröstlich gewesen, dass sie vor dem Einschlafen vor allem daran und nicht an das Telefonat mit Stefan gedacht hatte. Gegen Morgen war sie einmal kurz aufgewacht, weil irgendwo ein Hahn krähte. Die ersten Sonnenstrahlen fielen in ihr Zimmer und ließen die gelben Wände und Gardinen noch heller leuchten. Beruhigt war sie wieder eingeschlafen und hatte von Leonie geträumt, die ihr freudestrahlend aus Franks Haus entgegengelaufen kam und rief: Ich habe einen Gips! Ich habe einen Gips!

Inzwischen war es fast Mittag. Sie hatte beschlossen, nirgendwo hinzufahren, sondern hier auf Franks Anruf zu warten. Wenn sie Hunger bekam, würde sie den Rest Ciabatta, den Käse und die Tomaten essen, die von Samstag noch übrig waren.

Eben hatte sie Franks Buch zu Ende gelesen. Die Schilderung der Entstehung seiner Romane war für sie nicht mehr so interessant gewesen. Und was er über seine gescheiterte Ehe mit einer Schauspielerin schrieb, kannte sie schon aus jener Büchersendung, die sie im Sommer im Fernsehen gesehen hatte. Es tat ihr leid, dass er keinen Kontakt mehr zu seinem Sohn hatte, der aus der Ehe hervorgegangen war. Sie wünschte, er hätte sich mehr um ihn gekümmert, statt nur ein teures Internat für ihn zu bezahlen. Franks Einschätzung, dass er sich für beziehungsunfähig hielt, traf vermutlich zu. Er war ein Einsiedler und alles andere als friedliebend, wenn er sich in seiner Ruhe und Abgeschiedenheit gestört fühlte, wie sie gestern selbst erfahren hatte.

Sie schlug noch einmal die letzte Seite auf.

> Ich befürchte, dass ich von Jahr zu Jahr sonderbarer werde und die Gegenwart anderer Menschen nicht mehr ertragen kann. Vielleicht ist mein Alleinsein eine günstige Voraussetzung für das Schreiben von Romanen, aber es macht das Leben und Überleben immer schwerer.

Wie bitter, dass Frank seine Autobiografie mit diesen Sätzen enden ließ. Es schien keine Bedeutung für ihn zu haben, dass er so erfolgreiche Bücher geschrieben hatte. Er war zu einem Menschenfeind geworden. Dass sie es in geschlossenen Räumen nicht aushielt, wirkte dem gegenüber fast harmlos.

Irina klappte das Buch wieder zu und strich über den leuchtend roten Titel. Irgendetwas hatte beim Lesen ein Unbehagen in ihr ausgelöst. Sie konnte nicht sagen, warum. Vielleicht war es auch eher so, dass etwas fehlte in der Erzählung dieses Lebens. Natürlich war Frank ein Gezeichneter wie sie; die Hafterfahrung musste auch bei ihm tiefe Narben hinterlassen haben. Dennoch blieb eine Lücke, die sie nicht füllen konnte, um dieses trostlose Lebensgefühl zu erklären.

Irina schaute auf ihren Wecker. Zehn nach fünf. Sie hatte über eine Stunde geschlafen.

Hoffentlich war es mittlerweile draußen ein wenig kühler geworden. Vorhin hatte sie es selbst im Schatten nicht mehr ausgehalten.

Sie würde jetzt schwimmen, etwas essen und anschließend dem Besitzer Bescheid sagen, dass sie beschlossen hätte, morgen abzureisen. Er hatte sie beim Frühstück gefragt, ob sie ihren Aufenthalt verlängern wolle; ihr Zimmer sei noch bis zum Wochenende frei. Als er ihr Zögern bemerkte, versicherte er ihr schnell, dass sie sich gern bis zum Abend oder auch bis zum nächsten Morgen mit ihrer Entscheidung Zeit lassen könne.

»Thank you.«

»You … all right?«

»Yes, I'm fine.«

Sein besorgter Blick hatte ihr gezeigt, dass er ihr nicht glaubte. Aber sie war ihm dankbar, dass er auf weitere Fragen verzichtete, was vermutlich vor allem daran lag, dass er so wenig Englisch sprach.

Als sie vor die Tür trat, schlug ihr eine schwüle Hitze entgegen. Vielleicht würde es nachher ein Gewitter geben.

Wieder war sie die Einzige im Pool. Während sie ihre Bahnen kraulte, hatte sie plötzlich die Fantasie, Frank könne am Beckenrand auftauchen und ihr anerkennend zunicken, weil sie das Kraulen mittlerweile gelernt hatte.

Doch weder Frank noch sonst jemand stand am Beckenrand, als sie eine halbe Stunde später erschöpft aus dem Pool stieg.

Die Sonne war hinter dunklen Wolken verschwunden, und es wehte ein starker Wind. Irina nahm ihr Handtuch und lief schnell ins Haus zurück.

Nachdem sie sich angezogen und gegessen hatte, schickte sie Svenja eine Nachricht, um zu fragen, wie es Leonie ging. Wenige Minuten später kam ihre Antwort.

Liebe Mama,
es geht ihr gut. Sie lacht wieder, spielt mit ihren Stofftieren, und vorhin hat sie einen Teller Kürbissuppe gegessen.
Wahrscheinlich haben wir uns viel mehr erschrocken als sie. Vor allem Papa machte einen ganz verstörten Eindruck.
Petra hat Erfahrung mit kleinen Kindern, die sich was gebrochen haben. Sie meinte, dass der Knochen bestimmt schnell heilen werde. Zum Glück ist es ein glatter Bruch.
Papa hadert übrigens nach wie vor sehr damit, dass Du allein verreist bist. Ich war ja vorher auch ziemlich besorgt, doch seitdem Du die Fahrt so gut überstanden hast, denke ich anders darüber. Das habe ich Papa auch gesagt. Aber Du kennst ihn ja. Wenn er einmal von irgendwas überzeugt ist (»Mama sollte mit ihrer Klaustrophobie keine Risiken eingehen«) lässt er sich nicht mehr davon abbringen.
Ich wünsche Dir weiterhin alles Gute in München.
Grüß Sabine von mir.
Herzlichst
Deine Svenja

Irina war überrascht. Niemals hätte sie es für möglich gehalten, dass Svenja eine so andere Haltung einnehmen könnte als Stefan. Wahrscheinlich hatte sie es unterschätzt, wie belastend es all die Jahre für sie gewesen war, eine Mutter zu haben, die unter Panikattacken litt.

Aus dem Garten ertönten jetzt Stimmen. Irina trat ans Fenster. Die beiden englischen Familien waren offenbar von einem Ausflug zurückgekommen und luden Buggys und Rucksäcke aus ihren Wagen. Zwei ihrer Kinder stritten sich, ein drittes weinte.

»Hurry up!«, rief einer der Väter. »There's going to be a thunderstorm.«

Die Frauen griffen nach den Händen der Kinder und rannten mit ihnen ins Haus.

Ein grünlich graues Licht lag über den Bergen, irgendwo bellte ein Hund. Im nächsten Moment brach das Gewitter los. Es musste direkt über Anghiari hängen, denn zwischen Blitz und Donner lagen jeweils nur wenige Sekunden. Und dann begann es wie aus Kübeln zu schütten. Irina schloss das Fenster und legte sich auf ihr Bett. Das Prasseln des Regens hatte etwas Beruhigendes. Und auch wenn der krachende Donner das Haus immer wieder zu erschüttern schien, fühlte sie sich hier sicher.

Nach einer halben Stunde war alles vorbei, und die Sonne kam wieder heraus. Irina öffnete das Fenster. Es hatte sich deutlich abgekühlt, die Luft roch frisch, und auf dem Rasen glitzerten die Wassertropfen.

Sie zog sich eine Strickjacke über und ging in den Garten hinaus. Es war so ein schöner Ort, und sie wünschte, sie hätte ihn unter anderen Umständen kennengelernt. Morgen um diese Zeit würde sie schon ihren Mietwagen abgegeben haben und bald darauf in den Zug nach München steigen. Vorhin beim Schwimmen hatte sie noch das Gefühl gehabt, dass alles vergeblich gewesen war, aber das stimmte nicht. Sie hatte getan, was sie tun konnte. Wenn Frank keinen Kontakt mit ihr aufnehmen wollte, musste sie dies akzeptieren. Er würde seine Gründe dafür haben, und vielleicht war es auch für sie besser so.

»Signora Lohrisch?«, hörte sie den Besitzer da rufen.

Sie drehte sich um und sah, wie er auf sie zukam. Vermutlich hatte er neue Buchungsanfragen und brauchte nun Klarheit in Bezug auf ihr Zimmer. Sie würde ihm sagen, dass sie definitiv morgen nach dem Frühstück abreisen werde.

»C'è un signore chi vuole parlare con Lei.«

Irina wich das Blut aus dem Kopf. Unwillkürlich hielt sie sich an einem der Gartenstühle fest. Un signore? Das konnte nur Frank sein.

»Tutto bene, Signora?«

»Sorry, I …«

»Se Lei non vuole parlare con lui …«

»Ich verstehe Sie leider nicht … Unfortunately I can't understand you.«

»Il signore … waiting for you in … reception area.«

»Thank you very much. I'll be ready in a few moments.«

»Benissimo.«

Ihre Gedanken rasten. Warum hatte Frank sich nicht vorher gemeldet? Und wie war er darauf gekommen, dass sie hier sein könnte? Sollte sie es wirklich riskieren, ihm zu begegnen? Fast wünschte sie, sie wäre schon abgereist und ihr bliebe dieses Wiedersehen nach vierzig Jahren erspart. Aber es war natürlich völlig ausgeschlossen, dass sie jetzt einen Rückzieher machte. Sie hatte nicht diesen langen Weg nach Italien auf sich genommen, um sich im letzten Moment vor Frank zu verstecken.

Langsam setzte sie sich in Bewegung. Als sie das Haus betrat, sah sie hinten in der Ecke einen weißhaarigen Mann vornübergebeugt auf einem Stuhl sitzen. Sie spürte, wie ihr Herz höherschlug.

»Frank?«

Er schaute hoch und sprang auf. »Irina, ich … bin völlig fassungslos.«

In ihrem Innern zog sich etwas zusammen. Der Klang seiner Stimme und seine Augen waren ihr so vertraut. Aber sie erschrak über die tiefen Falten in seinem Gesicht. Er sah zehn Jahre älter aus, als er war. In seinem Blick lag etwas Fragendes, das sie an ihre allererste Begegnung bei Werner Blacher erinnerte. Nur heute mischte sich eine Traurigkeit hinein.

Er machte ein, zwei Schritte auf sie zu und blieb dann stehen, als habe er plötzlich Angst, ihr zu nahe zu treten.

»Ich dachte schon, du hättest es dir anders überlegt und wolltest mich nicht sehen«, sagte er leise.

»Doch, natürlich, aber ich …« Ihr Mund war so trocken, dass sie nicht weitersprechen konnte.

»Seitdem ich heute Morgen deinen Zettel gefunden habe, weiß ich nicht mehr, wohin mit mir …«

Er begann zu weinen. Und auch Irina kämpfte mit den Tränen. Sie fühlte sich Frank so nah. Niemals hätte sie es für möglich gehalten, dass sie genauso viel für ihn empfand wie früher.

»Die Tatsache, dass du lebst … ist für mich immer noch unbegreiflich …«

Sie dachte an jenen Moment, als sie Frank das letzte Mal gesehen hatte. Das Patrouillenboot legte in Kühlungsborn an, sie wurden in Handschellen zu getrennten Polizeiwagen geführt. Er drehte sich noch einmal zu ihr um, und sie sah die Verzweiflung in seinem Gesicht. Damals glaubte sie, dass er sich im Gefängnis etwas antun könnte. Und jetzt standen sie hier, fast vierzig Jahre später, und waren sich kein bisschen fremd.

Frank wischte sich über die Augen. »Ich wollte dich anrufen, aber ich hab's nicht geschafft. Die Situation war so absurd, dass ich dachte, ich drehe durch, wenn ich deine Stimme am Telefon höre. Ich musste dich sehen, um glauben zu können, dass du wirklich am Leben bist.«

»Und … wie hast du mich gefunden?«

»Ich habe in den letzten elf Stunden alle Unterkünfte in der Umgebung abgeklappert.«

»Mir fehlte gestern der Mut, an deiner Haustür zu klopfen.«

»Es tut mir so leid, Irina. Ich dachte, da würde mir wieder einer dieser Journalisten auf die Pelle rücken.«

Irina starrte in eine Ecke des Raumes. Sie konnte Frank nicht länger ansehen, sonst würde sie es nicht schaffen, den Abstand zwischen ihnen zu wahren. Und sie musste ihn wahren. Doch ihre Sehnsucht, Frank zu umarmen, war so groß, dass es wehtat.

Sollte sie ihm vorschlagen, in den Garten zu gehen? Hier wollte sie nicht stehen bleiben, um über das zu sprechen, was ihnen in den letzten vierzig Jahren widerfahren war. Es würde nicht mehr lange dauern, bis der Besitzer wieder auftauchte. Oder es würden Gäste vorbeikommen, womöglich die beiden deutschen Ehepaare, die jedes Wort verstehen konnten.

Frank räusperte sich. »Wollen wir nach Anghiari fahren? Dort gibt es eine Trattoria, in der wir etwas essen und in Ruhe weiterreden können.«

Sie nickte erleichtert. »Dann … hole ich eben meine Sachen. Ich bin gleich wieder da.«

In ihrem Zimmer lehnte sie sich einen Moment an die Tür und schloss die Augen. Sie war so durcheinander, dass sie nicht wusste, was in den nächsten Stunden mir ihr geschehen würde. Stand sie unter einer Art Schock? Würde sie irgendwann im Lauf des Abends ihre Beherrschung verlieren und hemmungslos weinen?

Sie musste versuchen, sich zusammenzureißen. Mit zitternden Händen prüfte sie, ob sie alles in ihrer Handtasche hatte, was sie brauchte: ihr Portemonnaie, den Autoschlüssel, die Unterlagen der Mietwagenfirma und ihr Smartphone.

Sie stellte es auf stumm. Falls Stefan oder Svenja sie in den nächsten Stunden anrufen sollten, müssten sie ihr eine Nachricht in der Voicemail hinterlassen. Sie würde niemals mit ihnen telefonieren können, während sie mit Frank im Restaurant saß.

Er wartete draußen auf sie. Als er sie kommen sah, lächelte er. Ein trauriges Lächeln.

Irina schluckte. »Ich fahre hinter dir her.«

»Wir können meinen Wagen nehmen.«

»… Danke. Mir ist es lieber, wenn ich mein Auto dabeihabe.«

»Auch gut.«

Warum nahm sie ihn nicht einfach in die Arme und sagte ihm, wie viel es ihr bedeutete, ihn wiederzusehen? Dass sich an ihren Gefühlen ihm gegenüber nichts geändert hatte? Und dass der Zwiespalt, in dem sie sich befand, unerträglich war?

Stattdessen schloss sie ihren Wagen auf und stieg ein. »Bis gleich.«

Es war eine kurze Fahrt bis zu der Trattoria, in der sie gestern eine Minestrone gegessen hatte. Der Wirt begrüßte sie freundlich, was Frank verblüfft zur Kenntnis nahm.

»Seit wann bist du denn hier?«

»Seit Samstag.«

»Warst du da auch schon in Fonaco?«

»Ja, am späten Nachmittag. Aber ich wusste nicht, in welchem Haus du wohnst. Dein Wagen stand nicht vor der Tür.«

»Ich war in Monterchi zum Einkaufen.«

Der Wirt bat sie, am Fenster Platz zu nehmen. Irina bestellte wieder eine Minestrone, Frank entschied sich für Lasagne.

»Trinkst du Wein?«, fragte er.

»Ja, ein Glas Rotwein.«

»Due bicchieri di vino rosso della casa.«

Der Wirt machte sich eine Notiz. Es schien ihn zu freuen, dass sie diesmal nicht allein war und ihr Begleiter zudem fließend Italienisch sprach.

»Ich weiß gar nicht, wo wir anfangen sollen«, murmelte Frank, nachdem der Wirt in der Küche verschwunden war.

Sie blickte auf ihre Hände. Um sich vor ihren eigenen Gefühlen zu schützen, musste sie einen Weg finden, so ruhig und sachlich wie möglich mit Frank zu sprechen, auch wenn es in ihrem Innern ganz anders aussah. Sie hatte so viele Fragen an ihn. Und es war wichtig, von ihm Antworten darauf zu bekommen.

»Irina?«

»Vielleicht mit Hohenschönhausen …«

Frank holte tief Luft. »Du hast das, was du mich fragen willst, vermutlich schon zigmal in deinem Kopf durchgespielt, aber für mich ist es eine ganz neue Situation.«

»Willst du hören, was für Zersetzungsmethoden die Stasi bei mir angewandt hat?«

»Ja …«

»Der … Vernehmer hat versucht …« Sie konnte plötzlich nicht weitersprechen.

Frank griff nach ihrer Hand. Sie zuckte zusammen, aber sie zog sie nicht weg.

»Er hat versucht … Zweifel in mir zu säen, Zweifel an … deinen Absichten, deinem … Charakter.«

»Was für Absichten?«

»Er sagte, dass du mich … nur benutzt hättest, weil du wusstest, dass wir zu zweit eine bessere Chance haben würden, die lange Paddelstrecke zu bewältigen.«

»Wieso soll ich dich benutzt haben?«, rief Frank. »Wir wollten gemeinsam fliehen.«

»Der Vernehmer behauptete, dass du seit August 1975 mit einer Lyrikerin aus Köln liiert seist.«

Frank wurde bleich. »So ein Schwachsinn. Anna und ich wurden erst ein halbes Jahr nach meiner Freilassung ein Paar.«

»Das habe ich aus deinem Buch jetzt auch erfahren.«

»Hast du dem Vernehmer damals etwa geglaubt?«

»Nein, das habe ich nicht. Ich habe dir bis zu meinem Freikauf im April 1980 vertraut. Aber dann saß ich drei Tage später in der Stadtbibliothek in Gießen und ... sah ein Foto von dir und Anna Weiss in der Zeitung. Du hattest gerade einen Literaturpreis für deinen ersten Roman bekommen. Unter dem Foto stand, dass ... deine Lebenspartnerin Anna Weiss sich mit dir freut. Das war für mich die Bestätigung dafür, dass die Stasi recht gehabt hatte. Über siebenunddreißig Jahre lang, bis zur Lektüre deiner Autobiografie, habe ich mit der Vorstellung gelebt, dass du ... mich betrogen hast und schon längst mit Anna Weiss liiert warst.«

Frank schlug die Hände vors Gesicht.

In dem Moment kam der Wirt und brachte den Rotwein und eine Karaffe mit Wasser.

»Che cosa è successo?«, fragte er erschrocken.

»It's a difficult situation«, antwortete Irina.

Der Wirt nickte anteilnehmend. Wahrscheinlich vermutete er eine Ehekrise.

»Wenn ich gewusst hätte, dass du noch lebst, wäre alles anders gekommen ...«

»Warum hast du der Stasi geglaubt?«

Frank versuchte, ihr zu antworten, aber er brachte kein Wort heraus.

»Wir wussten doch beide, was für perfide Zersetzungsmethoden diese Leute hatten. Vor unserem Fluchtversuch haben wir immer wieder darüber gesprochen.«

»Ja … Vielleicht … habe ich es nicht für möglich gehalten, dass die Vernehmer … so weit gehen könnten. Außerdem hatte ich immer noch im Kopf, was du damals gesagt hast: Dass du … eine jahrelange Haft in einem Stasi-Gefängnis nicht überstehen würdest. Natürlich habe ich auch daran gedacht, dass … die Stasi dich ermordet haben könnte oder du … an den Folgen der Folter gestorben seist.« Er fuhr sich mit den Händen durch die Haare. »Nur auf den Gedanken, dass du noch leben könntest, bin ich nicht gekommen.«

»Du hättest nach deinem Freikauf alles daransetzen können, um herauszufinden, was mit mir passiert war.«

»Ja … das … das habe ich nicht geschafft«, stammelte er und stand abrupt auf.

Irina wollte sagen ›warte doch‹, aber da lief er bereits nach draußen. Hatte sie einen wunden Punkt bei ihm berührt, weil er der Geschichte von ihrem angeblichen Tod nicht auf den Grund gegangen war?

Durchs Fenster sah sie, wie er sich eine Zigarette anzündete. Es überraschte sie, ihn rauchen zu sehen. Früher hatte er schon den bloßen Geruch nach Zigaretten nicht ausstehen können.

Er kam erst nach ein paar Minuten wieder. Inzwischen hatte ihnen der Wirt das Essen gebracht.

»Mir ist schlecht«, murmelte Frank und schob seinen Teller beiseite.

»Es ist bestimmt schwer für dich, diese Geschichte so geballt präsentiert zu bekommen. Aber nun weißt du wenigstens, mit welchen Vorstellungen und Gefühlen ich all die Jahre gelebt habe.«

Er nickte und begann wieder zu weinen.

Irina schaute auf ihre Suppe. Sie hatte jetzt auch keinen Appetit mehr.

»Willst du gehen?«, fragte sie.

»Nein ... Es tut mir leid, dass ich ... dir hier etwas vorheule, aber ich ...« Er brach ab.

Es schmerzte sie, ihn so verzweifelt zu sehen. Sie hatte das Gefühl, dass ihn außer der Trauer über das Geschehene noch etwas anderes quälte. War es sein schlechtes Gewissen? Warum konnte er nicht darüber sprechen?

»Da ist noch etwas, was ich dich fragen muss.«

Er schaute hoch, und sie sah die Angst in seinen Augen.

»Warum hast du nach dem Fall der Mauer nicht Einsicht in deine Stasi-Akte beantragt? Dann hättest du erfahren, dass ich noch lebe.«

Frank senkte sofort wieder den Blick. »Irina, ich ... ich habe so viele Fehler gemacht ...«

»Bitte versuch, mir eine Antwort zu geben. Seitdem ich dein Buch gelesen haben, stelle ich mir immer wieder diese Fragen.«

»Ich ... hatte Angst davor, alte Wunden aufzureißen. Wer weiß, wer uns damals alles bespitzelt hat. Ich wollte es nicht riskieren ... mein mühsam erworbenes Gleichgewicht wieder zu verlieren.«

»Du hattest immerhin das Glück, ein Jahr eher freizukommen als ich.«

»Ja, meine Kollegen aus dem Westen und Amnesty International haben sich sehr für mich eingesetzt.«

»Auch Anna Weiss?«

»Wieso?«, fragte er eine Spur zu heftig.

»Du schreibst in deinem Buch, dass sie sich schon in Berlin mehr als eine rein freundschaftliche Beziehung mit dir wünschte.«

Sein Gesicht hatte plötzlich etwas Verschlossenes. »Anna hat damals die Kampagne gestartet ...«

»Ich hätte auch gern jemanden gehabt, der bereit gewesen wäre, so für mich zu kämpfen.«

»Irina, ich werde mir bis zum Ende meines Lebens Vorwürfe machen, dass ich dich zu der Flucht überredet habe.«

»Wir haben gemeinsam beschlossen, dass wir es versuchen würden.«

»Es war meine Idee.«

»Trotzdem tragen wir beide die Verantwortung für das, was wir getan haben.«

»Ja, nur wenn du allein gewesen wärst, hättest du dich nicht in diese Gefahr begeben.«

»Das stimmt. Aber ich war eben nicht allein …«

Sie verfielen in Schweigen.

Nach einer Weile erzählte er ihr von seiner geschiedenen Ehe und seinem Sohn, dem er kein guter Vater gewesen sei und zu dem er heute keinen Kontakt mehr habe. Irina spürte, wie sehr er darunter litt.

Sie war erschüttert zu sehen, dass aus dem extrovertierten, lebensfrohen Frank von vor vierzig Jahren ein so verletzter, zurückgezogener Mensch geworden war. Und sie wurde den Eindruck nicht los, dass er ihr etwas verschwieg.

Den ganzen Abend rührte er weder sein Essen noch den Rotwein an. Als sie um die Rechnung baten, bestand er darauf, sie einzuladen.

Der Wirt wünschte ihnen alles Gute.

Während sie zu ihren Wagen zurückgingen, dachte Irina darüber nach, was sie Frank zum Abschied sagen sollte. Dass es gut war, mit ihm zu sprechen? Hatte sich erfüllt, was sie sich erhofft hatte? Aber was war das? Sie hatte nur den Drang gespürt, mit ihm reden zu müssen. Auf jeden Fall hatte sie das Gefühl, dass sie so noch nicht auseinandergehen konnten.

»Magst du morgen zu mir nach Fonaco kommen?«

Ihr Herz klopfte.

»Dann zeige ich dir das Haus und die Umgebung. Und wir können gemeinsam etwas kochen.«

»Ja … gern.«

»Gegen zehn?«

Sie nickte. »Soll ich etwas mitbringen?«

»Nein, nicht nötig.« Wieder lächelte er traurig. Vielleicht konnte er gar nicht mehr anders lächeln.

»Bis morgen.« Sie stieg in ihren Wagen und fuhr los, ohne sich noch einmal umzuschauen.

21.

In dieser Nacht schlief Irina kaum, so aufgeregt war sie. Immer wieder fragte sie sich, ob es richtig gewesen war, Franks Einladung anzunehmen. Auf was ließ sie sich ein, wenn sie ihn in Fonaco besuchte? Bei ihrer Begegnung hatte sie die vertraute Nähe zu ihm sofort wieder verspürt, und gleichzeitig hatte sie Schuldgefühle, wenn sie an Stefan dachte.

Am nächsten Morgen erklärte sie dem Besitzer des Agriturismo, dass sich für sie eine neue Situation ergeben hätte und sie ihr Zimmer gern für eine weitere Nacht buchen würde. Dies war ohne Weiteres möglich. Ja, der Besitzer schien sich zu freuen, dass sie einen Tag länger bleiben wollte.

Einen Moment lang überlegte sie, ob sie vorsichtshalber ihre Sachen zusammenpacken sollte. Falls das Treffen mit Frank sie überfordern würde, müsste sie nur ihren Koffer hier abholen und könnte dann nach Arezzo zurückfahren. Mit etwas Glück würde sie noch eine Fahrkarte für den Nachtzug nach München bekommen.

Nein, es gab keine Veranlassung, einen Fluchtplan zu entwickeln, versuchte sie sich zu beruhigen. Aber sie wusste, dass der innere Widerstreit, in dem sie sich befand, immer größer werden würde. Es war ihr gestern schon schwer genug gefallen, Frank nicht zu zeigen, was sie für ihn empfand. Wie würde es ihr erst ergehen, wenn sie nicht über die Inhaftierung oder die Zeit danach sprachen, sondern er ihr die Umgebung zeigte und sie gemeinsam kochten? Es lag nahe, dass viele Erinnerungen an ihr Leben als Paar in ihr hochkommen würden, und dann war es vielleicht nicht mehr möglich, die Distanz zu ihm aufrechtzuerhalten. Sollte sie dieses Risiko wirklich eingehen? Es war eine rhetorische Frage. Sie wusste, dass sie sich längst entschieden hatte. Wie sollte sie abreisen, ohne Frank noch einmal gesehen zu haben?

Sie wollte gerade in ihren Wagen steigen, als sie eine WhatsApp bekam. Dabei war sie sich sicher gewesen, dass sie ihr Smartphone ausgestellt hatte.

Die Nachricht war von Stefan.

Liebe Irina,
wie ich von Svenja hörte, hat sie Dir schon geschrieben, dass Leonie wieder lacht und spielt und gut gegessen hat. Ich bin sehr erleichtert.
Es tut mir leid, dass ich Dich am Sonntag am Telefon so unter Druck gesetzt habe. Ich glaube, es ging mir nicht nur um Leonie, sondern auch um mich. Ich vermisse Dich.
Pass auf Dich auf!
Dein Stefan

Verblüfft las Irina den Text ein zweites Mal. Sie erinnerte sich nicht, dass Stefan ihr jemals so etwas gesagt oder geschrieben hätte. Allerdings war sie in den zweiunddreißig Jahren, die sie sich kannten, auch nie allein verreist, genauso wenig wie er.

Warum musste er ihr ausgerechnet jetzt eine solche Nachricht schicken?

Sie überlegte, was sie ihm antworten sollte, aber sie war so blockiert, dass sie es nach ein paar Versuchen aufgab. In der Regel schaute Stefan während der Arbeit nicht auf sein Smartphone. Es genügte, wenn sie ihm mittags schreiben würde.

Auf der Fahrt nach Fonaco kam es ihr plötzlich völlig absurd vor, dass sie sich heimlich auf diese Reise in die Toskana begeben hatte, um Frank zu sagen, dass sie nach ihrem gescheiterten Fluchtversuch nicht im Stasi-Gefängnis gestorben war. Warum hatte sie ihm dies unbedingt mitteilen wollen? Nun wusste er, dass man ihn getäuscht hatte. Aber was änderte sich dadurch in ihrem Leben? Hatte sie die irrationale Hoffnung, Frank und sie würden sich wieder lieben können, vierzig Jahre nachdem man sie gewaltsam voneinander getrennt hatte? Träumte sie unbewusst von einer Rückkehr zu ihrer Jugendliebe? Natürlich gab es solche Fälle, dass ein Mensch nach Jahrzehnten die Person wiederfand, die er als Jugendlicher oder junger Erwachsener geliebt und nie vergessen hatte. Ulrich war das beste Beispiel dafür. Angesichts dieser Liebe verblasste alles, was in den Jahren dazwischen geschehen war und im Nachhinein wie ein falsches Leben erschien.

Irina bog zu schwungvoll um die Kurve und hätte fast einen Rennradfahrer gestreift, der sich hier den Hügel hinaufkämpfte. Sie musste sich besser konzentrieren. Aber die Frage, ob sie mit Stefan das falsche Leben gelebt hatte, ließ sie nicht mehr los. In manchen Momenten hatte sie sich gewünscht, allein zu leben und tun und lassen zu können, wonach ihr der Sinn stand. Doch meistens waren diese Stimmungen schnell wieder verflogen, und sie war dankbar für die Geborgenheit und den Schutz, den er ihr bot. Nicht nur dankbar, korrigierte sie sich. Sie liebte Stefan, liebte ihn auf eine ruhige, unaufgeregte Weise. War das vielleicht immer das Problem gewesen? Hatte sie sich mit der unaufgeregten Liebe zu Stefan abgefunden, aber heimlich und tief in ihrem Innern von der leidenschaftlichen, turbulenten Liebe geträumt, die sie mit Frank erlebt hatte?

Als sie Fonaco erreichte, beschloss sie, den Wagen heute nicht am Eingang des Ortes abzustellen, sondern bis zu Franks Haus zu fahren.

Vor dem Hof stand die junge Frau mit einem Baby auf dem Arm und winkte ihr zu. Der bellende Hund zerrte an seiner Kette. Langsam fuhr Irina weiter, vorbei an dem verrammelten Gebäude und dem alten Fiat, unter dem wieder die braun getigerte Katze hervorschoss. All das war ihr schon fast vertraut.

Sie parkte hinter Franks Wagen und stellte ihr Smartphone aus. Noch konnte sie umkehren und später am Telefon ein plötzliches Unwohlsein vortäuschen. Aber war es das, was sie wollte? Nie zuvor in ihrem Leben hatte sie sich so zerrissen gefühlt.

In dem Moment sah sie Frank aus dem Haus kommen. In seinem weißen Hemd mit den aufgekrempelten Ärmeln und den khakifarbenen Shorts erinnerte er sie an den Frank von früher. So war er immer zum Schwimmen gegangen.

Sie stieg aus, er kam auf sie zu und umarmte sie. Es war eine kurze, flüchtige Umarmung, die sie nicht erwiderte, vielleicht weil sie zu überrascht war.

»Ich freue mich sehr, dass du da bist.«

Irina nickte und war auf einmal so verlegen, dass sie nicht wusste, wo sie hinschauen sollte. Also hockte sie sich hin und streichelte die Katze, die sofort zu schnurren begann.

»Möchtest du einen Espresso?«

»Ja, gern.«

Sie folgte ihm ins Haus, wo es trotz der Hitze angenehm kühl war. In der geräumigen Küche stand ein großer Eichentisch und darauf eine Obstschale mit Weintrauben und Feigen. Durch das Fenster fiel ein Sonnenstrahl auf die dunklen Steinfliesen. Es duftete leicht nach Wald und Erde. Als Irina sich umsah, entdeckte sie auf der Anrichte einen Korb mit frischen Steinpilzen.

Sie trat ans Fenster. Unterhalb des Hauses erstreckte sich ein tiefes Tal, an dessen Hängen Wein angebaut wurde. »Schön ist es hier.«

»Jenseits des Tales liegt Umbrien«, hörte sie Frank sagen. »Dort wird mein nächster Roman spielen, eine Familiengeschichte mit politischem Hintergrund. Es geht um die Roten Brigaden. Das Thema interessiert mich schon seit Langem.«

Irina wusste nicht, was sie darauf erwidern sollte. Sie kannte sich mit den Roten Brigaden nicht aus.

»Nimmst du immer noch Zucker?«

»Ja.«

Sie sah ihm zu, wie er den Espresso in einer kleinen Kaffeemaschine aus Aluminium zubereitete. Seine Bewegungen waren schnell und präzise, genau wie sie sie von damals erinnerte.

»Setz dich doch.« Er holte zwei dunkelgrüne Mokkatassen mit Goldrand aus dem Glasschrank, der über dem Herd hing.

Sie ließ sich auf einen der mit geflochtenem Bast bezogenen Stühle sinken und merkte, wie sie sich allmählich entspannte.

Er schenkte ihnen Kaffee ein und setzte sich ihr gegenüber. Wie früher nahm er zwei Stück Würfelzucker und rührte lange in seiner Tasse.

»Es war reiner Zufall, dass ich hier gelandet bin. Im Schaufenster einer Bäckerei in Arezzo hing ein vergilbtes Foto von dem Haus. Es sah ziemlich verfallen aus, aber ich mochte den Klang des Namens Fonaco. Also bin ich hingefahren. Damals war der Weg von Monterchi hier herauf noch nicht asphaltiert. Mir hat die Abgeschiedenheit sofort gefallen. Ich wusste, hier hätte ich eine Chance, wieder zu mir zu finden.«

»Wann war das?«

»Vor über dreißig Jahren, im Juli 1987.«

Da war Svenja zur Welt gekommen, dachte Irina und nahm einen Schluck von ihrem Espresso. Sie sah sie noch genau vor sich, ihre winzige Tochter, die zwei Monate zu früh geboren wurde und beinahe gestorben wäre.

»Es war eine schlimme Zeit«, fuhr Frank fort. »In Berlin hielt ich es nicht mehr aus, nachdem meine Frau mich im Frühjahr verlassen hatte. Mein Sohn Paul war gerade drei geworden. Ich durfte ihn nicht sehen, weil ich nach einem Nervenzusammenbruch als psychisch instabil galt. Und ans Schreiben war nicht zu denken.«

Um Franks Mund herum zuckte es. Den Nervenzusammenbruch hatte er gestern Abend im Restaurant nicht erwähnt, als es um seine geschiedene Ehe gegangen war.

»Schließlich habe ich mich ins Auto gesetzt und bin losgefahren in Richtung Italien, wo meine Frau und ich nie zusammen gewesen waren. Von daher hoffte ich, dass mich hier keine Erinnerungen an sie quälen würden. Das war natürlich sehr naiv.«

»Hast du noch häufiger solche Zusammenbrüche gehabt?«

Er nickte. »Ich habe auch eine Reihe von Klinikaufenthalten hinter mir, aber die Therapien haben mir letztlich alle nicht weitergeholfen.«

»Davon schreibst du nichts in deiner Autobiografie.«

»Nein, ich fand, dass das niemanden etwas angeht.«

Frank trank seinen Espresso in einem Zug aus. Seine Hand zitterte.

»Ich bereue es sowieso, mich auf dieses Projekt eingelassen zu haben. Es war die Idee meines Verlegers, dass ich – wie er sagte – über ›mein aufregendes Leben in beiden deutschen Staaten‹ schreiben solle.«

»Dein Buch verkauft sich sehr gut.«

»Ja, natürlich. Das war auch die Strategie dahinter, und sie ist aufgegangen. Von den Verkaufszahlen her ist es schon jetzt mein erfolgreichstes Buch.«

»Und wie erklärst du dir das?«

»Die Leser lieben es, Einblicke in das Unglück anderer Menschen zu bekommen, vor allem, wenn sie bekannt oder berühmt sind. Solche Darstellungen bedienen den überall vorhandenen Hang zum Voyeurismus.«

Franks Stimme war immer lauter geworden.

»Warum hast du nicht ›Nein‹ gesagt?«

»Ich weiß es nicht.« Er stand ruckartig auf und verließ die Küche.

Kurz darauf kam er mit einem Päckchen Tabak zurück. »Stört es dich, wenn ich rauche?«

»Nein.«

»Rauchst du eine mit?«

Sie schüttelte den Kopf.

Mit geübten Fingern drehte er sich im Stehen eine dünne Zigarette und zündete sie an. Es überraschte Irina immer noch, dass Frank rauchte.

»Eigentlich bin ich seit ein paar Monaten dabei, es mir abzugewöhnen, aber ich habe immer wieder Rückfälle.«

Er ging unruhig in der Küche auf und ab.

»Entschuldige, dass ich mich so aufrege, aber in meiner Wahrnehmung ist es ein vergifteter Erfolg, den ich mit der Autobiografie habe.«

»Das verstehe ich.«

»Andererseits hat es zu etwas sehr Schönem geführt.«

Er blieb stehen, holte tief Luft und lächelte. Zum ersten Mal seit ihrer Wiederbegegnung war es kein trauriges Lächeln, sondern eines, das sie von früher kannte.

»Ohne das Buch wärst du jetzt nicht hier. Ich hätte niemals erfahren, dass du noch lebst. Das ist für mich ein großes Glück.«

Irina hielt seinem Blick nicht stand. Ihr wurde auf einmal bewusst, dass sie mit ihrer Reise zu Frank etwas in Gang gesetzt hatte, das sie jetzt nicht mehr steuern konnte. Ihr war es darum gegangen, ihn mit dem zu konfrontieren, was wirklich geschehen war. Und sie hatte den Drang verspürt, ihn wiederzusehen und mit ihm zu reden. Über die Auswirkungen, die dies auf ihn haben würde, hatte sie nicht nachgedacht. Machte er sich Hoffnungen, dass sie wieder zusammenfinden würden? Hatte sie ihn vielleicht sogar dazu ermutigt, weil sie seiner Einladung, ihn zu besuchen, gefolgt war?

»Das hätte ich eben nicht sagen sollen«, murmelte er und drückte seine Zigarette aus. »Komm, lass uns rausgehen. Dann zeige ich dir den Garten. Und wenn du magst, laufen wir ein Stück hoch in den Wald. Unter den Steineichen und Kastanien ist es schön schattig.«

»Hauptsache, es gibt dort keine Schlangen.«

»Wie kommst du darauf?«

»Am Sonntag bin ich nicht weit von hier entfernt fast auf eine draufgetreten.«

»Wie sah die aus?«

»Lang und grau.«

»Wahrscheinlich eine Blindschleiche oder eine Ringelnatter. Die sind völlig harmlos.« Er deutete auf ihre Sandalen. »Hast du im Wagen noch feste Schuhe?«

»Nein.«

»Macht nichts. Wir bleiben auf dem Weg und passen auf. Ich habe in all den Jahren, die ich hier verbracht habe, immer mal wieder eine Schlange gesehen, aber sie verschwinden meistens sofort im Gebüsch.«

»Na gut.« Irina war im Grunde erleichtert über Franks Vorschlag, nach draußen zu gehen. Bei einem Spaziergang konnten sie vielleicht auch mal schweigen, ohne dass die Atmosphäre zwischen ihnen sofort etwas Angespanntes bekam.

Als sie aus dem Haus traten, hob die Katze, die wieder auf der Bank unter dem Olivenbaum lag, den Kopf und sah sie schläfrig an.

Frank streichelte sie zwischen den Ohren. »Luna wundert sich bestimmt, weil ich sonst nie Besuch habe.«

»Wer kümmert sich um sie, wenn du nicht da bist?«

»Die Familie, die den Bauernhof bewirtschaftet, füttert sie und schaut auch im Haus nach dem Rechten.«

»Mit dem alten Mann habe ich am Sonntag gesprochen. Er nannte dich den ›signore tedesco‹.«

»Du hast einiges unternommen, um mich zu finden.«

»Ja, weil es mir wichtig war, dass du die Wahrheit erfährst.«

»Warum?«

Irina schluckte. Was sollte sie ihm darauf antworten? Dass sie herausfinden wollte, ob in dem Autor, der hier als Einsiedler lebte, noch etwas von dem Frank steckte, den sie einmal geliebt hatte? Und dass sie sich fragte, ob von dem, was ihre Liebe einmal ausgemacht hatte, noch etwas übrig geblieben war?

»Ich denke, ich habe das Recht auf eine Antwort.« Seine Stimme war sanft.

Irina nickte und ging ein paar Schritte weiter bis zu einer Pergola, an der Weinreben rankten. Darunter standen ein einzelner Gartenstuhl und ein winziger Tisch.

Sie drehte sich zu Frank um, der sich nicht von der Stelle gerührt hatte.

»Wir waren drei Jahre lang zusammen und haben bei einem

Fluchtversuch unser Leben riskiert. Da kann es mir doch nicht egal sein, dass du seit fast vier Jahrzehnten glaubst, ich sei tot.«

»Warum sollte es dir nicht egal sein, wenn du nichts mehr für mich empfindest?«

»Das habe ich nicht behauptet.«

»Aber du bist so … unnahbar. Vorhin, als du ankamst, war dir sogar meine kurze Umarmung unangenehm.«

»Das ist alles sehr schwierig für mich«, entgegnete Irina. »Du hast mich bisher nicht gefragt, wie ich lebe. Vielleicht bist du davon ausgegangen, dass ich genauso einsam bin wie du. Das ist aber nicht so, im Gegenteil. Ich bin seit über dreißig Jahren glücklich verheiratet, habe eine Tochter und ein Enkelkind. Mein Leben verlief in ruhigen Bahnen, bis ich dein Buch gelesen habe und in mir all die Erinnerungen wieder wachgerufen wurden.«

»Entschuldige …« Frank kam auf sie zu und sah sie bittend an. »Ich habe tatsächlich angenommen, dass du allein lebst. Wahrscheinlich konnte und wollte ich mir nicht vorstellen, dass du einen festen Partner hast oder womöglich schon lange verheiratet bist.«

In Irinas Kehle wurde es eng. Franks Stimme klang wie früher, wenn er zerknirscht war und sie um Verzeihung für etwas bat. Fast hätte sie ihn umarmt.

»Es tut mir leid, dass ich bisher nur über mich geredet habe. Das kommt dabei raus, wenn man sich von der Welt zurückzieht. Die soziale Kompetenz geht verloren.«

»Kann sein … Ich kenne so ein Leben, wie du es führst, nicht.«

Irina blickte ins Tal und nach Umbrien hinüber. Sie sollte aufbrechen. Was nützte es, wenn sie ihm jetzt von ihrer Familie, ihrem Beruf und den Nachwirkungen ihrer Inhaftierung erzählte? Musste er unbedingt wissen, dass sie unter Panikattacken und Klaustrophobie litt?

»Lass uns in den Wald hinaufgehen. Ich verspreche dir, dass ich dir nicht länger etwas vorjammern werde.«

»Du hast mir nichts vorgejammert.«

»Doch. Aber ich kann auch zuhören. Bitte gib mir noch eine Chance.«

Irina rang mit sich. Sie fühlte sich so zu Frank hingezogen, dass sie es nicht mehr lange schaffen würde, dem nicht nachzugeben. Je eher sie sich von ihm verabschiedete, desto besser.

»Wenn du lieber hierbleiben möchtest, können wir auch anfangen zu kochen. Ich wollte ein Risotto mit Steinpilzen machen, die ich heute Morgen auf dem Markt besorgt habe. Und dazu einen gemischten Salat. Zum Nachtisch gibt es Obst. Die Feigen sind in diesem Jahr besonders gut.«

In seinem Blick lagen Wärme und Zärtlichkeit. In Bruchteilen von Sekunden sah Irina vor sich, was passieren könnte, wenn sie sich auf Franks Vorschlag einlassen würde. Beim Gemüseschneiden würde sie anfangen, ihm von ihrer Welt zu erzählen, und dabei schnell merken, dass er ein genauso aufmerksamer Zuhörer war wie früher. Die alte Vertrautheit zwischen ihnen wäre wieder da, er würde ihr weitere Fragen zu ihrem Leben stellen, und sie hätte das Gefühl, dass es kaum jemanden gab, der so gut auf sie eingehen konnte wie Frank.

»Irina, ich … liebe dich. Auch nach all den Jahren hat sich daran nichts geändert. Ich wünsche mir so sehr, wieder mit dir zusammen zu sein.«

»Verzeih mir, aber ich … ich kann nicht bleiben.« Sie lief an ihm vorbei, stolperte beinahe über die Katze und rannte auf ihren Wagen zu.

»Irina, warte!«

Er kam hinter ihr hergelaufen und versuchte, nach ihrem Arm zu greifen.

»Bitte … lass mich gehen«, stammelte sie und stieg ins Auto.

Im Wegfahren blickte sie noch einmal in den Rückspiegel. Frank stand mit hängenden Armen da und schaute ihr nach.

22.

Später wusste Irina nicht mehr, wie sie es geschafft hatte, zum Agriturismo zurückzufahren. Tränenüberströmt kam sie dort an, packte ihre Sachen zusammen und versuchte vergeblich, sich zu beruhigen.

Der Besitzer erschrak, als er sah, wie verstört sie war, und verzichtete darauf, ihr die Nacht, die sie nun doch nicht hier verbringen würde, in Rechnung zu stellen.

Sie brach in Richtung Arezzo auf, verfuhr sich zweimal und erreichte um kurz nach eins die Autovermietung. Hier hatte längst die Mittagspause begonnen; vor drei würde sie ihren Wagen nicht abgeben können.

Es fiel ihr schwer, einen klaren Gedanken zu fassen. Bisher hatte sie keine Fahrkarte. Wenn der Zug nach München ausgebucht war, würde sie eine weitere Nacht in Italien bleiben müssen. Dann brauchte sie das Auto vielleicht noch.

Sie steuerte den Bahnhof an, fand keinen Parkplatz und stellte den Wagen schließlich in einer weit entfernten Seitenstraße ab.

In ihrem jetzigen Zustand konnte sie auf keinen Fall nach Hamburg zurückfahren. Sie würde Sabine anrufen und sie fragen, ob sie ein paar Tage bei ihr in München bleiben könne.

Zum Glück hatte sie ihre Nummer im Smartphone gespeichert. Sie ließ es lange klingeln, doch Sabine nahm nicht ab. Vermutlich war sie bei der Arbeit. Eine Voicemail gab es nicht. Also würde sie ihr eine Nachricht schicken und sagen, dass sie sie dringend sprechen müsse.

Fünf Minuten später rief sie bei ihr an.

»Irina, was ist passiert?«

»Mir geht's nicht gut. Ich wollte dich fragen, ob ich zu dir kommen kann.«

»Ja, natürlich, jederzeit. Bist du krank?«

»Nein, ich ... erkläre dir alles, wenn wir uns sehen.«

»Und wo steckst du im Moment?«

»In der Toskana, in Arezzo.«

»Aha. Du, ich kann nur kurz reden, weil meine nächste Patientin auf mich wartet.«

»Wenn ich Glück habe, kriege ich noch ein Ticket für den Nachtzug und wäre morgen früh um acht Uhr neunzehn in München.«

»Ich könnte dich abholen. Mittwochs arbeite ich erst ab zwölf.«

»Du bist meine Rettung. Tut mir leid, dass ich dich so überfalle. Ich wusste einfach nicht mehr weiter.«

»Du kannst so lange hierbleiben, wie du willst.«

»Danke, Sabine.«

»Schreib mir, wenn es mit der Fahrkarte geklappt hat. Dann treffe ich dich morgen früh auf dem Bahnsteig.«

»Ich bin so erleichtert. Vielen, vielen Dank.«

»Gute Reise.«

Es war heiß, noch heißer als in den letzten Tagen. Irina kam völlig durchgeschwitzt am Bahnhof an. Sie rechnete fast damit, dass auch hier Mittagspause herrschte und sie keine Fahrkarte kaufen könnte, aber der Schalter hatte geöffnet.

Wieder gab es nur einen Sitzplatz im Nightjet. Abfahrt des Zuges war um acht Minuten vor neun. Bis dahin hatte sie noch über sieben Stunden Zeit.

Sie beschloss, in dem Café, in dem sie am Samstagmorgen gefrühstückt hatte, einen Milchkaffee zu trinken. Wegen der

Hitze würde sie diesmal drinnen sitzen und vielleicht etwas zur Ruhe kommen.

Als Erstes schickte sie Sabine eine WhatsApp. Dann schrieb sie Stefan, dass sie sich über seine Nachricht sehr gefreut hätte. Und nach einigem Zögern fügte sie hinzu: *Ich vermisse Dich auch. Bis bald, Deine Irina*

Es schmerzte sie, wenn sie daran dachte, dass sie die Reise vor ihm geheim gehalten hatte. Aber er hätte es nicht verstanden, dass sie Frank aufsuchen musste, um ihm zu sagen, dass sie lebte, und mit ihm über das zu reden, was damals geschehen war. Stefan wäre besorgt, dass diese alte Liebe ihre Ehe zerstören könnte. Ihr würde es umgekehrt genauso gehen. Sie konnte nur hoffen, dass er niemals davon erfahren würde.

Kurz darauf strömten die Mitglieder einer deutschen Reisegruppe ins Café und nahmen an den Tischen um sie herum Platz. Nachdem sie ihre zahlreichen Bestellungen aufgegeben hatten, besprachen sie das für den Nachmittag geplante Programm.

Irina bemühte sich, nicht hinzuhören, aber die Stimmen waren so laut, dass sie nicht umhinkonnte, das Gespräch zu verfolgen.

»Nachher werden Sie in Cortona mit Fra Angelico einen Repräsentanten der Frührenaissance kennenlernen, der Sie mit Sicherheit auch begeistern wird«, äußerte sich ein Mann um die vierzig, der die Gruppe zu leiten schien. »Sein Altargemälde *Die Verkündigung* gehört zu den berühmtesten Darstellungen dieses Motivs.«

»Für mich war das wundervolle Fresko, das wir heute Morgen in Monterchi gesehen haben, bisher der Höhepunkt der Reise«, schwärmte eine ältere Dame. »Wie war noch mal der Name des Malers?«

»Piero della Francesca«, antwortete der Reiseführer nachsichtig. »Ja, mit seiner *Madonna del Parto* hat er etwas sehr Ungewöhnliches geschaffen.«

Irina schloss einen Moment lang die Augen. War es wirklich erst zwei Tage her, dass sie vor dem Fresko mit der schwangeren Maria gestanden hatte? Da war noch alles offen, weil sie nicht wusste, ob Frank sich bei ihr melden würde. Vielleicht wäre es besser gewesen, wenn er auf ihren Zettel nicht reagiert hätte und sie sich nicht wiederbegegnet wären.

Ihr Blick fiel auf die Uhr. Erst halb drei. Sie hatte Angst, dass Frank hier am Bahnhof auftauchen könnte, um sie zum Bleiben zu bewegen. Wie würde sie sich verhalten, wenn er auf einmal vor ihr stand? Sie wusste es nicht.

Nein, vermutlich war es eher so, dass er sich jetzt noch stärker in sich selbst zurückzog und jeglichen Kontakt mit anderen Menschen vermied.

Sie bezahlte und ging langsam zu ihrem Wagen zurück. Frank war nirgendwo zu sehen.

Bei der Autovermietung gab es keine Probleme. Man wunderte sich nur, dass sie den Wagen schon nach drei Tagen wieder abgab. Irina erklärte, dass sich eine neue Situation ergeben hätte und sie abreisen müsse.

Dann nahm sie ihren Koffer, besorgte sich in einem kleinen Laden nebenan eine Flasche Wasser und ein Sandwich und setzte sich im nahe gelegenen Park auf eine schattige Bank.

Immer wieder kehrte sie in Gedanken zu dem Moment zurück, als die Traurigkeit von Frank abfiel und er so lächelte wie früher. *Ohne das Buch wärst du jetzt nicht hier. Ich hätte niemals erfahren, dass du noch lebst. Das ist für mich ein großes Glück.* Bei diesen Sätzen war sie innerlich zusammengezuckt, weil sie plötzlich befürchtete, dass er eine Art

Rettungsanker in ihr sah. In dem Augenblick schien er wie selbstverständlich davon auszugehen, dass sie von nun an wieder zusammen sein könnten und seine Einsamkeit ein Ende hätte.

Warum hatte er sie nicht spätestens da gefragt, was für ein Leben sie führte? Es hätte doch nahegelegen, erfahren zu wollen, wie sie all die Jahre seit April 1980 verbracht hatte. Auch gestern Abend hatte er sich nicht im Geringsten dafür interessiert. Und stimmte es, wenn er sagte, dass er durch seinen Rückzug aus der Welt seine soziale Kompetenz verloren hätte? Hatte er sich wirklich so verändert, oder war er immer schon so ichbezogen gewesen? Vielleicht hatte sie es damals nur nicht wahrhaben wollen, weil sie jung und verliebt war. Ja, wahrscheinlich hatte sie die Erinnerung an ihre Liebe idealisiert. Letztlich waren es nur einige Monate, in denen sie unbeschwert glücklich gewesen waren, aber sie hatte diese Zeit wie eine Kapsel in sich aufgehoben. Durch die Lektüre von Franks Autobiografie waren diese Gefühle in ihr wieder aufgeflammt. Hatte sie insgeheim die Hoffnung gehabt, an jene Liebe von damals anknüpfen zu können? Sie wusste es nicht. Doch ihr war klar, dass er nicht mehr dem Bild entsprach, das sie sich von ihm gemacht hatte. Daran änderte auch die Tatsache nichts, dass er ihr seine Liebe erklärt hatte. Sie waren beide zu beschädigt, um noch einmal eine Beziehung eingehen zu können. Frank wollte dies nicht wahrhaben, weil er allein war. Aber sie teilte ihr Leben mit Stefan.

Zu der neuen Seite, die sie an Frank entdeckt hatte, gehörte auch, dass er etwas vor ihr verbarg. Es war seltsam, dass er ihre Frage nicht beantwortet hatte, warum er nach seinem Freikauf nichts unternommen hätte, um etwas über ihr Schicksal zu erfahren. Stattdessen war er nach draußen gelaufen, und anschließend hatte er nichts essen können. Und warum hatte er plötzlich so verschlossen gewirkt, als es um Anna Weiss ging? Es war ihm unangenehm gewesen, ihr sagen zu müssen, dass sie die Kampagne für seinen Freikauf gestartet hatte.

Irina empfand es als bitter, dass sie ausgerechnet Frank, der früher immer so offen und ehrlich gewesen war, nicht mehr vertraute.

Auf einmal spürte sie ihre Erschöpfung. Sie trank ein paar Schlucke Wasser und versuchte, etwas zu essen, aber sie konnte kaum einen Bissen hinunterbekommen.

Als sie aufwachte, wusste sie nicht, wo sie war. Dann sah sie ihren Koffer neben der Bank stehen. Hatte sie etwa ihren Zug verpasst? Nein, es war erst Viertel nach sechs.

Hastig prüfte sie nach, ob aus ihrer Handtasche etwas fehlte. Sie hatte Glück gehabt. Wie konnte sie es nur riskieren, auf einer Parkbank einzuschlafen?

Sie schaute auf ihr Smartphone. Von Frank gab es keine Nachricht, aber Svenja hatte ihr eine WhatsApp geschickt.

Liebe Mama,
Papa kommt heute Abend zum Essen zu uns. Wir haben ihn kurz entschlossen eingeladen, weil er so bedrückt wirkte. Ich glaube, Du fehlst ihm sehr.
Leonie hat gerade einen Teller Tomatensuppe verputzt. Es ist schon erstaunlich zu sehen, dass kleinen Kindern so ein Knochenbruch offenbar nicht viel anhaben kann. Weißt Du noch, wie schlecht es mir ging, als ich mir mit fünfzehn beim Eislaufen den Fuß gebrochen habe? Du hast mich damals so toll gepflegt. Ich weiß gar nicht, wie ich ohne Dich zurechtgekommen wäre.

Wie geht es Dir? Was macht Sabine? Hat sie sich schon etwas gefangen?
Lass Dich umarmen, liebe Mama und bis bald
Deine Svenja

Irina sah ihre Tochter genau vor sich, wie sie in jenem Winter durch die Wohnung gehumpelt war und geflucht hatte, weil sie nicht tanzen gehen konnte. Und als sie hörte, dass Tobias, ihre erste Liebe, mit einem anderen Mädchen angebändelt hatte, weinte sie tagelang.

»Er ist es nicht wert, dass du dich so um ihn grämst«, versuchte Irina, sie zu trösten.

»Das sagst du so einfach«, protestierte Svenja. »Du hast ja Papa. Du weißt gar nicht, wie das ist, wenn dich jemand betrügt!«

Doch, hatte sie im Stillen gedacht. Das weiß ich nur allzu gut.

Sie schickte Svenja eine kurze Antwort, in der sie ihr herzlich dafür dankte, dass sie sich so um ihren Vater kümmerte. *Sabine tut sich immer noch sehr schwer. Sonst ist hier alles okay. Liebe Grüße, Deine Mama.*

Auch Svenja würde sie niemals von dieser Reise erzählen können. Sie hatte ihr von klein auf beigebracht, wie schlimm es war, jemanden zu belügen.

»Die Wahrheit ist ein wichtiges Gut. Wie soll dir eine Freundin jemals wieder vertrauen, wenn du sie einmal belogen hast?«

Diese Worte würde Svenja ihr vorhalten, und darauf hätte sie keine Antwort.

23.

Seit Stunden sass Irina wie gelähmt im Nachtzug nach München. Sie war erleichtert, dass die fünfköpfige italienische Familie in ihrem Abteil inzwischen fest schlief. Das jüngste Kind, ein vielleicht sechsjähriges Mädchen, hatte sie immer wieder neugierig angeschaut, weil ihr Tränen übers Gesicht liefen. Und auch jetzt konnte sie nicht aufhören zu weinen bei dem Gedanken daran, was die DDR Frank und ihr damals angetan hatte.

Sie läuft einen steilen Waldweg hinauf. Die nach Herbst duftenden Kastanienbäume spenden so viel Schatten, dass nur hier und da ein Sonnenstrahl durch die Blätter fällt. Als sie eine Lichtung erreicht, sieht sie Frank mit einem Korb auf sich zukommen. Er hat Steinpilze gesammelt. Die sind für das Risotto, das ich uns nachher kochen werde, sagt er und küsst sie. Hand in Hand gehen sie weiter. Der Weg macht eine Biegung, dahinter öffnet sich der Blick ins Tal, an den Hängen wächst Wein. Schön ist es hier, murmelt sie. Frank stellt den Korb ab und schließt sie in seine Arme. Wie gut, dass du mich gesucht und gefunden hast. Jetzt kann uns niemand mehr trennen.

Irina schreckte aus dem Schlaf hoch. Um sie herum herrschte Dunkelheit. Woher kam dieses gleichförmige Geräusch?

Im nächsten Moment wurde ihr bewusst, dass sie im Zug saß und gen Norden fuhr. In ihrem Innern zog sich etwas zusammen, und plötzlich wünschte sie, dass sie nicht abgereist wäre.

Sie schloss die Augen wieder und dachte an den Traum, in dem Frank und sie ganz eindeutig ein Paar waren. Hätte sie bleiben sollen, um abzuwarten, wie sich die Dinge zwischen ihnen entwickelten? Nein. Dadurch hätte sie alles aufs Spiel gesetzt: ihre Ehe, ihr Familienleben, ihre innere Balance.

Es gelang ihr nicht, noch einmal einzuschlafen.

Um kurz nach sechs wurden die Kinder wach, ihre Eltern versorgten sie mit Weintrauben und Sandkuchen, und immer wieder warf die Jüngste ihr vorsichtige Blicke zu, als ob sie sich vergewissern wollte, dass Irina nicht wieder angefangen hatte zu weinen.

Der Zug hatte nur ein paar Minuten Verspätung, als er in den Münchner Hauptbahnhof einlief. Irina stieg aus und sah sich suchend um. Sabine war nirgendwo zu sehen. Langsam ging sie den Bahnsteig entlang. Sie spürte, dass sie unruhig wurde. Dabei gab es dafür nicht den geringsten Grund. Wenn sie Sabine verpassen sollte, würde sie sie anrufen.

Oder hatte sie ihr geschrieben, dass sie nicht kommen konnte? Irina blieb stehen und schaute auf ihr Smartphone. Ja, sie hatte ihr eine Nachricht geschickt. *Ich warte am Ende des Bahnsteigs auf Dich. Bis gleich, Sabine.*

Zwei Minuten später fielen sie sich in die Arme. Irina war so erleichtert, nicht mehr allein zu sein, dass sie in Tränen ausbrach.

»Was ist denn bloß los mit dir?«

»… Ich bin total erschöpft und weiß gar nicht, wo ich anfangen soll …«

»Dann lass uns erst mal zu mir fahren und in Ruhe frühstücken.«

Sie nahmen die S-Bahn, etwas, was Irina normalerweise vermeiden würde, aber es gelang ihr, ihre Ängste im Zaum zu halten. Während sie nach Vaterstetten hinausfuhren, wo Sabine seit Langem lebte, ließ sie sich von ihr erzählen, wie es ihr in den letzten Wochen ergangen war. Ulrich wollte nichts mehr von ihr wissen, die Kinder unterstützten sie sehr, und was das Haus betraf, so gab es wahrscheinlich einen Käufer.

»Oh, da bist du bestimmt erleichtert.«

»Ich will mich nicht zu früh freuen, aber es sieht gut aus. Eine junge Familie mit zwei Kindern, das dritte ist unterwegs. Genau wie bei uns damals ...« Sie stockte.

Irina griff nach ihrer Hand. »Hast du noch mal versucht, mit Ulrich zu reden?«

»Ja. Vor zehn Tagen habe ich ihm einen langen Brief geschrieben und ihn um ein Treffen gebeten. Seine Antwort kam umgehend: *Ich wüsste nicht, was wir zu besprechen hätten.*«

»Das ist bitter.«

Sabine nickte. »Jetzt habe ich es aufgegeben. Ich muss all meine Kräfte zusammennehmen und mich darauf konzentrieren, wie es für mich weitergehen kann.«

»Hast du schon eine Wohnung in Aussicht?«

»Nicht wirklich. Ich habe mir ein paar Ein-Zimmer-Wohnungen angesehen, aber die waren alle zu teuer. Und ich möchte gern in Vaterstetten bleiben. Dort wohnen zwei Freundinnen von mir, ich kann mit dem Rad zur Arbeit fahren und bin seit fast dreißig Jahren mit der Gegend vertraut.«

Ihr würde es genauso gehen, dachte Irina. Sie wäre niemals in der Lage, in einem ihr unbekannten Hamburger Stadtteil wieder ganz von vorn anzufangen.

»Woanders ist es auch nicht günstiger«, fuhr Sabine fort. »Und ich will natürlich nicht aus München wegziehen, allein schon wegen der Kinder und Enkel. Aber auch wegen meiner Stelle. Die Arbeitsbedingungen dort sind sehr gut, ich habe nette Kolleginnen und eine verständnisvolle Chefin.«

»Du brauchst einfach etwas Glück und Geduld.«

»Ich habe schon mal überlegt, dass ich mir vielleicht ein Zimmer in einer Wohngemeinschaft suche.«

»Ja, warum nicht? Dann lebst du wenigstens nicht allein.«

»In WGs sind die Preise allerdings auch horrend hoch. Neulich wurde ein Zimmer für vierhundertfünfundsiebzig Euro im Monat angeboten. Es hatte elf Quadratmeter.«

»Was?«

»Das ist der reine Wahnsinn. Ulrich dagegen hat sich in ein gemachtes Nest gesetzt. Seine Freundin besitzt eine große Wohnung in Bogenhausen. Die haben ihre Eltern ihr spendiert. Dort ist alles nur vom Feinsten, berichten mir meine Kinder.«

»Sie haben also noch Kontakt zu ihrem Vater.«

»Nicht sehr viel. Er hat sie neulich mal eingeladen, um ihnen sein neues Zuhause vorzuführen.«

Einen Moment lang hatte Irina ein Bild vor Augen, auf dem sie mit Frank durch Berlin lief und er ihr sagte, dass in seiner Wohnung Platz genug für sie beide sei. Es würde ihn überglücklich machen, wenn sie zu ihm zöge.

»Alles okay mit dir?«, hörte sie Sabine fragen. »Du bist plötzlich ganz blass.«

»Das ist der Kreislauf. Es geht schon wieder.«

Sie musste aufpassen, dass sie sich nicht in solchen Fantasien verlor.

»Noch einen Cappuccino?«

Irina nickte. Seit einer Stunde saßen sie in Sabines Küche, und zum ersten Mal seit April 1980, als sie im Notaufnahmelager in Gießen erwähnt hatte, dass sie bei ihrem Fluchtversuch nicht allein gewesen war, hatte sie mit jemandem über ihre Erfahrungen gesprochen. Sabine konnte es kaum fassen, was Irina alles durchgemacht hatte und dass sie bis heute unter den Folgen der Inhaftierung litt.

»Mir ist es unbegreiflich, wie du die Geschichte mit Frank so lange für dich behalten konntest.«

»Ich habe versucht, jeden Gedanken an ihn zu verdrängen. Dieser Betrug, den ich siebenunddreißig Jahre lang für die Wahrheit gehalten habe, hat mich so verletzt, dass ich alles, was damit zusammenhing, tief in mir verschlossen habe.«

»Und wie soll es jetzt weitergehen?«

»Wie bisher. Es wird sich nichts ändern.«

Sabine schaute sie entgeistert an. »Willst du nicht mit Stefan darüber reden?«

»Nein. Er würde nicht verstehen, warum ich Frank wiedersehen musste. Wahrscheinlich hätte er Angst um unsere Ehe. Das will ich nicht riskieren.«

»Ich denke, er hat ein Recht darauf zu erfahren, was passiert ist. Das waren doch einschneidende Erlebnisse für dich. Damals und jetzt auch. Warum traust du ihm nicht zu, dass er das aushält?«

»Ich … befürchte, dass er mir diese heimliche Reise nicht verzeihen würde.«

»Und wenn Frank plötzlich in Hamburg auftaucht?«

»Das wird er nicht tun.«

»Bist du dir da so sicher?«

Irina schluckte. Nein, sicher war sie sich nicht.

Nachdem Sabine zur Arbeit aufgebrochen war, packte sie ihre Sachen aus und legte sich ins Bett. Sie war so müde, dass sie beinahe sofort einschlief.

Als sie aufwachte, war es kurz nach vier. Die Sonne schien,

und es wehte ein leichter Wind. Sie würde einen Spaziergang machen und auf dem Rückweg etwas fürs Abendessen einkaufen. Wenn sie Sabine schon als Alibi benutzt hatte, wollte sie wenigstens in der Zeit für sie sorgen, die sie tatsächlich bei ihr verbrachte. Und ihr würde es guttun, etwas Abstand zu dem zu bekommen, was in den letzten Tagen geschehen war.

Während sie aus dem Ort hinauslief und weiter einen Feldweg entlang, erinnerte sie sich daran, wie sie vor zwei Jahren zu viert hier spazieren gegangen waren. Stefan und Ulrich hatten sich über Fußball unterhalten und Sabine und sie über ihre Arbeit und neue Behandlungsmethoden bei stark verängstigten Patienten. Später waren sie in ein italienisches Restaurant eingekehrt und hatten beim Essen viel gelacht.

Alle ein bis zwei Jahre waren Stefan und sie bei Sabine und Ulrich zu Besuch gewesen, und jedes Mal hatten sie es bedauert, dass die beiden so weit weg wohnten. Niemals hätte sie sich vorstellen können, dass es eines Tages vorbei sein würde mit diesen Treffen zu viert.

Irina blieb stehen und blickte über die Wiesen. Ging ihr Sabines Schicksal auch deshalb so nahe, weil für sie unbewusst immer die Frage mitschwang, wie es ihr ergehen würde, wenn sie allein zurechtkommen müsste?

Auf dem Weg zurück in den Ort hörte sie, dass sie eine WhatsApp bekommen hatte. Sie dachte sofort an Frank. Wollte er wissen, ob sie noch in Italien war?

Aufgeregt zog sie ihr Smartphone aus der Tasche.

Die Nachricht war von Svenja.

Liebe Mama,
wir hatten gestern einen schönen Abend mit Papa. Als er ankam, wirkte er ziemlich wortkarg, aber beim Essen taute er allmählich auf.

Ich habe noch mal versucht, ihm zu erklären, dass es doch toll ist, wie Du Dich um Sabine kümmerst. Jeder wünscht sich solche Freunde wie Dich. Ich glaube, er hat es begriffen. Aber er freut sich natürlich sehr, dass Du am Sonntag wiederkommst. Und wir auch!
Ist die Zeit mit Sabine sehr anstrengend für Dich, oder kannst Du Dich zwischendurch auch etwas entspannen?
Liebe Grüße und bis bald
Deine Svenja

Irina wollte ihr erst eine Antwort schicken, aber dann beschloss sie, sie anzurufen.

»Hallo, Mama.«

»Hallo, Svenja. Passt es gerade bei dir?«

»Ja, Petra ist noch da.«

»Vielen Dank für deine liebe Nachricht und dafür, dass du mit Stefan gesprochen hast.«

»Es war gar nicht so schwer. Wie geht's dir?«

»Gut. Ich habe eben einen langen Spaziergang gemacht, und gleich kaufe ich die Zutaten für eine Lauchtorte, die ich nachher backen will.«

»Oh, die würde ich auch gern mal wieder essen.«

»Nächste Woche backe ich eine für euch. Aber nun erzähl mal, wie es mit Leonie aussieht.«

»Super. Sie hat keine Schmerzen, und den Gips scheint sie kaum noch zu bemerken. Sie spielt, hat Appetit und schläft bestens.«

»Na, wunderbar.«

Svenja räusperte sich. »Papa ist manchmal wirklich seltsam.«

»Wieso?«

»Gestern Abend sagte er beim Abschied, dass er in den

letzten Tagen ernsthaft überlegt hätte, ob er nach München fahren solle.«

Irina schoss das Blut in den Kopf. »Aha ... Warum?«

»Das habe ich ihn auch gefragt, aber keine Antwort bekommen. Als ich dann im Scherz zu ihm sagte, ob er dich so sehr vermisse, dass er die Trennung bis Sonntag nicht aushalten könne, schüttelte er den Kopf und murmelte etwas von Zweifeln, die er hätte. Was könnte er damit gemeint haben?«

»... Keine Ahnung.«

»Glaubt er etwa, dass du gar nicht bei Sabine in München bist?«

»... Wo soll ich denn sonst sein?«

»Ich finde das Ganze auch ziemlich absurd. Schick ihm doch nachher ein Foto von Sabine und dir beim Lauchtorteessen. Dann ist er beruhigt.«

»... Okay.«

»Petra will los. Ich muss jetzt aufhören. Liebe Grüße an Sabine.«

»Und grüß du André und Leonie von mir.«

»Mach ich. Bis bald.«

Irina blieb noch eine Weile reglos stehen. Warum waren bei Stefan Zweifel aufgekommen? Hatte er auf ihr Konto geschaut? Sie hatten jeweils Vollmachten für das Konto des anderen. Aber soweit sie wusste, hatte er bisher noch nie ihre Kreditkartenabbuchungen geprüft.

Nein, dachte sie plötzlich. Er hatte das Grillenzirpen durchs Telefon gehört.

24.

Es war ein warmer Abend. Irina hatte den Tisch auf der Terrasse gedeckt, eine Flasche Weißwein kalt gestellt und die Lauchtorte in den Ofen geschoben. Gleich Viertel nach acht. Sabine hatte gesagt, dass sie spätestens um halb neun zu Hause sei.

Das Gespräch mit Svenja ging Irina nicht aus dem Kopf. Die Idee, Stefan ein Foto zu schicken, um seine Zweifel zu beseitigen, erschien ihr inzwischen etwas plump. So etwas tat sie sonst nie. Würde er sich nicht wundern, wieso er auf einmal ein Bild von Sabine und ihr am Abendbrottisch bekam? Und wenn sie darauf beide fröhlich lächelten, würde er vermutlich denken, dass es Sabine doch nicht so schlecht ging.

»Was für ein Luxus!«

»Oh, ich habe dich gar nicht gehört.«

»Ich bin durch die Terrassentür reingekommen. Wie schön, dass wir draußen sitzen werden. Dort habe ich seit Ulrichs Auszug nicht mehr gegessen. Es war mir immer zu viel Aufwand.«

»Möchtest du ein Glas Weißwein?«

»Gern.«

Irina öffnete die Flasche und schenkte ihnen beiden ein.

»Danke.«

»Ich möchte dir noch mal herzlich dafür danken, dass ich zu dir kommen konnte.«

»Das war selbstverständlich für mich, aber …« Sabines Blick wurde plötzlich ernst.

Irina sah, wie sie mit sich rang. War es ihr doch nicht so recht, dass sie hier war?

»Um ehrlich zu sein, habe ich Probleme damit, dass du mich als Alibi benutzt hast«, fuhr Sabine fort.

Irina schluckte.

»Mir ist erst im Lauf des Tages richtig bewusst geworden, wie schwierig ich das finde.«

»Entschuldige. Ich hätte dich wenigstens vorher fragen müssen.«

»Und ich hätte es vermutlich abgelehnt.«

Irina erschrak. »Wirklich?«

»Ja. Versuch mal, dich in meine Lage zu versetzen. Ulrich hat sich monatelang die verschiedensten Alibis besorgt, indem er irgendwelche Termine bei Kollegen und Bekannten vorgeschoben hat, bis er mir endlich die Wahrheit gesagt hat.«

»Es tut mir leid, Sabine. Das war nicht sehr einfühlsam von mir.«

»Ist schon okay«, seufzte sie. »Lass uns nicht mehr darüber reden.«

Irina stand auf, um die Lauchtorte aus dem Ofen zu holen. Als sie sie auf den Tisch stellte, fiel ihr wieder ein, dass sie ein Foto für Stefan hatte machen wollen. Das kam nun nicht mehr infrage.

»Du bist dünn geworden«, sagte sie und schnitt ein großes Stück Lauchtorte für Sabine ab. »Wird Zeit, dass du wieder etwas zunimmst.«

»Heute habe ich richtig Hunger, aber in den letzten Wochen war mir oft nicht nach essen zumute.«

»Das kann ich mir vorstellen.«

»Es hat mich so gekränkt, dass Ulrich mich verlassen hat … und für ihn all die Jahre unseres Zusammenlebens im Nachhinein nicht mehr zählen ... Nur weil diese erste Liebe wieder aufgetaucht ist ...«

»Vielleicht wird er in ein paar Monaten wieder anders darüber denken, wenn er merkt, dass das Zusammenleben mit seiner ersten Liebe nicht so einfach ist, wie er es sich vorgestellt hatte.«

»Das glaube ich nicht.« Sabine trank ihr Glas in einem Zug aus und verfiel in Schweigen.

Warum hatte sie das gesagt?, fragte sich Irina. Sie wusste nichts über Ulrichs Beziehung zu dieser Frau, die er seit seiner Schulzeit kannte. Ging es ihr überhaupt um ihn? Oder war sie immer noch viel zu sehr mit sich selbst beschäftigt? Suchte sie nach Argumenten, dass es richtig gewesen war, aus Fonaco abzureisen?

»Liebst du ihn noch, diesen Frank?«, fragte Sabine unvermittelt. In ihrer Stimme lag ein harter Unterton.

»Ich ... weiß es nicht.«

»Wenn du unsicher bist, wahrscheinlich schon.«

»Nein, es ist eher so, dass ich bei den Begegnungen mit Frank Sorge hatte, ich könnte die Liebe von früher wieder spüren und alles für ihn aufgeben.«

»Auf jeden Fall darfst du dich Stefan gegenüber nicht einfach so verhalten, als sei nichts geschehen. Das ist nicht fair.«

Irina nahm einen Schluck Wein und bemühte sich, ganz ruhig zu bleiben. »Warum soll ich ihn damit belasten? Das Ganze hat für uns keine Konsequenzen. Wir werden so weiterleben wie bisher.«

»Und im Stillen wirst du von Frank träumen und eines Tages wieder zu ihm reisen.«

»Nein, das werde ich nicht«, protestierte Irina. »Die Gespräche mit Frank waren sehr schwierig. Er kreiste nur um sich selbst. Erst dachte ich, dass sein Einsiedlerleben ihn so verändert hätte, aber inzwischen frage ich mich, ob er früher nicht auch schon so war und ich es nur nicht wahrhaben wollte.«

»Man kann auch jemanden lieben, der nur um sich selbst kreist.«

»Warum versuchst du, mir einzureden, dass ich Frank immer noch liebe? Ich habe doch eben versucht, dir zu erklären ...«

»Betrogen zu werden ist sehr bitter«, unterbrach Sabine sie.

»Ich habe Stefan nicht betrogen.«

»Du fährst heimlich zu deiner alten Liebe in die Toskana und behauptest, du hättest deinen Mann nicht betrogen?«

»Sabine, was ist denn in dich gefahren? Als ich dir heute Morgen die Geschichte von Frank und mir erzählt habe, hatte ich das Gefühl, dass du verstehst, wie kompliziert das alles ist. Ich habe jahrzehntelang mit der Vorstellung gelebt, dass Frank mich betrogen hat. Dann erfahre ich aus seiner Autobiografie, dass er dachte, ich sei in Hohenschönhausen gestorben. Ich musste zu ihm fahren, um ihm zu sagen, dass ich am Leben bin. Und natürlich ging es auch darum, dass ich mich prüfen wollte, ob ich noch etwas für ihn empfinde ...«

»Na also.«

»Nein, du irrst dich, wenn du denkst, ich hätte mich genauso verhalten wie Ulrich. Zwischen Frank und mir ist nichts vorgefallen. Ich habe ihn nicht mal umarmt.«

Sabine schob ihren Stuhl mit einem Ruck zurück und verschwand im Haus.

Als sie nach zwanzig Minuten immer noch nicht wieder da war, deckte Irina den Tisch ab, schloss die Terrassentür und räumte die Küche auf.

Vielleicht kam Sabine über Nacht zur Besinnung, und sie könnten morgen früh wieder vernünftig miteinander reden.

Und wenn nicht, würde sie sobald wie möglich nach Hamburg zurückfahren.

25.

Als der Zug anfuhr, lehnte Irina sich zurück und schloss die Augen. Schlechter hätte es heute Morgen zwischen ihnen nicht laufen können.

Sie hatte sich ihren Wecker um Viertel nach sechs gestellt, weil sie wusste, dass Sabine früh zur Arbeit aufbrechen würde und sie sie auf keinen Fall verpassen wollte.

Auf dem Weg ins Badezimmer hörte sie ein Rumoren aus der Küche. Vielleicht sollte sie doch erst mit ihr sprechen, bevor sie duschte, überlegte sie und öffnete die Küchentür.

Sabine saß am Tisch. Ihr bleiches Gesicht war fast ausdruckslos.

»Guten Morgen.«

Sie nickte ihr kurz zu und trank ihren Kaffee aus.

»Es tut mir sehr leid, dass unser Gespräch dich so aufgeregt hat.«

»Ich habe dir einen Zettel geschrieben«, murmelte Sabine und stand auf.

Wortlos lief sie an ihr vorbei in den Flur. Kurz darauf fiel die Haustür ins Schloss.

Irina schaute ihr kopfschüttelnd nach. Diese Reaktion war doch ziemlich übertrieben.

Sie griff nach dem zusammengefalteten Blatt Papier, das neben dem Kaffeebecher lag, und begann zu lesen.

Ich kann und will mich an Deinen Machenschaften nicht beteiligen. Es ist mir unbegreiflich, dass Du nicht siehst,

welche Parallelen im Verhalten es zwischen Ulrich und Dir gibt. Wie hast Du ernsthaft glauben können, ich würde Dich bei Deinem Betrug unterstützen? Du hast nur an das gedacht, was Dir nützt. Aber Deiner Familie hast Du vermutlich erzählt, dass Du Dich um mich kümmern müsstest, weil ich gerade eine schwere Zeit durchmache. So etwas nenne ich Heuchelei.
Der gestrige Abend hat mich wieder schlimm zurückgeworfen. Vor solchen Abstürzen muss ich mich schützen, sonst halte ich die nächsten Wochen und Monate nicht durch.
Von daher möchte ich Dich bitten, noch heute abzureisen und keinen Kontakt mehr mit mir aufzunehmen. Den Schlüssel kannst Du am Schlüsselbrett aufhängen. Zieh die Haustür einfach hinter Dir zu.

Einen Moment lang konnte Irina sich nicht rühren, so geschockt war sie. Keine Anrede, kein Gruß, das Ende einer Freundschaft.

Sie ließ den Zettel auf dem Tisch liegen, packte ihre Sachen und brach auf.

Erst als sie schon in der S-Bahn saß, fiel ihr ein, dass sie wenigstens ein Foto von Sabines Haus hätte machen sollen, als Beweis dafür, dass sie wirklich dort gewesen war.

Am Bahnhof hatte Irina sich einen Kaffee, eine Laugenbrezel und eine Zeitung gekauft, doch es fiel ihr schwer, sich aufs Lesen zu konzentrieren.

Das Großraumabteil war voll besetzt. Sie hatte Glück gehabt, noch einen Platz zu bekommen. Bisher hatte sie weder Stefan noch Svenja eine Nachricht geschickt, dass sie im Zug nach Hamburg saß. Wie sollte sie ihre vorzeitige Rückkehr begründen? Dass ihr Leonies Armbruch keine Ruhe gelassen hätte und sie sich um sie kümmern wolle, um Svenja etwas zu entlasten? Das wirkte nicht sehr überzeugend, vor allem nachdem Svenja ihr gestern gesagt hatte, dass es Leonie so viel besser ginge. Oder sie könnte behaupten, dass sie nicht länger von Stefan habe getrennt sein wollen. Doch dann hätte sie so etwas in einem ihrer Telefonate andeuten müssen. Natürlich könnte sie auch Sabine wieder ins Spiel bringen und vorgeben, dass ihre Hilfe nicht mehr vonnöten sei. Nein, lieber nicht.

Irina trank einen Schluck Kaffee und biss von ihrer Laugenbrezel ab. Sabines Worte gingen ihr nicht aus dem Kopf. Je länger sie darüber grübelte, desto mehr schämte sie sich. Sabine hatte recht, wenn sie ihr Heuchelei vorwarf. Und ja, sie hatte nur an das gedacht, was ihr nützte. Wie hatte sie jemals davon ausgehen können, dass Sabine sich in ihrer jetzigen Situation auf ihre Seite stellen würde? Und auch wenn Irina es ablehnte, mit Ulrich verglichen zu werden, so musste sie zugeben, dass es Ähnlichkeiten gab. Sie hatten beide ihre Partner belogen, nur mit unterschiedlichen Folgen. Ulrich war ausgezogen, sie würde bei Stefan bleiben.

Irina stutzte. Was war, wenn es Sabine in den Sinn kommen sollte, Stefan alles zu erzählen? Sie könnte es damit begründen, dass Betrogene zusammenhalten müssten. Würde sie ihr einen solchen Verrat zutrauen? Ja, nach dem, was zwischen ihnen vorgefallen war, hielt sie es sogar für sehr gut möglich. Ihr Herz begann zu rasen. Sollte sie ihr schreiben und sie bitten, sich aus ihrem Leben herauszuhalten? Nein. Was waren das für abwegige Gedanken. Sabine würde ihr niemals in den Rücken fallen.

Auf einmal überkam sie eine tiefe Traurigkeit. Sie hatte heute ihre älteste Freundin verloren.

Ihr Sitznachbar begann zu schnarchen. Irina wünschte, sie hätte die Reise bereits hinter sich, aber noch lagen mindestens vier Stunden Zugfahrt vor ihr. Um kurz vor zwei würde sie am Hauptbahnhof ankommen und dann den Bus nehmen. Gegen Viertel vor drei würde sie wieder zu Hause sein, lange bevor Stefan von der Arbeit zurückkam. Und doch musste sie ihm vorher Bescheid sagen.

Allmählich ließ das Herzrasen nach. Sie holte ihr Smartphone aus der Tasche und beschloss, ihm eine kurze Nachricht zu schicken.

Lieber Stefan,
Du wirst Dich bestimmt wundern, aber ich komme schon heute am frühen Nachmittag nach Hamburg zurück.
Sabine braucht mich nicht mehr.
Ich freue mich auf nachher.
Liebe Grüße und Küsse
Deine Irina

Eine Stunde später erhielt sie eine Antwort von ihm.

Liebe Irina,
was für eine schöne Überraschung! Leider kann ich Dich nicht abholen, weil ich bis fünf Uhr arbeite.
Ich schlage vor, dass wir heute Abend essen gehen. Vielleicht wieder am Hafen?
Das Skatspielen sage ich ab.
Es küsst Dich
Dein Stefan

Seit sie verheiratet waren, hatte er noch nie seinen Skatabend abgesagt.

Ich nehme den Bus. Zum Glück habe ich ja nicht viel Gepäck.
Ja, das Restaurant am Hafen war sehr gut.

Dann reserviere ich uns einen Tisch. Um halb acht?

Prima.

Ich freue mich schon so auf Dich.

Irina schloss die Augen. Zum ersten Mal seit Tagen verspürte sie eine gewisse Zuversicht, dass sie einen Ausweg finden würde, in welche Richtung auch immer.

26.

Eine Stunde vor ihrer Ankunft in Hamburg schrieb sie auch Svenja, dass sie früher zurückkommen würde als geplant.

Ich kann Leonie gerne an einem der nächsten Tage für ein paar Stunden betreuen. Wenn ich mich richtig erinnere, kommt André morgen aus den USA zurück. Vielleicht wollt Ihr zum Beispiel am Samstagnachmittag zu zweit etwas unternehmen.
Liebe Grüße
Deine Mama

Svenja antwortete ihr fast sofort, dass das ein super Angebot wäre.

Tausend Dank. Dann können André und ich endlich mal wieder Tennis spielen. Seit die Schule begonnen hat, habe ich nicht mehr trainiert. Und ihm wird es auch guttun. Er arbeitet viel zu viel.
Gab es Probleme mit Sabine? Oder warum bist Du früher aus München abgereist?
LG, Deine Svenja

Wie kam Svenja auf diesen Gedanken? Sie würde wieder eine Antwort erfinden müssen, und das fiel ihr zunehmend schwerer. Wenn sie nicht aufpasste, würde diese Lügerei niemals ein

Ende nehmen. Wie hatte sie vorhin so zuversichtlich sein können?

Wenn jemand in einer tiefen Krise steckt, sind die Möglichkeiten der Hilfe begrenzt, schrieb sie ihr schließlich. *Ich habe gemerkt, dass ich für Sabine nichts mehr tun konnte.*

Okay. Das klingt ziemlich resigniert. Aber es war bestimmt trotzdem gut, dass Du bei ihr warst.
Hast Du übrigens jetzt auf der Rückfahrt wieder eine Beruhigungstablette genommen? Oder machen Dir die Tunnel nichts mehr aus?

Sie hielt inne. Die Bahnfahrt von Arezzo nach München hätte sie vermutlich ohne Tablette nicht geschafft, aber heute Morgen hatte sie in der Hektik vergessen, etwas einzunehmen. War sie zwischendurch eingeschlafen, oder hatte sie die Tunnel tatsächlich nicht bemerkt?

Ich weiß nicht, ob sie mir grundsätzlich nichts mehr ausmachen, aber heute zumindest brauchte ich keine Tablette.

Das ist doch toll!!! Allein deshalb hat sich Deine Reise nach München schon gelohnt.

Da hast Du recht.

Ich muss jetzt aufhören, weil ich gleich eine Fachkonferenz habe. Lass uns morgen telefonieren.

Ist gut.

In Harburg stieg Irinas Sitznachbar aus, und sie setzte sich für den Rest der Strecke ans Fenster. Der Himmel war grau, und es hatte zu regnen begonnen.

Sie hoffte, dass sie es eines Tages schaffen würde, Svenja zu erklären, warum sie sie in diesen Spätsommerwochen 2017 belogen hatte. Und vorher musste sie natürlich mit Stefan darüber sprechen. Vielleicht würde es Jahre dauern, bis sie den Mut zu diesen Gesprächen fände. Manche Menschen waren erst kurz vor ihrem Tod in der Lage, ihren nächsten Angehörigen solche Verfehlungen einzugestehen. Könnte es ihr so ergehen? Hatte sie so große Angst vor einer Verurteilung durch Stefan und Svenja? Sie wusste es nicht. Aber sie ahnte, dass es ihr leichterfallen würde, diese Reise für sich zu behalten, auch wenn es feige war. Im Verschweigen hatte sie Übung.

Als sie die Wohnungstür aufschloss und ihre vertraute Umgebung wiedersah, konnte sie es kaum fassen, dass sie nur eine knappe Woche unterwegs gewesen war. Hier sah alles aus wie immer, und dennoch kam es ihr so vor, als sei etwas anders geworden.

Während sie ihre Sachen auspackte, wurde ihr plötzlich bewusst, dass sie es war, die sich verändert hatte. Ja, sie hatte in den Tunneln keine Beklemmungen mehr bekommen, aber es war nicht nur das. In den letzten Wochen hatte sie es gewagt, ihren Erinnerungen an die Vergangenheit nicht länger auszuweichen, und so hatte der Schutzpanzer, in dem sie jahrzehntelang gefangen war, erste Risse bekommen. Hätte sie Franks Autobiografie nicht gelesen, wäre all das nicht passiert. Und dazu gehörte auch, dass sie Frank aufsuchen musste, selbst wenn diese Begegnung sie in eine tiefe Gefühlsverwirrung gestürzt hatte. Sie ertappte sich immer wieder dabei, dass sie auf ihr Smartphone schaute, um zu sehen, ob er ihr eine Nachricht geschickt hatte. Und gleichzeitig hoffte sie, dass er sich nicht bei ihr melden würde und sie allmählich zur Ruhe käme.

Sie war erschöpft, in der letzten Nacht hatte sie stundenlang über Frank, Stefan und die Auseinandersetzung mit Sabine nachgedacht. Keine ihrer Entspannungsübungen hatte geholfen, das Gedankenrasen zu beenden. Sie hatte schon da geahnt, dass Sabine nicht bereit sein würde, sich am nächsten Morgen mit ihr zu versöhnen. Allerdings hätte sie es nicht für möglich gehalten, dass sie ihr die Freundschaft aufkündigen würde. Und was sie besonders schmerzte, war die Tatsache, dass sie allein die Schuld dafür trug, diese Freundin verloren zu haben.

Vielleicht würde sie irgendwann den Kontakt zu ihr wiederherstellen können, versuchte sie sich zu trösten. Aber tief in ihrem Innern wusste Irina, dass Sabine ihr nur dann verzeihen könnte, wenn sie sich Stefan offenbarte.

Schon wieder drehten sich ihre Gedanken im Kreis. Am liebsten würde sie sich hinlegen, doch sie war zu nervös, um schlafen zu können. Sie musste etwas unternehmen. Bewegung würde ihr guttun. Sollte sie schwimmen gehen? Dazu reichte die Zeit nicht. Stefan würde in anderthalb Stunden nach Hause kommen. Sie könnte eine Runde mit dem Rad fahren.

Zehn Minuten später brach sie zum Stadtparksee auf. Inzwischen nieselte es nur noch, aber es war kühl, höchstens dreizehn Grad. Kein Vergleich mit der Hitze in der Toskana. War es wirklich erst zwei Tage her, dass sie Arezzo verlassen hatte?

Sie radelte an der Bank vorbei, auf der sie sich vor knapp drei Wochen mit Svenja gestritten hatte. Auch das kam ihr viel länger vor. Was für ein Sommer. Kein Wunder, dass sie sich so ausgelaugt fühlte.

Hatte sie gerade eine WhatsApp bekommen? Vermutlich wollten Stefan oder Svenja wissen, ob sie gut angekommen war.

Sie bremste und zog ihr Smartphone aus dem Anorak.

Ja, sie hatte eine neue Nachricht.

Von Frank.

Ihre Hände zitterten.

Liebe Irina,

seit Deinem überstürzten Aufbruch bin ich völlig haltlos. Ich vermisse Dich so sehr!

Und ich muss mit Dir sprechen. Ich weiß, Du hast im Restaurant gespürt, dass ich Dir etwas verschwiegen habe. In dem Augenblick konnte ich Dir keine ehrliche Antwort geben, weil ich Angst hatte, dass Du mir das, was ich damals getan habe, niemals verzeihen würdest. Auch jetzt habe ich diese Angst, aber ich kann und will nicht länger schweigen.

Gestern bin ich nach Hamburg geflogen und würde alles darum geben, Dich noch einmal treffen zu können. Bitte sag nicht Nein.

Dein Frank

Irina wurde schwindelig. Ging es um Anna Weiss?

Sie stieg von ihrem Rad ab und lehnte sich gegen einen Baum. Konnte es sein, dass das, was sie siebenunddreißig Jahre lang für die Wahrheit gehalten hatte, tatsächlich stimmte? Dass sie von Frank betrogen worden war? Wenn Anna Weiss so engagiert für ihn gekämpft hatte, war sie vielleicht doch schon ab Mitte der Siebzigerjahre mit ihm liiert gewesen, so wie die Stasi es behauptet hatte. War Frank nach Hamburg gekommen, um ihr seinen Betrug zu gestehen? Dann müsste er ihr dies schreiben. Sie würde es nicht über sich bringen, ihn zu treffen und im Detail zu hören, wie er sie betrogen hatte.

Niemals wäre sie nach Fonaco gereist, wenn sie den geringsten Zweifel an Franks Aufrichtigkeit gehabt hätte. Im Gegenteil. Es war der Gedanke, dass sie beide Opfer der Stasi-Zersetzungsmethoden geworden waren, der sie angetrieben hatte. Nur deshalb hatte sie überhaupt wieder etwas für ihn empfinden können.

Bitte antworte mir, auch wenn Du mich nicht treffen willst.

Wie sollte sie reagieren? Sie musste sich schützen, musste wissen, worum es bei diesem Geständnis ging, bevor sie sich auf ein Treffen einließ.

Ich weiß nicht, ob das, was Du mir sagen willst, mich wieder vollends aus der Bahn wirft.
Kannst Du nicht wenigstens andeuten, worum es geht?

Um das, was nach meinem Freikauf im April 1979 geschah.

Hatte Anna Weiss etwas damit zu tun?

Nein. Du kommst immer wieder auf Anna zurück, weil Du denkst, ich sei Dir vielleicht doch untreu gewesen. Das war ich nicht!
Ich muss mein Gewissen erleichtern, sonst drehe ich durch. Du bist der einzige Mensch, dem ich mich anvertrauen kann. Ich nehme es in Kauf, dass Du mich anschließend verachtest. Selbst das könnte ich eher er-

tragen, als weiterhin mit dieser Bürde zu leben. Ich habe nichts mehr zu verlieren.

Ein entsetzlicher Gedanke durchzuckte Irina. Hatte Frank etwa … Nein, das konnte nicht sein. Er hätte niemals mit der Stasi zusammengearbeitet.

Bitte glaub mir!

Ich versuche es.

Wann und wo wollen wir uns treffen?

Was für ein Irrsinn! Sie durfte ihn nicht noch einmal sehen, selbst wenn er sie noch so sehr darum bat.

Morgen Mittag? An der Elbe?

Sie zögerte. Morgen hatte sie noch Urlaub. Und an einem Freitagmittag bestand nicht die Gefahr, dass sie Stefan oder Svenja an der Elbe begegnete.

Bitte …

In Hamburg würde alles leichter sein als in Fonaco. Wenn die Begegnung mit Frank zu schwierig für sie würde, könnte sie jederzeit nach Hause fahren.

Irina, schick mir doch eine Antwort.

Gut. Um zwölf am Anleger in Teufelsbrück.

Danke!

Aber ich muss Dich warnen. Es ist möglich, dass ich an irgendeinem Punkt wieder ganz plötzlich aufbreche, weil ich die Situation nicht ertragen kann. Ich bin nicht so stabil, wie Du vielleicht meinst. Die Hafterfahrung hat auch bei mir Spuren hinterlassen.

Ja, das kann ich mir vorstellen. Ich habe mir schon Vorwürfe gemacht, dass ich Dich danach nicht gefragt habe. Worunter leidest Du?

Klaustrophobie. Ich habe in den letzten Jahrzehnten viele Panikattacken erlebt.

Oh, das klingt schlimm! Wie hast Du es denn geschafft, nach Italien zu fliegen?

Ich bin nicht geflogen, sondern mit dem Zug gefahren.

Was???

Schon die Vorstellung, in ein Flugzeug steigen zu müssen, versetzt mich in Angst. Aber die Tunnel in den Alpen waren auch eine große Herausforderung. Ohne Beruhigungsmittel wäre es nicht möglich gewesen.

Irina, ich … weiß gar nicht, wie ich Dir danken soll, dass Du all das auf Dich genommen hast, um … mir zu sagen, dass Du lebst.

Vielleicht wäre es für uns beide besser gewesen, wenn ich Dir geschrieben hätte, oder vielmehr Deinem Verlag. Ich hatte ja Deine Anschrift nicht.

Auf einen Brief hätte ich sehr skeptisch reagiert.

Wieso?

Ich hätte vermutet, dass eine meiner Leserinnen sich einen schlechten Scherz erlaubt hätte.

Wirklich? Auf den Gedanken wäre ich nie gekommen. Woher sollten die Leserinnen meinen Namen kennen? Im Buch sprichst Du immer nur von Deiner Freundin.

Stimmt. Trotzdem wäre ich eher davon ausgegangen, dass so eine Briefeschreiberin in den Stasi-Akten recherchiert hat, um Deinen Namen herauszufinden, als zu glauben, dass Du tatsächlich am Leben bist.

Verrückt.

Ja. Ich habe beim Schreiben lange überlegt, ob ich wenigstens Deinen Vornamen nennen soll, und mich dann dagegen entschieden.

Warum?

Es wird Dir vielleicht seltsam vorkommen, aber ich dachte, wenn Deine Mutter noch lebt, wäre es furchtbar für sie, die Schilderungen unseres Fluchtversuchs und der Haftbedingungen zu lesen.

Meine Mutter ist 1985 an Krebs gestorben.

Oh, das tut mir sehr leid.

Ich hatte ein Visum beantragt, um sie vor ihrem Tod noch einmal sehen zu können. Aber der Antrag wurde abgelehnt. Und zu ihrer Beerdigung durfte ich auch nicht einreisen.

Genau wie es mir nach dem Tod meines Vaters ergangen ist.

In dem darauffolgenden Winter habe ich Stefan, meinen Mann, kennengelernt. Ich weiß nicht, was ohne ihn aus mir geworden wäre.

Liebst Du ihn?

Ja. Ich habe Dir in Fonaco doch schon gesagt, dass ich glücklich verheiratet bin.

Keine Reaktion. Wollte Frank ihre ehrliche Antwort nicht hören? Warum hatte er ihr dann diese Frage gestellt?

Ich bin übrigens froh, dass Du mich in Deinem Buch nicht erwähnt hast.

Wieso?

Weil ich meiner Familie und meinen Freunden nie erzählt habe, dass ich bei meinem Fluchtversuch nicht allein war.

Warum nicht?

… Ich habe mich so geschämt, von Dir betrogen worden zu sein.

Das heißt, Dein Mann weiß nichts von mir.

Nein.

Und … wie hast Du ihm Deine Reise nach Italien erklärt?

Ich habe vorgegeben, dass ich eine Freundin in München besuche. Es ist mir sehr schwergefallen. Ich habe ihn noch nie zuvor belogen. Und es ist etwas, was mich stark belastet.

Wenn ich nach dem Fall der Mauer meine Stasi-Akte eingesehen hätte, wäre alles anders gekommen.

Damals waren Stefan und ich schon verheiratet. 1987 wurde unsere Tochter geboren.

Es war also bereits zu spät …

Ja, aber 1979 oder 1980 war es nicht zu spät. Was ich immer noch nicht verstehe, ist, warum Du nicht gleich nach Deinem Freikauf versucht hast, etwas über meinen vermeintlichen Tod zu erfahren. Das wäre bestimmt nicht einfach gewesen, aber Du warst gut vernetzt. Deine Schriftstellerkollegen hätten Dir helfen können, Druck auf die Regierung der BRD auszuüben. Dann hätte man sich vielleicht von offizieller Seite beim DDR-Regime erkundigt und erfahren, dass ich noch am Leben war. Andere Menschen, die weniger bekannt sind als Du und die durch Stasi-Inhaftierungen voneinander getrennt wurden, haben nach ihrem Freikauf alles in Bewegung gesetzt, um zu erfahren, was mit ihren Partnern geschehen ist.

Glaub mir, ich bereue es sehr, dass ich dazu nicht in der Lage war. Ich hoffe, dass ich Dir morgen erklären kann, warum nicht.

Irina blickte auf die Uhr und erschrak. Es war schon zehn nach fünf.

Bitte lass uns Schluss machen. Ich muss nach Hause.

Sag mir noch eins: Hast Du nach Deinem Freikauf Dein Medizinstudium fortgesetzt?

Nein, dazu fehlte mir die Kraft. Ich bin Physiotherapeutin geworden.

Bist Du glücklich in Deinem Beruf?

Ja, sehr.

Gut. Das erleichtert mich etwas.

Bis morgen.

Der Austausch ihrer Nachrichten war wie ein Gespräch gewesen, dachte sie, als sie nach Hause radelte. Unter normalen Umständen hätte sie vorgeschlagen zu telefonieren. Aber dies waren keine normalen Umstände. Es fiel ihr leichter, schriftlich mit Frank zu sprechen, weil sie ihn dabei nicht sah und auch seine Stimme nicht hörte.

27.

Irina bog in ihre Straße ein. Vor dem Haus stieg Stefan gerade von seinem Rad. Ihr Herz klopfte. Hoffentlich würde sie es schaffen, sich nichts anmerken zu lassen.

Noch hatte er sie nicht gesehen. Sie atmete einmal tief durch.

Jetzt drehte er sich um und entdeckte sie. Er winkte, und sie winkte zurück.

Als sie neben ihm bremste, nahm er ihr Gesicht in seine Hände und küsste sie.

»Hallo.«

»Du hast ganz rote Wangen.«

»Ich … bin so schnell gefahren, weil ich vor dir zu Hause sein wollte.«

»Das Radfahren tat bestimmt gut nach der langen Zugfahrt.«

»Ja.«

Sie brachten ihre Räder in den Keller und liefen dann Hand in Hand die Treppe hoch.

Oben in der Wohnung umarmten sie sich. »Schön, dass du wieder da bist«, murmelte Stefan. »Ich habe dich so vermisst.«

»Ich dich auch.«

»Hat es Sabine denn wenigstens etwas geholfen, dass du bei ihr warst?«

»… Ich glaube schon.«

Ging die Initiative, miteinander zu schlafen, von ihr aus? Sie wusste es später nicht mehr. Aber sie war mit ihren Gedanken woanders, und das blieb auch Stefan nicht verborgen, denn er fragte sie anschließend, ob es irgendetwas gäbe, was sie bedrückte.

»… Nein.«

»Vielleicht war die Reise doch anstrengender, als du zugeben willst. Svenja schrieb mir, dass du heute keine Beruhigungstablette eingenommen hast.«

»Ich hab's tatsächlich vergessen, aber es war nicht nötig.«

»Das ist ein erster Schritt. Ich wäre so erleichtert, wenn du nicht mehr mit diesen Panikattacken zu kämpfen hättest.«

»Ich auch.«

Irina drehte sich zu ihm um. Er strich ihr über die Stirn und lächelte. Vielleicht hatte sie ihn falsch eingeschätzt, als sie glaubte, dass er sich ihre Beziehung ohne ihre Hilflosigkeit und die Abhängigkeit von ihm nicht vorstellen konnte.

Nachdem er aufgestanden war, um zu duschen, dachte sie wieder an die Verabredung morgen um zwölf. Sie wollte hören, was Frank so belastete, und sie rechnete es ihm hoch an, dass er ihr gegenüber ehrlich sein wollte. Aber danach würde sie sich für immer von ihm verabschieden. Ihr Leben war hier, zusammen mit Stefan.

Er hatte einen Tisch am Fenster für sie reservieren lassen. Sie bestellten beide Finkenwerder Scholle mit Bratkartoffeln und einen gemischten Salat. Er trank dazu Bier, sie ein Glas Weißwein.

Irina erzählte ihm von Sabines schwieriger Wohnungssuche und Ulrichs neuem Zuhause in Bogenhausen.

»Können die Kinder ihren Vater nicht zur Räson bringen?«, fragte Stefan kopfschüttelnd.

»Nein. Sie sehen ihn zwar noch ab und zu, aber die Familie zählt für ihn nicht mehr.«

»Das verstehe ich nicht.«

»Ich auch nicht. Wenn ich daran denke, wie eng unser Kontakt zu Svenja und Leonie ist …«

Stefan nickte. Er wirkte auf einmal abwesend. Hatte sie zu schnell versucht, das Thema zu wechseln?

»Ich habe Svenja übrigens geschrieben, dass ich Leonie am Samstagnachmittag betreuen kann. André kommt ja morgen aus den USA zurück, und sie würde gern mal wieder mit ihm Tennis spielen.«

»Dann machen wir das gemeinsam.«

»Ja, da wird die Kleine sich freuen. Gut, dass ihr der gebrochene Arm so wenig auszumachen scheint. Svenja hat heute nichts mehr davon erwähnt.«

»Leonie hat Glück gehabt, dass es ein glatter Bruch ist.«

Sie waren beide fertig mit ihrem Fisch. Während Stefan in die Nachtischkarte schaute, blickte Irina hinaus aufs Wasser. Plötzlich kam ihr der Gedanke, dass Frank in einem Hotel hier in der Nähe wohnen könnte. Vielleicht hatte er deshalb die Elbe als Treffpunkt für morgen Mittag vorgeschlagen. Es war gut möglich, dass auch er jetzt beim Abendessen in einem der Hafenrestaurants saß. Oder dass gleich die Tür aufging und er hereinkam. Dann würde sie so tun müssen, als ob sie ihn nicht kannte.

»Irina?«

»Ja?«

»Ich habe dich gefragt, ob du auch Rote Grütze möchtest.«

»Gern.«

»Mit Vanillesauce?«

»Nein, lieber ohne.«

Sie schwiegen, bis sie ihren Nachtisch bekamen. Stefan räusperte sich, und noch bevor er anfing zu sprechen, ahnte Irina, dass es jetzt schwierig werden würde.

»Du wirst es bestimmt seltsam finden, aber ich … ich habe Anfang der Woche überlegt, ob ich mir freinehme und auch nach München fahre.«

»Ja, Svenja sagte so was am Telefon.« Ihre Stimme klang erstaunlich fest. »Wie kam das?«

»Ich hatte mit einem Mal … Zweifel, ob du … wirklich bei Sabine bist.«

Irina runzelte die Stirn. »Wo sollte ich denn sonst sein?« Sie hoffte, dass sie nicht rot geworden war.

»Keine Ahnung. Aber als wir am Sonntagabend telefoniert haben, habe ich deutlich ein Grillenzirpen gehört. Du meintest, das sei ein Geräusch in der Leitung.«

»Ja, ich erinnere mich …« Noch immer sprach sie ganz ruhig, so ruhig, dass sie über sich selbst erschrak.

»Ich weiß nicht, ich habe mich da in so eine Idee verrannt … ein echtes Hirngespinst.« Er seufzte. »Na ja, das ist jetzt auch egal. Hauptsache, du bist wieder da, und es geht dir gut.«

Irina fühlte sich schäbig. Ihr Versuch zu lächeln misslang, doch Stefan schien dies so zu deuten, dass sie traurig war, weil er ihr einen Vertrauensbruch unterstellt hatte. Er griff nach ihrer Hand, als bitte er sie um Entschuldigung. Es fehlte nicht viel und sie hätte ihm gesagt, du hast recht.

Sie aßen ihren Nachtisch und bezahlten die Rechnung. Auf dem Weg zum Bus schaute Irina sich mehrmals um. Aber Frank war nirgendwo zu sehen.

28.

Sie schlief wieder ein, nachdem Stefan um Viertel vor sechs aufgestanden war.

Als sie aufwachte, war es kurz nach neun. Für einen Augenblick dachte sie, sie hätte verschlafen. Dann erinnerte sie sich, dass sie heute noch Urlaub hatte und um zwölf mit Frank in Teufelsbrück verabredet war.

Geh nicht, sagte ihre innere Stimme. Dieses Treffen wird alles nur noch schwieriger machen. Doch sie hatte ihm versprochen, ihn anzuhören. Und vielleicht hing das, was er ihr erzählen wollte, auch mit ihrer Geschichte zusammen. Außerdem wusste sie ja selbst, wie quälend es war, mit einem schlechten Gewissen leben zu müssen.

Stefan hatte den Frühstückstisch für sie gedeckt, aber sie hatte keinen Appetit. Irgendetwas war ihr auf den Magen geschlagen, die Finkenwerder Scholle oder die bevorstehende Begegnung mit Frank. Sie kochte sich einen Pfefferminztee und schaute im Internet nach, was für eine Busverbindung es nach Teufelsbrück gab. Es war eine lange Fahrt, länger als mit der S- oder U-Bahn. Aber an einem Tag wie heute wollte sie nicht das Risiko eingehen, im Tunnel in Panik zu geraten. Die Hafenfähre konnte sie auch nicht nehmen, weil ihr an Bord eines der Schiffe schon einmal schlecht geworden war.

Es nieselte wieder, und es war noch kühler als gestern. Sie zog ihre Jeans, einen Anorak und Stiefel an. So würde sie wenigstens keine nassen Füße bekommen, wenn Frank und sie am Elbstrand entlanggingen.

Beim Umsteigen an der Straßburger Straße wurde sie doch plötzlich hungrig und kaufte sich ein Käsesandwich und eine Flasche Wasser. Sie hätte ihren Rucksack mitnehmen sollen; daran hatte sie in der Eile nicht gedacht.

Im Bus setzte sie sich ans Fenster und aß ihr Sandwich. Mittlerweile regnete es so stark, dass draußen kaum noch etwas zu erkennen war. Bei dem Wetter mussten sie auf ihren Spaziergang an der Elbe verzichten. Hoffentlich gab es in der Nähe der Haltestelle ein Café oder eine Kneipe. Andernfalls könnten sie im Jenisch-Haus Tee trinken. Aber bereits auf dem Weg durch den Park würden sie klitschnass werden.

Sie war viel zu früh.

Als der Bus um kurz nach halb zwölf in Teufelsbrück ankam, sah sie im Unterstand eine große Gestalt in einem Parka mit Kapuze. War das Frank? Ja. Vor Aufregung hatte sie einen ganz trockenen Mund.

Sie stieg aus. Er blickte hoch und kam auf sie zu.

Diesmal umarmte er sie nicht, sondern blieb vor ihr stehen und lächelte traurig. Fast hätte sie ihn in die Arme genommen.

»Irina, ich … bin so froh, dass du gekommen bist.«

»Ich … Weißt du, ob … wir hier irgendwo einkehren können?«, stammelte sie.

»Ja, um zwölf macht das Restaurant am Anleger auf. Es heißt bezeichnenderweise *Engel.*«

Jetzt musste sie auch lächeln.

»Bis dahin können wir uns unterstellen oder durch den Regen laufen.«

»Lieber unterstellen.«

»Ich war schon um elf da, weil ich nicht wusste, wie lange ich für die Fahrt brauchen würde.«

»Wo ist dein Hotel?«

»In der Nähe vom Flughafen.« Frank zog ein Päckchen Tabak aus seiner Tasche und drehte sich eine Zigarette. »Ich nehme an, du möchtest keine, oder?«

»Nein, danke.«

Er zündete sich die Zigarette an und blies den Rauch in die andere Richtung. »Wo wohnst du?«

Irina schluckte. Sie würde ihm nicht ihre Anschrift nennen. »... In Barmbek.«

»Ist das im Nordosten der Stadt?«

»Ja.«

Hoffentlich war es bald zwölf. In diesem Busunterstand würde Frank nicht anfangen, ihr von seiner Bürde zu erzählen. Und hier zu stehen und Konversation zu machen hatte etwas Quälendes.

»Ich kenne Hamburg kaum«, sagte er nach einer Weile und trat seine Zigarette aus. »Wie kommt es, dass du hier gelandet bist?«

»Es war reiner Zufall. Im Notaufnahmelager in Gießen erzählte mir eine Frau, dass Hamburg eine schöne Stadt sein solle. Sie hatte vor, zu ihrer Schwester zu ziehen, die hier lebte.«

»Hat sie sich anfangs etwas um dich gekümmert?«

»Nein, wir hatten nach dem Gespräch überhaupt keinen Kontakt mehr.«

»Das heißt, du hattest niemanden, als du hierherkamst?«

Irina schüttelte den Kopf. Tränen traten ihr in die Augen. Warum gelang es ihr nicht, sich zusammenzureißen?

Frank legte den Arm um ihre Schulter und zog sie an sich. Es schien das Selbstverständlichste der Welt zu sein.

Wie damals, als sie sich kennenlernten.

Später wusste sie nicht mehr, wie lange sie so dagestanden hatten. Ein Bus hielt, ein paar Leute stiegen aus. Sie hörte einen Mann sagen, dass dieses Wetter wirklich scheußlich sei.

»Wollen wir in den *Engel?*«, fragte Frank leise.

Sie nickte.

Er ließ sie los. Fast wünschte sie, er hätte es nicht getan.

Sie rannten durch den strömenden Regen. Auf der Anlegerbrücke war es so rutschig, dass sie fast gestürzt wäre.

Im Restaurant setzten sie sich ans Fenster. Irina war nicht nach essen zumute. »Ich nehme erst mal nur einen Tee.«

»Ich auch.«

Er bestellte für sie beide. Die Kellnerin zögerte.

»Vielleicht werden wir nachher noch etwas essen.«

»Aber ich darf mittags eigentlich nicht …«

»Bitte machen Sie eine Ausnahme«, unterbrach er sie und zeigte auf die leeren Tische. »Sehr viel Andrang gibt's ja heute nicht.«

»Na gut.«

Irina bemerkte plötzlich ein leichtes Schwanken. Natürlich, das Restaurant lag direkt auf dem Ponton. Sie konnte nur hoffen, dass ihr nicht übel würde.

»Du bist auf einmal ganz bleich.«

»Seit unserem Fluchtversuch bin ich nicht mehr seefest, und hier schwankt es gerade etwas.«

»Wollen wir wieder gehen?«

»Nein, noch nicht. Kann sein, dass ich mich daran gewöhne.«

»Wenn nicht, rufe ich uns ein Taxi, und wir fahren woandershin.«

Sie bekamen ihren Tee, und nach dem ersten Schluck spürte Irina, wie es ihr allmählich besser ging. »Das wird schon«, murmelte sie.

Frank sah sie besorgt an.

»Mach dir keine Gedanken. Dies ist nichts im Vergleich mit meinen Panikattacken.«

»Ich habe mich gestern sehr erschrocken, als ich das gelesen habe.«

»Es war leichter, dir zu schreiben, als darüber zu sprechen.«

»Ich habe noch nie mit jemandem so viele Nachrichten hintereinander ausgetauscht.«

»Ich auch nicht.«

»Über all diese Dinge hätten wir in Fonaco reden müssen. Aber da habe ich es versäumt, dir Fragen zu stellen.«

Sie nickte und gab sich einen Ruck. »Nun erzähl mir, was 1979 nach deinem Freikauf passiert ist.«

»... Es fällt mir so schwer.« Er schaute sich kurz um, als ob er sich vergewissern müsste, dass ihnen niemand zuhörte.

»Wir haben Zeit.«

»Ja, wie kommt es überhaupt, dass du heute nicht arbeiten musst?«

»Nicht ablenken.«

»Aber es interessiert mich. Könnte ja sein, dass du schon in Rente gegangen bist.«

»Nein, ich habe noch Urlaub. Für meine Italienreise hatte ich mir eine gute Woche freigenommen. Ich wusste ja nicht, wie lange es dauern würde, dich zu finden.«

»Du hättest also theoretisch viel länger bleiben können.«

»Nur theoretisch. Mein schlechtes Gewissen Stefan gegenüber hat mir keine Ruhe gelassen.«

»Womit wir beim Thema wären. Mir lässt mein schlechtes Gewissen seit fast vierzig Jahren keine Ruhe.«

Sie wartete.

»Als mein Vernehmer mir im Herbst 1978 mitteilte, dass du an Herzversagen gestorben seist, zerbrach etwas in mir.« Franks Stimme schien aus weiter Ferne zu kommen. »Ich ...

wollte mir das Leben nehmen … und habe es dann doch nicht über mich gebracht …«

Er schaute aufs Wasser und schwieg.

»Ein halbes Jahr später setzten meine westdeutschen Schriftstellerkollegen und Amnesty International meinen Freikauf durch. Natürlich war ich ihnen sehr dankbar, dieser Hölle entkommen zu können … Aber wenn sie wüssten, was ich …« Wieder brach er ab.

Irina begann unruhig zu werden.

Frank fuhr sich durch die Haare. »Ich werde dich bei dem, was ich dir jetzt sage, nicht ansehen können. Bitte nimm es so hin.«

»Wenn es für dich leichter ist …«

»Ja …«

»Kurz nachdem Anna mir eine Wohnung in Köln besorgt hatte, bekam ich Besuch.«

Plötzlich ahnte sie, was er gleich sagen würde, und ihr wurde kalt.

»Es waren zwei Stasi-Agenten. Sie meinten, dass ich großes Glück gehabt hätte, schon nach anderthalb Jahren freizukommen … Dafür würden sie nun eine kleine Gegenleistung verlangen …«

Irina ballte die Hände zu Fäusten.

»Ich sollte Auskünfte über Autorenkollegen einholen, die Kontakte zu Schriftstellern in der DDR hatten … Falls ich nicht bereit sei, mit ihnen zusammenzuarbeiten, bekämen meine Eltern dies zu spüren …«

Sie schloss die Augen, weil sie Franks Anblick nicht mehr ertrug.

»Natürlich wussten sie, dass sie in Hohenschönhausen mit ihren Zersetzungsmethoden bei mir Erfolg gehabt hatten … Ich war ein gebrochener Mensch … hatte meinen inneren

Kompass verloren … Diesem neuen Druck konnte ich nicht standhalten … Zwei Wochen lang habe ich mit mir gekämpft … und dann unterschrieben …«

Wie konnte er sich auf diesen schmutzigen Handel einlassen? Frank, der so feste Prinzipien gehabt hatte und nie bereit gewesen war, sich der Zensur zu unterwerfen. Der jahrelang unter dem Regime der DDR gelitten hatte. Der bei ihrem Fluchtversuch sein Leben riskiert hatte, um der Diktatur zu entkommen. Frank war zum Verräter geworden.

Sie wollte schreien, hör auf! Ich will nicht im Einzelnen erfahren, wie du deine Freunde und Kollegen bespitzelt hast! Doch ihre Zunge war wie gelähmt.

»In Köln und später in Westberlin habe ich nur ein paar belanglose Details an die Stasi weitergegeben. Aber ich lebte in ständiger Angst, dass ihre Agenten mir irgendetwas antun könnten. Unbequeme Ex-DDR-Bürger waren schon durch Vergiftungen oder ungeklärte Autounfälle ums Leben gekommen. Und ich schrieb ja weiter kritische Texte.«

Irina öffnete die Augen wieder. Frank saß vornübergebeugt und stützte den Kopf in seine Hände. War es doch nicht so schlimm gekommen, dass durch ihn andere in die Fänge der Stasi geraten waren?

»Ich hätte wissen müssen, dass sie ihre Drohung wahr machen würden. Sie bestraften mein mangelndes Engagement bei der Bespitzelung dadurch, dass mein Vater seinen Posten als Offizier bei der Nationalen Volksarmee verlor und gezwungen wurde, nach Sachsen-Anhalt umzuziehen und in einem Chemiekombinat zu arbeiten.«

»Was? In seinem Alter? Er war doch bestimmt über sechzig.«

Frank blickte hoch. »Ja, dreiundsechzig. Ich habe später herausgefunden, wie gefährlich die Arbeit in dem Chemiewerk war, in dem er eingesetzt wurde, zusammen mit Häftlingen. Das war richtige Zwangsarbeit. Maßnahmen zum Arbeitsschutz gab es praktisch nicht. Die Arbeiter standen bis zu den Knöcheln in hoch toxischem und krebserzeugendem Zinkchromat. Vor allem die Lungenkrebsrate war extrem hoch …« Er trank einen Schluck Tee. Seine Hand zitterte.

»… Und dann?«

»Im August 1982 teilte mir mein Stasi-Führungsoffizier mit, dass mein Vater schwer erkrankt sei. Ich war verzweifelt und bereit, alles zu tun, um ihm zu helfen. Der Stasi-Typ konnte seine Schadenfreude kaum verbergen. Jetzt hatte er mich da, wo er mich haben wollte. Er bot mir ein Geschäft an: Mein Vater würde wirksame Medikamente bekommen, wenn ich entsprechend kooperierte.«

»Haben Sie noch einen Wunsch?«

Irina zuckte zusammen. Sie hatte die Kellnerin nicht kommen hören.

»Möchtest du etwas essen?«

Frank schüttelte den Kopf. »Ich … hätte gern einen Grappa.«

»Und für mich noch einen Tee.«

Sie schwiegen, bis ihnen die Getränke gebracht wurden. Frank trank seinen Grappa in einem Zug aus.

»Erträgst du es, wenn ich weiterrede?«

»… Ja.«

»Ich ließ mich darauf ein … Diesmal hatten sie einen konkreten Auftrag für mich. Ich sollte die Gewohnheiten eines aus der DDR geflohenen Freundes und Kollegen erforschen, bei dem sie vermuteten, dass er inzwischen für andere zum Fluchthelfer geworden war.«

Irina erschrak.

»Es ging um … Uwe Kießling. Vielleicht erinnerst du dich an ihn.«

»Ja, natürlich. Er war an dem ersten Abend bei Werner Blacher mit dabei.«

»Seine Flucht über die Tschechoslowakei nach München hatte in der westlichen Presse ein großes Echo gefunden. Das war dem DDR-Regime natürlich ein Dorn im Auge. Und dann wurmte es die Machthaber, dass Kießlings Gedichtbände im Westen hohe Auflagen erzielten. Seine Bücher wurden in andere Sprachen übersetzt; plötzlich war er auch international ein gefragter Autor, der sich mit Kritik an der DDR nicht zurückhielt. Über seine Lesungen im Goethe-Institut in London, Paris, Rom, Madrid oder New York gab es jedes Mal ausführliche Berichte in den Medien.«

»Aber wenn er so bekannt war, hätte es doch ein Leichtes für die Stasi sein müssen, ihn aufzuspüren. Warum brauchten sie dich dafür?«

»Sie hatten bis zu dem Zeitpunkt keinen Beweis dafür, dass er einer Fluchthelfer-Organisation angehörte.«

»Und den solltest du für sie erbringen?«

»Ja … Uwe und ich waren beide im Frühsommer 1980 nach Westberlin gezogen und hatten uns angefreundet. Wir gingen oft zusammen spazieren oder trafen uns in der Kneipe. Er wohnte in Kreuzberg nicht weit von mir entfernt. Bei unserem nächsten Treffen fragte ich ihn, ob er irgendwelche Leute kennen würde, die in einer Fluchthelfer-Organisation mitarbeiteten. Ich hätte Interesse, mich an Aktionen dieser Art zu beteiligen. Er antwortete zuerst ausweichend, aber dann erzählte er mir, dass er seit zwei Jahren einer solchen Organisation angehöre. Sie hätten schon vielen Menschen zur Flucht verholfen. In letzter Zeit sei er jedoch der nervlichen Belastung nicht mehr gewachsen. Er hätte das Gefühl, verfolgt zu werden. Vielleicht sei ihm die Stasi auf der Spur.«

Irina sah ihn noch genau vor sich, diesen kleinen, etwas unbeholfenen Mann, dessen Gedichte sie so berührt hatten.

»Ich habe ihn verraten.« Frank flüsterte beinahe.

Sie spürte, wie ihre Übelkeit wieder zunahm. Schwankte der Ponton mehr als vorher, oder lag es an Franks Geschichte?

»Uwe ging jetzt fast nirgendwo mehr allein hin, sondern ließ sich immer von seiner Freundin oder von jemandem aus seiner Wohngemeinschaft begleiten ... Die Stasi wusste natürlich, dass er versuchte, sich zu schützen ... Der Auftrag meines Führungsoffiziers lautete, herauszufinden, ob es in Uwes Tagesablauf sogenannte Schwachstellen gab, Momente, in denen er allein war ... Ich hatte eine Woche Zeit.«

Sie sah, dass Franks Lippen zitterten. »Du musst es mir nicht erzählen, wenn es zu schwer ist.«

»Ich will es aber ...« Er wischte sich über die Augen. »Im August 1982 war es sehr heiß ... Uwe fuhr oft ganz frühmorgens mit seiner Freundin zum Schwimmen an die Krumme Lanke ... Ich war auch mal mit ihm dort, und wir sind um die Wette gekrault ... An dem Tag erwähnte er, dass sie eine unsichere Schwimmerin sei und immer in der Nähe des Ufers bliebe ...« Frank fing an zu weinen.

Irinas Kehle schnürte sich zu. Sie wünschte, dies wäre nur ein schlechter Traum, aus dem sie gleich erwachen würde. Wie hatte Frank all die Jahre mit einer solchen Last leben können?

»... Diese Information habe ich an die Stasi weitergegeben«, fuhr er fort. »Und am sechsundzwanzigsten August ... es war ein Donnerstag ... hörte ich in den Nachrichten, dass ... der Lyriker Uwe Kießling morgens um sechs Uhr in der Krummen Lanke ... von zwei Tauchern überwältigt und ans Ufer abgeschleppt worden sei ... Seine Freundin habe es von der gegenüberliegenden Seite aus gesehen und um Hilfe geschrien ... Als man Uwe Kießling fand ... war er bereits tot.«

»Oh, nein!«

»Sie haben ihn ertränkt.« Frank stand abrupt auf und ging nach draußen.

Irina begann zu würgen. Sie schaffte es gerade noch bis zur Toilette, bevor sie sich übergeben musste.

Wie war es möglich, dass sie damals von der Ermordung Uwe Kießlings nichts mitbekommen hatte?, fragte sie sich, als sie sich das Gesicht wusch. Sie war mit ihrer Ausbildung beschäftigt gewesen und hatte nur selten Zeitung gelesen oder Nachrichten gehört. Und wenn jemand irgendetwas im Zusammenhang mit der DDR erwähnte, hatte sie sofort abgeschaltet oder das Thema gewechselt. Aber bei dem Namen Uwe Kießling hätte sie stutzig werden müssen. Sie konnte es sich nur so erklären, dass ihre Scheuklappen perfekt funktioniert hatten.

Auf dem Weg zurück zu ihrem Tisch sah sie durchs Fenster, dass Frank im Regen stand und rauchte.

Als er wieder hereinkam, wirkte sein Gesicht verschlossen. Vielleicht konnte oder wollte er ihr das Ende der Geschichte nicht erzählen. Er setzte sich hin und starrte nach draußen.

»Ich verlangte, meinen Führungsoffizier zu sprechen«, sagte er nach einer Weile. »Er sollte mir mitteilen, wann mein Vater die wirksamen Medikamente erhalten würde. Es werde alles seinen geregelten Gang gehen, lautete die Antwort. Aber wie ich später von meiner Mutter erfuhr, hat mein Vater nie irgendwelche anderen Mittel bekommen.«

»Vielleicht gab es auch nichts, was ihm geholfen hätte.«

»Kann sein. Oder es war bei der Art von Lungenkrebs, die er hatte, für jegliche Therapie bereits zu spät. Er starb im Januar 1983, nach entsetzlichen Qualen, wie meine Mutter mir schrieb.«

»Hast du sie noch mal wiedergesehen?«

»Nein. 1985 habe ich versucht, sie zu einem Besuch bei mir zu überreden. Sie war inzwischen berentet, und man hätte sie vermutlich fahren lassen. Aber sie wollte nicht.«

»Warum nicht?«

»Sie schickte mir eine kurze Nachricht, dass ich ihr nur Unglück gebracht hätte. Ein Jahr vor dem Fall der Mauer hatte sie einen Schlaganfall. Ich habe erst Monate später erfahren, dass sie daran gestorben ist.«

»Oh, Frank, das tut mir so leid!«

»In den Jahren nach Uwes Tod bin ich immer mehr zum Einsiedler geworden ... Allerdings nicht sofort ... Mir war klar, dass ich den Kontakt zu seiner Wohngemeinschaft und seiner Freundin wenigstens eine Zeit lang aufrechterhalten musste, schon allein, um nicht in Verdacht zu geraten ... Ich weiß nicht, wie es mir gelungen ist, den Unschuldigen zu spielen und gemeinsam mit den anderen zu rätseln, wer der Stasi einen Tipp gegeben haben könnte ... aber es klappte. Sie kamen alle zu dem Schluss, dass es nur eine Möglichkeit gab: Die Agenten der Stasi hatten Uwe rund um die Uhr beobachtet und dann irgendwann zugeschlagen.«

»Wahrscheinlich wurden seine Mörder nie gefasst.«

»Nein. Die Mordkommission verfolgte verschiedene Spuren, aber das führte zu nichts. Das Verfahren wurde eingestellt.« Er holte tief Luft. »Letztlich ... bin ich derjenige, der ihn ermordet hat.«

Irina blickte auf ihre Hände. Es gab keinen Trost.

»Ich habe mich immer wieder gefragt, wieso mein Verrat

nach dem Mauerfall nicht aufgeflogen ist … Wurde meine Akte, die belegt, dass ich inoffizieller Mitarbeiter der Stasi war, nicht gefunden, weil die Stasi sie zusammen mit vielen anderen Unterlagen vernichtet hat? Oder habe ich bisher einfach nur Glück gehabt? Ich halte es nach wie vor für möglich, dass ich jederzeit als Spitzel enttarnt und bloßgestellt werden könnte.«

»Und wie würdest du dann reagieren?«

»… Ich weiß es nicht.«

Sie schluckte.

»Ein anderer würde sich vielleicht umbringen, doch das kann ich nicht.«

Sie verfielen in Schweigen.

29.

Irina lag im abgedunkelten Schlafzimmer. Die Schmerzen hinter den Augen hatten ganz plötzlich auf dem Weg nach Hause begonnen. Noch wirkte die Tablette nicht, die sie vor einer Stunde eingenommen hatte. Aber sie hoffte, dass es ihr wenigstens später am Abend besser gehen würde, wenn Stefan vom Fußball zurückkam.

Der seltsame Abschied von Frank ging ihr nicht aus dem Kopf. Er hatte ihr ein Taxi bestellen wollen, aber sie bestand darauf, mit dem Bus zu fahren. Die Vorstellung, dass sie vor ihrem Mietshaus in Barmbek aus einem Taxi steigen würde, könnte nur zu weiteren Verwicklungen führen. Es gab einige neugierige Nachbarn, die zu viel Zeit hatten und bei Stefan nachfragen könnten, ob sie krank sei und sich deshalb neuerdings im Taxi durch die Stadt kutschieren ließe.

Der Regen hatte etwas nachgelassen, dafür war der Wind umso stärker. An der Bushaltestelle mussten sie zehn Minuten warten. Es kam Irina wie eine Ewigkeit vor.

»Du verachtest mich«, sagte Frank schließlich resigniert.

»Nein.«

»Und warum redest du nicht mehr mit mir?«

»Ich bin völlig erschlagen von dem, was du mir erzählt hast.«

»Soll das heißen, dass es besser gewesen wäre, wenn ich geschwiegen hätte?«

»Nein, es war richtig, dass du mir gegenüber offen warst. Aber …«

»Aber was?«

»Wie soll es weitergehen?«

»Das weiß ich nicht. Ich habe keinen Plan für mein Leben. Von dem Moment an, als ich mich entschieden habe, nach Hamburg zu fliegen, hatte ich nur den Gedanken, dass ich dir alles sagen muss.«

»Und hat das Reden dich etwas erleichtert?«

»Ja … ich danke dir.« Er zögerte. »Musst du wirklich aufbrechen?«

Sie konnte ihn nicht ansehen. Wenn sie jetzt blieb, würde sie es vielleicht nicht mehr schaffen, nach Hause zu fahren. Warum fühlte sie sich immer noch so zu Frank hingezogen? Auch sein Geständnis hatte daran nichts geändert. Ihr war doch nach ihrer Begegnung in Fonaco so klar gewesen, wie ichbezogen er war und dass sie die Erinnerung an ihre Liebe zu ihm idealisiert hatte. Sabines Worte fielen ihr wieder ein: *Man kann auch jemanden lieben, der nur um sich selbst kreist.*

Der Bus kam. Sie umarmte Frank, dann riss sie sich los und stieg ein. Als sie sich noch einmal umdrehte, sah sie, wie er reglos dastand.

Der Bus fuhr an. Sie setzte sich hin und schaute nicht mehr zurück.

Das Klingeln ihres Smartphones weckte sie. Es war Svenja.

»Hallo, Mama.«

»Hallo …«

»Deine Stimme klingt so komisch. Alles okay bei dir?«

»Ach, ich habe heute starke Kopfschmerzen.«

»Oh, wie blöd. Dann weißt du wahrscheinlich noch gar nicht, ob du Leonie morgen Nachmittag betreuen kannst.«

»Doch, das wird schon klappen. Stefan kommt auch mit. Passt es, wenn wir um halb zwei bei euch sind?«

»Das wäre super. Aber nur, wenn du wirklich wieder fit bist.«

»Ja.«

»Tschüs, Mama. Gute Besserung.«

»Ich danke dir.«

Gleich halb acht. Sie hatte mindestens zwei Stunden geschlafen. Ihr Kopf fühlte sich immer noch dumpf an, aber nicht mehr so schlimm wie vorhin. Sie würde jetzt aufstehen, duschen und etwas essen.

Stefan hatte ihr eine Nachricht geschickt, dass er nach dem Fußball mit ein paar Freunden in die Kneipe gehen wolle. *Vor halb elf bin ich wahrscheinlich nicht zu Hause.*

Macht nichts. Es kann sein, dass ich dann schon schlafe.
LG, Deine Irina

Gut, dass sie den Abend allein verbringen würde. So hatte sie noch etwas Zeit, um sich nach diesem Tag wieder zu fangen.

Sie briet sich ein Omelett und schnitt eine Tomate auf. Viel Hunger hatte sie nicht.

Das, was Frank ihr heute erzählt hatte, ging ihr nicht aus dem Sinn. Sie war zutiefst erschüttert, dass er das Leben eines Menschen auf dem Gewissen hatte. Während seines Geständnisses hatte sie Kälte, Wut und Entsetzen empfunden, aber auch Mitleid. Sie konnte ihn für das, was er getan hatte, nicht verurteilen. Wie hätte sie an seiner Stelle gehandelt? Hätte sie die Kraft gehabt, sich den Erpressungsversuchen der Stasi-Agenten zu widersetzen? Sie wusste es nicht. Vielleicht wäre sie auch zur Verräterin geworden, wenn es den Vernehmern in Hohenschönhausen gelungen wäre, ihre Seele zu brechen.

Das WhatsApp-Signal ließ sie aus ihren Gedanken hochschrecken. Frank hatte ihr geschrieben.

Liebe Irina,
ich werde nie vergessen, dass Du gekommen bist und mich angehört hast.
Es war so ein schwerer Abschied.
Dein Frank

Sie schluckte. Am liebsten hätte sie ihn angerufen und ihm gesagt, wie traurig sie sei und wie sehr sie ihn vermisse. Stattdessen antwortete sie ihm:

Lieber Frank,
auch mir ist der Abschied schwergefallen, aber es ging nicht anders. Ich musste fahren, musste in mein Leben mit Stefan zurückkehren. Bitte glaub mir, dass meine Entscheidung nichts mit Deinem Geständnis zu tun hat.
Herzliche Grüße
Irina

Fast hätte sie hinzugefügt, dass er ihr nicht mehr schreiben solle, aber das brachte sie nicht übers Herz.

Der Wecker zeigte kurz nach vier. Seit ein, zwei Stunden wälzte sie sich im Bett. Ihre Kopfschmerzen waren fast verschwunden. Stefan schlief ruhig neben ihr. Er musste beim Nachhausekommen sehr leise gewesen sein, denn er hatte sie nicht geweckt.

Sie stand auf und ging in die Küche. Auf dem Tisch lagen seine Fahrradhandschuhe und eine Einkaufsliste für den Markt. Wenn sie morgen früh aufwachte, würde er schon alles besorgt haben. Das hatte er sich in der letzten Zeit so angewöhnt, um sie samstags zu entlasten.

Warum hatte sie nicht auf ihre innere Stimme gehört und

auf ein weiteres Treffen mit Frank verzichtet? Nun fühlte sie sich wieder hin- und hergerissen. Stimmte es überhaupt, dass er so egozentrisch war? Hatte sie nicht vielleicht nur nach einem Grund gesucht, um sich gegen ihn entscheiden zu können?

Beim Frühstück hatte Irina nicht viel Appetit, doch Stefan schien es nicht zu bemerken. Er war guter Dinge, sprach über seinen schönen Abend in der Kneipe und eine zufällige Begegnung mit einem alten Schulfreund vorhin auf dem Markt.

Später fuhren sie mit den Rädern zum Stadtpark. Die Sonne schien, und es wurde wieder wärmer.

Nachdem sie eine Runde gedreht hatten, schlug Stefan vor, im *Café Sommerterrassen* noch einen Cappuccino zu trinken.

»Gern.«

»Ein gewonnener Tag«, sagte er und küsste sie. »Eigentlich wärst du heute noch in München gewesen.«

»Stimmt.«

»Du hast mir noch gar nicht erzählt, was du gestern gemacht hast.«

»Ach, ich … bin rausgefahren an die Elbe, weil ich die Hoffnung hatte, dass der Nieselregen irgendwann aufhören würde. Aber dann fing es richtig an zu schütten, und ich konnte den Spaziergang vergessen …«

»Svenja sagte mir am Telefon, dass du wieder Kopfschmerzen gehabt hättest.«

»In dieser Familie bleibt auch nichts unbemerkt«, meinte sie mit einem Lächeln.

»Na ja, nach deinem Migräneanfall vor drei Wochen machen wir uns natürlich Sorgen, wenn du was von Kopfschmerzen sagst.«

»Diesmal war es lange nicht so schlimm. Ich habe eine der starken Tabletten eingenommen und ein paar Stunden geschlafen. Abends ging's mir wieder besser.«

»Dann ist es ja gut. Ich hatte mir schon Vorwürfe gemacht …«

»Wieso?«

»Weil ich dachte, dass meine Bemerkung vorgestern im Restaurant vielleicht dazu geführt hat, dass es dir schlecht ging. Es tut mir sehr leid, dass ich so misstrauisch war. Ich wollte dich nicht kränken.«

Irina presste die Lippen zusammen. Wieder war sie kurz davor, ihm zu sagen, dass sein Misstrauen berechtigt gewesen sei.

»Bitte verzeih mir.«

»Natürlich.« Sie nahm ihn in die Arme, damit er ihr Gesicht nicht sah.

Lange würde sie es nicht mehr schaffen, ihn zu belügen. Sie schämte sich, schämte sich mehr als je zuvor in ihrem Leben.

30.

Am Montagmorgen radelte sie wie gewohnt zur Arbeit. In den letzten anderthalb Tagen war sie etwas zur Ruhe gekommen und hatte darüber nachgedacht, was sie in ihrem Leben verändern wollte. Zum ersten Mal konnte sie sich konkret vorstellen, bald nicht mehr so viel zu arbeiten. Stefan würde sich freuen, es wäre ein neuer Abschnitt für sie beide.

Samstagnachmittag hatten sie mit Leonie einen Ausflug zu Hagenbeck unternommen. Das war ein großer Erfolg, auch wenn Svenja meinte, dass sie für einen Besuch im Tierpark noch zu klein sei. Leonie kreischte vor Vergnügen, als sie den Seehunden bei der Fütterung zuschauten. Und beim Anblick eines Zebras strahlte sie. Aber das Elefantenbaby hatte es ihr besonders angetan. Drei Stunden lang waren sie dort, und Leonie weinte kein einziges Mal. Sie schien ihren Gips gar nicht mehr zu bemerken.

Gestern hatten Stefan und sie im Schrebergarten gearbeitet und anschließend gegrillt. Bis neun hatten sie draußen sitzen können, so warm war es.

»Das Wochenende hat mir gutgetan«, sagte sie, als sie ihre Sachen zusammenpackten. »Vielleicht bin ich bald tatsächlich so weit, dass ich weniger arbeiten werde.«

»Wirklich?«

»Ja. Ich fände es auch schön, wenn wir mehr Zeit füreinander hätten.«

Stefan gab ihr einen Kuss, und sie sah ihm an, wie glücklich er war.

Zu ihrer Erleichterung hatte Frank sich nicht mehr gemeldet. Vielleicht, um es ihr nicht noch schwerer zu machen. Er hatte beim Abschied sicherlich ihre Zerrissenheit gespürt. Und auch ihre Antwort auf seine Nachricht war deutlich genug gewesen. *Ich musste fahren, ich musste in mein Leben mit Stefan zurückkehren.* War es eine reine Vernunftentscheidung? Nein. Sie liebte Stefan, sie liebte ihr gemeinsames Leben, ihre Tochter, ihr Enkelkind, all das bedeutete ihr so viel. Ein Zusammenleben mit Frank konnte sie sich dagegen gar nicht vorstellen. Und selbst wenn er nicht so ichbezogen war, wie sie es in Italien geglaubt hatte, so war er doch zu einem Einsiedler geworden.

Irina bog in die Straße ein, in der die Praxis lag. Heute würde sie noch nicht mit Nicole über die Möglichkeit einer halben Stelle sprechen, aber irgendwann im Lauf der Woche.

Sie wurde herzlich von ihren Kolleginnen begrüßt. Nicole erkundigte sich auch gleich danach, wie es ihrer Münchner Freundin ginge.

»… Schlecht, um ehrlich zu sein.«

»Aber es war doch sicherlich hilfreich für sie, dass du bei ihr warst.«

»Ich hoffe es«, murmelte Irina.

»Hier ist so weit alles okay. Die neue, junge Kollegin, die dich vertreten hat, kommt bestens zurecht, ist sehr kompetent und kann sich gut auf die Patienten einstellen.«

»Ah, das freut mich.«

»Sie heißt Laura. Du wirst sie morgen kennenlernen.«

»Prima.«

Der Tag verging wie im Flug. Zwischendurch wurde sie weder durch Nachrichten noch durch Anrufe abgelenkt. Sie konnte sich voll auf ihre Arbeit konzentrieren.

Auf dem Nachhauseweg kaufte sie Heringe in Sahnesauce mit Äpfeln und Zwiebeln ein. Das war eines von Stefans Lieblingsgerichten. Dazu würde sie Pellkartoffeln kochen. Und zum Nachtisch gab es einen Obstsalat.

Als sie ihr Fahrrad in den Keller brachte, merkte sie, wie ihre Gedanken wieder abschweiften. Wo Frank jetzt wohl sein mochte? War er nach Berlin oder nach Fonaco zurückgefahren? Oder hielt er sich womöglich noch in Hamburg auf? Es hat dich nicht zu interessieren, sagte sie sich. Stundenlang war es ihr gelungen, nicht mehr an Frank zu denken. Nicht diese reglose Gestalt an der Bushaltestelle vor sich zu sehen. Sie musste darauf vertrauen, dass es von Tag zu Tag leichter werden würde, die Erinnerung an ihn aus ihrem Leben zu verbannen.

Stefan hatte den Tisch schon gedeckt. Er freute sich über das, was es zu essen geben würde.

»Hast du heute mit Svenja telefoniert?«

»Ja. Sie rief vorhin an, um zu sagen, dass Leonie jetzt ständig ihr Zoo-Bilderbuch anschauen will.«

»Siehst du. Es war doch eine gute Idee.«

»Und sie hat sich noch mal bei uns bedankt. André und sie haben ihren Tennis-Nachmittag sehr genossen.«

»Das lässt sich ja wiederholen.«

»Habe ich ihr auch gesagt. Außerdem fragte sie, ob wir am nächsten Samstag zu ihnen zum Abendessen kommen wollen. Andrés Eltern hätten Zeit.«

»Wir auch, oder?«

»Ja. Dann sage ich ihr eben Bescheid.«

Eine halbe Stunde später aßen sie, räumten die Küche auf und beschlossen, einen Spaziergang zu machen.

Es war ein milder Abend. Während Stefan über seinen immergleichen Arbeitstag stöhnte, fiel Irina plötzlich ein, dass sie die lange WhatsApp-Korrespondenz mit Frank bisher nicht gelöscht hatte. Darum würde sie sich gleich morgen früh kümmern müssen.

»Der einzige Lichtblick inmitten all der Routineabläufe ist der Kontakt mit den Kollegen.«

»Wirst du den vermissen, wenn du in Rente gehst?«

»Ich glaube schon.«

Zu Hause suchte sie nach ihrem Smartphone und sah es schließlich auf ihrem Nachttisch liegen. Sie schaltete es aus und ließ es in ihrem Rucksack verschwinden.

Dann hatte sie noch einiges im Haushalt zu erledigen. Wäsche falten, bügeln, Blumen gießen.

»Willst du einen Tee?«, fragte Stefan.

»Gern. Am liebsten Ingwer mit Zitrone.«

Um kurz vor halb elf schaltete er wie immer den Fernseher für die *Tagesthemen* ein.

»Kommst du auch?«

»... Ja.« Irina war eigentlich zu müde, aber sie hatte seit ihrer Abreise aus Hamburg vor zehn Tagen keine Nachrichten mehr gesehen.

Der erste Beitrag handelte von Martin Schulz und der Frage, ob es ihm sechs Tage vor der Bundestagswahl noch gelingen könnte, die SPD aus ihrem Umfragetief herauszuholen.

»Der glaubt doch selbst nicht mehr daran, dass er Kanzler wird«, lautete Stefans Kommentar.

Zum Reizthema Gerechtigkeit wurden Menschen aus unterschiedlichen sozialen Schichten befragt. Die Schilderungen einiger Hartz-IV-Empfänger klangen bedrückend. Demgegenüber behauptete ein teuer gekleideter Mann, dass es in Deutschland sehr gerecht zuginge.

»Andrés Eltern wären vermutlich derselben Meinung, oder?«

»Kann sein«, antwortete Stefan. »Wir sollten uns am Samstag auf keine politische Diskussion mit ihnen einlassen.«

Und auch der Pflegenotstand war natürlich ein Wahlkampfthema. Irina dachte an Marlies. Hoffentlich würde sie ihre Mutter in der Seniorenresidenz in ihrer Nähe unterbringen können. Sie musste sie morgen mal anrufen und sich erkundigen. Eigentlich hatte sie sich schon am Wochenende bei ihr melden wollen.

Im Nachrichtenüberblick ging es darum, dass das Referendum der Kurden im Nordirak gestoppt worden war, die USA ihre Truppen in Afghanistan verstärkten und US-Präsident Trump eine Reform der Vereinten Nationen forderte.

Irina ertrug es kaum, das Gesicht dieses Mannes zu sehen und seine Stimme zu hören. Wie hatten die USA nur einen solchen Präsidenten wählen können. Er richtete nichts als Unheil an.

Bei den Wirtschaftsnachrichten und dem Börsenbericht schaltete sie innerlich etwas ab und wäre fast eingeschlafen.

Aber da erschien der Buchtitel, den sie so gut kannte, auf dem Bildschirm, und plötzlich war sie wieder hellwach. *Es gab für mich keine Alternative* prangte in leuchtend roten Buchstaben auf dunkelblauem Hintergrund.

»Das ist doch das Buch, das du gelesen hast!«, sagte Stefan. »Über die gescheiterte Flucht aus der DDR.«

»Ja …«

»Und nun zu etwas, was viele Leserinnen und Leser verstören könnte«, leitete die Moderatorin ihren Beitrag ein.

Irina erstarrte. War Frank von jemandem bloßgestellt worden? Würde er womöglich denken, dass sie mit dem, was er ihr anvertraut hatte, an die Presse gegangen war?

»Wer kennt ihn nicht, den Erfolgsautor Frank Hollmann?«, fuhr die Moderatorin fort. »Seine in diesem Sommer erschienene Autobiografie über sein aufregendes Leben in beiden deutschen Staaten wurde zu einem viel diskutierten Bestseller. Vor allem die Opfer der DDR-Diktatur sahen in Frank Hollmann jemanden, der ihnen eine Stimme gegeben hat. Nun ließ der Autor über seinen Verlag eine Erklärung veröffentlichen, die besagt, dass er nicht nur Opfer, sondern auch Täter gewesen sei. Als inoffizieller Mitarbeiter der Stasi habe er große Schuld auf sich geladen.«

»Wieder so ein Heuchler!«, murmelte Stefan.

»Im August 1982 hätte er seinen Freund und Kollegen Uwe Kießling an die Stasi verraten. Letztlich trage er die Verantwortung für dessen Ermordung.«

Irina wurde schwindelig.

»Die Stasi habe ihn erpresst und er hätte nicht die innere Stärke gehabt, sich dem zu widersetzen. Aus Feigheit und aus Scham habe er fünfunddreißig Jahre lang geschwiegen. Er wisse, er könne nicht erwarten, dass ihm die Familie, Freunde und Kollegen von Uwe Kießling jemals verzeihen, was er getan habe. Dennoch wolle er sie von ganzem Herzen darum bitten.«

Sie sprang auf, doch bevor sie aus dem Zimmer laufen konnte, brach sie in Tränen aus.

»Was hast du denn?«, rief Stefan erschrocken.

Sie sank in ihren Sessel zurück und krümmte sich zusammen.

Er schaltete den Fernseher aus und hockte sich neben sie. »Irina, sag mir, was mit dir los ist.«

»Ich …« Sie brachte kein weiteres Wort heraus.

Er strich ihr über den Kopf. »Hat es mit der Erinnerung an deine gescheiterte Flucht zu tun?«

Sie nickte.

»Aber das ist vorbei, lange vorbei. Du brauchst keine Angst mehr zu haben.«

»Ich … war damals nicht allein …«

»Bei deinem Fluchtversuch?«

»Ja …«

»Das wusste ich nicht. Merkwürdig, dass du das in all den Jahren nie erwähnt hast.«

»Ich war mit … Frank zusammen …«

»Wie bitte?«

»Mit Frank … Hollmann.«

»Moment mal«, sagte er mit kühler Stimme und richtete sich auf. »Verstehe ich das richtig, dass du mir sagen willst, du und dieser Autor habt zusammen versucht, aus der DDR zu fliehen?«

»Ja … Wir waren ein Paar …«

»Aber wieso hast du mir das nicht erzählt? Jetzt begreife ich viel besser, warum die Lektüre dieser Autobiografie dich so aufgewühlt hat. Es geht darin offenbar auch um deine Geschichte.«

»Ja … Und das ist noch nicht alles …«

Irina blickte Stefan an. Seine Augen waren ernst, so ernst, wie sie es noch nie zuvor erlebt hatte.

»… Das, was in dem Buch steht, passt nicht zu dem, was mir widerfahren ist …«

»Kein Wunder. Du hast ja eben gehört, dass dieser Mann ein Verräter ist.«

»Das meine ich nicht …«

»Was meinst du denn?«

»Schrei mich nicht an«, stieß sie hervor und begann wieder zu weinen.

»Hör auf zu heulen und sag mir endlich, worum es hier geht!«

Jetzt gab es keinen Weg mehr zurück. Ihre Gedanken rasten.

»Ich ... musste da etwas klarstellen ... und deshalb bin ich ... ich konnte einfach nicht anders ...«

»Was soll das heißen?«

»Stefan, lass mich bitte ganz von vorn anfangen ... Es ist eine komplizierte Geschichte. Aber ich kann dir alles erklären ...«

»Zuerst möchte ich wissen, was dieser Satz ›Ich konnte einfach nicht anders‹ zu bedeuten hat.«

»Nein, es wäre besser, wenn ich ...«

»Weich mir nicht länger aus«, unterbrach er sie.

»Hör mir doch bitte zu ...«

»Für wie naiv hältst du mich eigentlich? Ich habe dir in der letzten Zeit mehrmals gesagt, dass ich das Gefühl hätte, bei uns stimmt irgendwas nicht. Und am Donnerstag im Restaurant habe ich dir von meinem Zweifel erzählt, ob du wirklich bei Sabine warst. Danach tat es mir leid, dass ich so misstrauisch war.«

»Stefan, ich ...«

»Hast du mich belogen? Hat das, was du mir nicht sagen willst, mit deiner Reise nach München zu tun?«

Irina schlug die Hände vors Gesicht.

»Wo warst du?«

»... Ich war in München ... und vorher ... war ich in Italien ...«

»*Was???*«

»Ich habe Frank sehen müssen, weil ich ...«

Er schaute sie entgeistert an. »Du bist zu diesem Mann gefahren?«

»Ja, aber das darfst du jetzt nicht missverstehen. Ich habe dich nicht betrogen.«

»Und das soll ich dir glauben?«

»Stefan, du steigerst dich in etwas hinein, was nicht stimmt.«

»Mir kannst du nichts mehr vormachen. Ich habe über dreißig Jahre alles für dich getan, und du hintergehst mich auf so schäbige Weise. Das ertrage ich nicht. Wie soll ich dir jemals wieder vertrauen?«

Er stürmte aus dem Zimmer, kurz darauf fiel die Wohnungstür ins Schloss.

Irina saß da wie versteinert. Noch immer sah sie Stefans wutverzerrtes Gesicht vor sich. Schlimmer hätte es nicht kommen können.

31.

Aus der Ferne sah sie, wie eine Riesenwelle in ihre Straße schwappte und die Häuser zum Einstürzen brachte. Sie drehte sich um und rannte, so schnell sie konnte. Doch sie wusste, sie würde es nicht schaffen, den Wassermassen zu entkommen. Da schrie sie …

Irina schreckte hoch. Es war noch dunkel. Zwanzig nach fünf. Ihre Kehle schmerzte. War sie von ihrem eigenen Schrei wach geworden? Was für ein Albtraum.

Aber da gab es noch etwas anderes, das furchtbarer war als ein Traum. Sie knipste das Licht an und sah neben sich das unberührte Bett.

Wo war Stefan? Übernachtete er in der Wohnung von Svenja und André? Würde er ihnen anvertrauen, was gestern Abend passiert war? Nein, das konnte sie sich nicht vorstellen.

Es hatte keinen Zweck, dass sie versuchte wieder einzuschlafen. Sie stand auf, kochte sich einen Kaffee und setzte sich an den Küchentisch, um eine WhatsApp an Stefan zu schreiben.

Lieber Stefan,
ich möchte Dich um Verzeihung dafür bitten, dass ich Dich angelogen habe. Das hätte ich niemals tun dürfen. Bitte hör Dir an, was ich Dir zu erzählen habe. Dann wirst Du sehen, dass sich alles anders verhält, als Du im Moment glaubst.
Deine Irina

Nachdem sie die Nachricht abgeschickt hatte, fühlte sie sich etwas besser. Vielleicht würde Stefan heute Morgen aufwachen und begreifen, dass er sie nicht verurteilen durfte, ohne ihre Geschichte zu kennen.

Sie schrieb auch an Marlies und fragte, ob es möglich wäre, sie abends zu treffen. *Stefan und ich stecken in einer tiefen Krise. Es würde mir sehr helfen, wenn ich Dich sehen könnte. LG, Irina*

Wie sie erwartet hatte, war Marlies schon wach und schickte ihr umgehend eine Antwort: *Ja, klar. Komm vorbei. Ich bin ab sieben zu Hause. Es gibt noch einen Rest Lasagne. Gruß, Marlies*

Irina dankte ihr. Dann duschte sie und zwang sich, ein Müsli zu essen.

In der Mittagspause kam Nicole auf sie zu und fragte, ob alles in Ordnung sei.

Irina nickte.

»Du bist so blass.«

»Ich habe nicht gut geschlafen.«

»Machst du dir noch Gedanken über deine Münchner Freundin?«

»Nein … das heißt, vielleicht doch …«

»Ich glaube, du sorgst dich zu viel um andere. Denk mal ein bisschen mehr an dich.«

»Das sagst du so leicht.«

»Nein, ich weiß, dass das für jemanden wie dich schwierig ist.«

»Ich werde mich bemühen«, sagte Irina und lächelte.

»Ist bei dir zu Hause alles in Ordnung?«

Die Frage kam so überraschend, dass ihr Lächeln gefror und sie nur stumm den Kopf schüttelte.

»Willst du darüber reden?«

»… Das kann ich im Moment nicht.«

Nicole nahm sie in die Arme und wünschte ihr viel Kraft.

Irina kämpfte mit den Tränen. »Danke.«

Von Stefan hörte sie nichts.

Als sie zu Marlies fuhr, fragte sie sich, wie sie morgens so optimistisch hatte sein können zu glauben, er würde sich bei ihr melden und sie könnten in Ruhe über alles reden.

»Na?«, begrüßte Marlies sie. »Was du geschrieben hast, klingt gar nicht gut.«

»Nein. Es steht wirklich schlimm um uns.«

»Das musst du mir gleich eins nach dem anderen erzählen. Aber jetzt setz dich erst mal.«

»Danke.«

»Das Essen ist fertig. Wir können sofort anfangen.«

Eigentlich hatte Irina überhaupt keinen Appetit, aber Marlies überredete sie, wenigstens etwas Lasagne zu probieren.

»Wie wär's mit einem Schluck Rotwein?«

»Gern …«

»Und nun sag mir, was los ist.«

»Der Anlass für die Krise, in die wir gestürzt sind, war eine Meldung gestern Abend in den *Tagesthemen.*«

»Meinst du die öffentliche Erklärung von Frank Hollmann, dass er als IM für die Stasi gearbeitet hat?«

»Ja«, antwortete Irina verblüfft. »Wie kommst du darauf?«

»Keine Ahnung. Aber ich habe gestern sofort an dich gedacht, weil ich dir doch seine Autobiografie empfohlen habe. Es ist für mich unfassbar, wie jemand seine Spitzeltätigkeit dreieinhalb Jahrzehnte lang verschweigen konnte, noch dazu in einem Mordfall.«

Irina nickte. Und dann begann sie zu erzählen. Marlies unterbrach sie kein einziges Mal.

»Es tut mir so leid, dass ich all die Jahre auch mit dir nicht über Frank sprechen konnte. Ich hatte das Ganze tief in mir verschlossen, weil ich so verletzt war und mich so geschämt habe.«

»Mach dir über mich keine Sorgen. Ich kann das gut nachvollziehen. Aber wie ist es mit Stefan?«

»Er weiß bisher nur, dass ich ihn belogen habe und zu Frank nach Italien gereist bin. Die eigentliche Geschichte kennt er noch gar nicht.«

»Gib ihm ein paar Tage Zeit. Ich bin sicher, dass er sich bei dir melden wird.«

»Und wenn nicht?«

»Dann kannst du ihm immer noch einen Brief schreiben, in dem du ihm alles erklärst.«

»Ich weiß nicht mal, wo er jetzt ist.«

»Vielleicht bei einem Freund oder bei deiner Tochter und ihrer Familie.«

»Svenja hätte mich bestimmt angerufen.«

»Wenn ich dir einen Rat geben darf: Sprich mit ihr, und das so bald wie möglich.«

»Aber ich will nicht, dass sie sich in unseren Konflikt einmischt. Du weißt doch, wie eng die Beziehung zu ihrem Vater ist.«

»Gerade deshalb finde ich es wichtig, dass sie die Geschichte von dir erfährt. Du kannst sie darum bitten, die Sache für sich zu behalten.«

»Wäre es nicht besser zu warten, bis ich mit Stefan gesprochen habe?«

»Nein. Du hast auch Svenja etwas Wesentliches aus deinem Leben verheimlicht. Kinder können sehr erbost reagieren, wenn sie herausbekommen, dass ihre Eltern sie belogen haben.«

»Ich hatte gute Gründe dafür.«

»Das spielt keine Rolle. Es geht um das verloren gegangene Vertrauen.«

»… Wahrscheinlich hast du recht.«

»Ruf sie an. Triff dich mit ihr.«

Irina spürte, wie sie es wieder mit der Angst bekam. Sie wusste nicht, ob sie es über sich bringen würde, Svenja ihre Lügen zu gestehen.

32.

Als sie gegen halb elf in ihre Straße einbog, hatte sie plötzlich die irrationale Hoffnung, dass Stefan nach Hause zurückgekehrt sein könnte. Doch in der Wohnung brannte kein Licht.

Im Badezimmer sah sie allerdings sofort, dass er inzwischen hier gewesen sein musste. Sein Waschzeug fehlte, und beim Blick in den Schlafzimmerschrank stellte sie fest, dass er auch einiges an Kleidung und Schuhen mitgenommen hatte. Er plante offenbar, länger wegzubleiben. Einen Zettel, wo er sich aufhielt, hatte er ihr nicht hinterlassen.

Sie überlegte, ob sie Svenja noch heute Abend schreiben sollte, dass sie sich gern so bald wie möglich mit ihr treffen wolle. Aber vielleicht würde sie dann gleich anrufen, um zu hören, ob etwas passiert sei. Und am Telefon wollte sie auf keinen Fall mit ihr über Frank sprechen.

Es gelang ihr, ein paar Stunden zu schlafen, danach lag sie wieder wach und grübelte darüber nach, wie es jetzt weitergehen würde. Im Moment war die Arbeit ihr einziger Halt. Ihre Stundenzahl zu reduzieren, kam in der nächsten Zeit nicht infrage. Zum Glück hatte sie das Thema am Montag noch nicht mit Nicole besprochen.

Sie fuhr zur Praxis und war froh, dass die Patienten sie ablenkten. An diesem Tag gab es so viel zu tun, dass sie erst in der Mittagspause wieder auf ihr Smartphone schaute. Sie hatte eine Nachricht von Svenja.

Liebe Mama,
Papa hat mir heute geschrieben, dass er am Samstag nicht zu uns zum Essen kommen kann. Ich habe ihn eben angerufen, um zu fragen, warum nicht. Am Montagabend passte es doch noch. Und ob das heißen solle, dass Du allein kämst. Er meinte, dazu könne er mir nichts sagen. Seine Stimme klang ganz merkwürdig. Dann wollte ich noch wissen, ob er in Hamburg oder irgendwo unterwegs sei, aber da hatte er schon aufgelegt.
Was ist denn los bei Euch?
Liebe Grüße,
Svenja

Jetzt gab es kein Ausweichen mehr. Wie hatte sie bis zu dem Gespräch mit Marlies nur glauben können, dass Svenja erst einmal nichts erfahren müsse?

Liebe Svenja,
ich weiß leider auch nicht, wo Dein Vater ist. Wir hatten eine schlimme Auseinandersetzung. Hast Du heute Abend Zeit? Ich muss mit Dir reden.
Herzlichst
Deine Mama

Im nächsten Moment rief ihre völlig aufgelöste Tochter bei ihr an.

»Du, ich kann hier nicht gut sprechen«, versuchte Irina ihr zu sagen. »Komm am besten nachher zu mir.«

»Aber Mama, das gibt's doch nicht, dass du nicht weißt, wo Papa ist!«, rief sie aufgeregt. »Wann hast du ihn zuletzt gesehen?«

»Am Montagabend.«

»Und seitdem ist er nicht nach Hause gekommen?«

»Er hat sich gestern ein paar Sachen aus der Wohnung geholt, als ich bei der Arbeit war.«

»Was ist denn bloß passiert?«

»Das erzähle ich dir nachher. Wann kannst du bei mir sein?«

»André ist bis morgen geschäftlich in Berlin. Von daher muss ich erst mal abklären, ob Annika auf Leonie aufpassen kann.«

»Wenn sie keine Zeit hat, komme ich zu dir.«

»Ist gut.«

Zehn Minuten später schrieb sie ihr, dass sie gegen halb neun bei ihr sein könnte.

Danke, antwortete Irina. Ohne genau zu wissen, warum, erleichterte es sie, dass sie in ihrer Wohnung sitzen würden, wenn sie ihrer Tochter das sagte, was sie ihr so lange verschwiegen hatte.

Sie füllte Cashewkerne in ein Schälchen und stellte Saft für eine Apfelschorle kalt. Die hatte Svenja früher immer so gern getrunken. Wann war sie zuletzt bei ihnen gewesen? Im Juni, bei Stefans Geburtstag? Seit Leonies Geburt trafen sie sich meistens bei Svenja zu Hause. Hier sind Leonies Spielsachen, und wenn sie müde wird, kann ich sie gleich hinlegen, pflegte Svenja zu sagen. Aber Irina wusste, dass es nicht nur das war. Ihre Tochter schämte sich, mit André in die kleine Wohnung zurückzukehren, in der sie aufgewachsen war. Wenn sie sich richtig erinnerte, hatte er sie nur ein einziges Mal begleitet, kurz nachdem die beiden sich kennengelernt hatten.

Als es klingelte, merkte sie, wie ihre Aufregung wuchs. Svenja konnte sehr impulsiv sein. Es war gut möglich, dass sie nicht die Ruhe und Geduld aufbringen würde, ihr zuzuhören.

»Mama«, sagte sie kopfschüttelnd zur Begrüßung. »Ich bin fassungslos.«

Irina nahm sie in die Arme. »Komm erst mal rein.«

»Zum Glück habe ich inzwischen herausgefunden, dass Papa bei einem seiner Skatfreunde in Wandsbek untergekommen ist.«

»Ah ... da bin ich erleichtert. Wie hast du das geschafft?«

»Ich habe ihm vorhin drei WhatsApps geschickt, ohne eine Antwort zu bekommen. Und als ich versucht habe, ihn anzurufen, ist es nicht rangegangen. Da habe ich ihm gedroht: Wenn du mir nicht sofort schreibst, wo du bist, gehe ich noch heute zur Polizei und lasse dich suchen.«

»Wahrscheinlich wollte er dich mit der ganzen Sache nicht belasten.«

»Das kann ja sein. Aber glaubt er wirklich, dass ich nichts davon mitkriege, wenn er plötzlich auszieht?«

»Ach, Svenja, es ist alles so verfahren ...« Sie seufzte. »Was möchtest du trinken?«

»... Gar nichts.«

»Auch keine Apfelschorle?«

»... Doch, gern.«

Sie gingen in die Küche, und Irina schenkte ihnen beiden ein Glas ein.

Svenja schaute sich kurz um, vielleicht um zu prüfen, ob sich irgendetwas verändert hatte. Dann folgte sie ihrer Mutter ins Wohnzimmer und ließ sich aufs Sofa fallen.

»Und nun sag mir endlich, was hier vorgefallen ist.«

Irina setzte sich ihr gegenüber. »Ich habe deinen Vater und dich belogen. Das tut mir sehr, sehr leid.«

Svenja starrte sie entsetzt an.

»Es war eine äußerst schwierige Situation, und ich habe keinen anderen Ausweg gesehen.«

»Was hast du denn gemacht?«

»Ich war nicht nur in München … sondern auch in Italien.«

»Wie bitte?«

»Dein Vater hatte also recht mit seinen Zweifeln.«

»Und was wolltest du in Italien?«

»Das ist eine lange Geschichte. Ich möchte sie dir von Anfang an erzählen, damit du begreifst, warum ich so gehandelt habe.«

»Ja, natürlich.« Svenja beugte sich vor, und Irina sah die Angst in ihren Augen. »Doch vorher musst du mir sagen, ob du dich von Papa trennen willst.«

»Nein, ganz und gar nicht.«

»Und er?«

»Ich weiß es nicht … Er hat kein Vertrauen mehr zu mir.«

»Das verstehe ich.«

»Ich auch.«

Svenja trank einen Schluck und lehnte sich wieder zurück. »Erzähl.«

Irina begann mit dem 31. Mai 1974, dem Tag, an dem sie Frank bei Werner Blacher kennengelernt hatte. Sie spürte sofort, wie gebannt ihre Tochter ihr zuhörte. Es musste hart für sie sein, weil sie noch nie zuvor mit ihr über die Einzelheiten des Fluchtversuchs und der Haft gesprochen hatte.

»Hast du ihn sehr geliebt?«, fragte sie, als sie fertig war.

»Ja.«

»Mehr als Papa?«

»Frank war meine erste große Liebe. Aber wir haben nie zusammengelebt, und letztlich waren wir auch nur einige Monate unbeschwert glücklich. Danach begannen die Schwierigkeiten. Mit deinem Vater dagegen verbindet mich eine Lebensliebe.«

»Und wie war es, als du Frank jetzt wiedergesehen hast?«

Irina zögerte mit ihrer Antwort.

»Du liebst ihn immer noch, oder?«

»Ich habe sofort wieder eine vertraute Nähe zu ihm gespürt, aber mir wurde schon bald bewusst, dass Frank nicht mehr dem Bild entspricht, das ich mir von ihm gemacht habe. Ich hatte die Erinnerung an diese Liebe idealisiert.«

»Und wie ist es für ihn?«

»... Anders. Er lebt allein, ist einsam ...«

»Das heißt, er würde sich wünschen, wieder mit dir zusammen zu sein.«

»Ja. Doch das wird nicht passieren. Ich kann es nicht.«

»Und warum glaubt Papa dir das nicht?«

»Ich hatte noch gar keine Gelegenheit, ihm die Geschichte zu erzählen.«

»*Was?* Das heißt, er weiß bisher nur, dass du ihn belogen hast und zu Frank nach Italien gereist bist?«

»Ja.«

»Soll ich mit ihm reden?«

»Nein, ich muss selbst mit ihm sprechen.«

»Und wenn er sich weiterhin so abschottet?«

»Dann werde ich ihm schreiben.«

»Was für eine vertrackte Situation«, stöhnte Svenja. »Und ich habe im Sommer gedacht, dass André und ich in einer Krise stecken würden. Verglichen mit euch war das wirklich harmlos.«

»Versprich mir, dass du dich aus dem Ganzen heraushältst.«

»Es wird mir schwerfallen.«

»Bitte.« Irina sah sie eindringlich an.

»Und wenn Papa mich fragt?«

»Dann sagst du ihm, worum ich dich gebeten habe.«

»… Ist gut.«

Beim Abschied umarmte Svenja sie länger als sonst, und Irina dankte ihr dafür, dass sie gekommen war.

Mit so viel Verständnis hatte sie nicht gerechnet.

33.

Nach dem Gespräch mit Svenja telefonierte sie noch am selben Abend mit Marlies, um sich für ihren guten Rat zu bedanken.

»Ich habe meine Tochter unterschätzt.«

»Das hatte ich gehofft. Wie geht's dir jetzt?«

»Ich bin sehr erleichtert, dass Svenja mir beisteht. Aber es lässt mir natürlich keine Ruhe, dass Stefan sich nicht meldet.«

»Hast du ihm schon geschrieben?«

»Bisher nur die Nachricht gestern Morgen, in der ich ihn gebeten habe, mir zu verzeihen und mich anzuhören.«

»Schick ihm eine Mail.«

»Wenn ich das schaffe …«

»Ich wünsche dir viel Glück.«

»Danke.«

In den folgenden Tagen versuchte Irina immer wieder von Neuem, Stefan zu schreiben, aber es gelang ihr nicht. Wie sollte sie ihm in einer Mail vermitteln, dass sie diese Reise nach Italien unternommen hatte, ohne die Absicht gehabt zu haben, ihn zu betrügen? Nur wenn er bereit war, ihr zuzuhören, und merkte, wie ihr zumute war, hätte sie eine Chance, sein Vertrauen zurückzugewinnen. Dann würde sie ihm alles der Reihe nach erzählen.

Am Samstagnachmittag traf sie sich mit Svenja und Leonie zu einem Spaziergang an der Alster. Leonie saß in ihrem Buggy und war gut gelaunt. Wie neulich bei Hagenbeck schien ihr der Gipsverband an ihrem Arm nichts auszumachen.

»Du musst Geduld mit Papa haben«, meinte Svenja und hakte sie unter.

»Ich habe Geduld, aber Stefan will offenbar nicht mit mir reden.«

»Mit mir auch nicht.«

»Weißt du, ob er noch bei seinem Skatfreund wohnt?«

»Ja.«

»Er kann doch nicht einfach den Kopf in den Sand stecken.«

»Vielleicht wartet er auf eine Mail von dir.«

»Ich habe alle meine Versuche verworfen. Es gibt nur eine Möglichkeit: Ich muss ihn sehen.«

»Wahrscheinlich würde es mir genauso gehen. Und ich hätte gedacht, dass Papa nach ein paar Tagen auch bereit wäre, sich mit dir zu treffen. Ihr seid immerhin über dreißig Jahre verheiratet. Da kannst du wohl erwarten, dass er sich anhört, was du erlebt hast, auch wenn es ihm wehtut.«

»Op! Op!«, rief Leonie.

»Ja, dein Opa«, sagte Svenja. »Der ist im Moment leider ziemlich störrisch.«

»Om?«

»Die Omi ist traurig«, murmelte Irina und strich ihr über den Kopf.

Leonie schaute sie mit großen Augen an, dann streckte sie ihr die Arme entgegen. Irina hob sie vorsichtig hoch. Es war tröstlich für sie, die Nähe ihrer kleinen Enkelin zu spüren.

»Komm, wir setzen uns auf eine Bank«, schlug Svenja vor. »Ich bin immer wieder erstaunt, wie viel Leonie schon mitkriegt.«

»Ja, ich auch. Als André und ich uns im Sommer so oft gestritten haben, hat sie jedes Mal angefangen zu weinen und war gar nicht zu beruhigen.«

»Ich habe dich nie gefragt, was bei euch los war, weil ich fand, dass mich das nichts angeht. Aber ich habe mir große Sorgen gemacht.«

Svenja zögerte. »Es klingt schlimm, aber André hatte ungeheure Mühe, sich ... auf unser Leben zu dritt einzustellen.«

»Ich habe mir beinahe so was gedacht.«

»Dabei war er derjenige, der unbedingt schon ein Kind haben wollte. Ich hätte vermutlich noch ein oder zwei Jahre gewartet.«

»In den letzten Wochen hatte ich den Eindruck, dass ihr wieder besser miteinander klarkommt.«

»Ja, auf jeden Fall. Ich wusste, dass vieles an dem Betreuungsproblem hing. Ihr habt uns toll unterstützt, aber André wollte nicht, dass ich euch weiterhin ständig um Hilfe bitte.«

»Wieso nicht?«

»Weil seine Eltern nie Zeit und wohl auch kein Interesse haben, auf Leonie aufzupassen.«

»Das tut mir leid ...«

»Sie sind vollauf mit ihren Hobbys und ihren Reisen beschäftigt.«

»Zum Glück habt ihr jetzt Petra und Annika.«

»Ja, und mit den beiden klappt es wirklich bestens. Ich hoffe, dass es auch so bleibt.«

»Und wenn sie mal ausfallen sollten, weißt du ja, an wen du dich wenden kannst.«

»Danke, Mama.«

»Ich glaube, Leonie ist eingeschlafen«, sagte Irina leise.

»Stimmt.«

Sie legte sie in ihren Buggy zurück und deckte sie zu. Leonie schlief ruhig weiter.

Eine Weile waren sie beide still. Dann fragte Svenja, ob sie die Nachrichten über Frank Hollmann weiter verfolgt hätte.

»Nein. Ich habe nur irgendwann mitbekommen, dass es lautstarke Proteste von Opfern der DDR-Diktatur gibt. Das war zu erwarten.«

»Ja, das Ganze hat ziemliche Wellen geschlagen.« Sie räusperte sich. »Hat er sich seit eurem Treffen an der Elbe eigentlich noch mal bei dir gemeldet?«

Irina nickte. »Er hat mir eine kurze WhatsApp geschickt. Und ich habe ihm auch geantwortet. Er weiß, dass Stefan und ich zueinander gehören.«

Sie musste Svenja nicht sagen, wie schwer ihr der Abschied von Frank gefallen war.

Inzwischen war eine Woche seit ihrer Auseinandersetzung mit Stefan vergangen, und er hatte immer noch nichts von sich hören lassen.

Irina war erschöpft, weil sie so schlecht schlief. Dennoch versuchte sie, tagsüber so gut wie möglich zurechtzukommen, doch es kostete sie viel Kraft, und ihre Konzentration ließ schneller nach.

Nicole schaute sie manchmal besorgt und etwas fragend an, aber Irina hatte beschlossen, die Angelegenheit für sich zu behalten. Sie hätte es als zu belastend empfunden, auch noch bei der Arbeit über Stefan sprechen zu müssen.

Als sie an diesem Montagabend nach Hause kam, konnte sie sich plötzlich nicht länger zusammenreißen. Sie legte sich aufs Bett und brach in Tränen aus. Würde Stefan ihr irgendwann kurz und knapp mitteilen, dass er eine Wohnung gefunden hätte und ausziehen würde? Ohne dass sie miteinander gesprochen hätten?

34.

Am nächsten Morgen hatte sie auf der Fahrt zur Praxis beinahe einen Unfall. Beim Linksabbiegen kam ihr ein Wagen entgegen, den sie nicht gesehen hatte. Im letzten Moment machte der Fahrer eine Vollbremsung. Während er ihr zurief, wo sie denn ihre Augen hätte, und kopfschüttelnd weiterfuhr, fing sie an zu zittern.

Sie stieg von ihrem Rad ab und schob den Rest der Strecke.

»Heute kommst du mir noch blasser vor als in den letzten Tagen«, begrüßte Nicole sie.

»Mich hätte eben fast jemand angefahren, und ich wäre schuld gewesen.«

»Mensch, Irina, pass bloß auf! Du bist mit deinen Gedanken ständig woanders.«

»… Ich weiß.«

»Willst du mir nicht endlich sagen, was bei dir zu Hause los ist?«

»Stefan und ich stecken in einer schlimmen Krise«, antwortete sie leise. »Er wohnt seit acht Tagen bei einem Freund und weigert sich, mit mir zu reden.«

»Oh, das tut mir leid. Kann eure Tochter nicht versuchen, zwischen euch zu vermitteln?«

»Ich muss selbst mit ihm sprechen. Es ist … kompliziert.«

»Würde es dir helfen, noch ein paar Tage Urlaub zu nehmen?«

»Nein, ohne die Arbeit wäre ich aufgeschmissen.«

»Gut, aber sag mir Bescheid, wenn du Zeit für dich brauchst.«

»Ja … Und bitte behalt die Sache für dich.«

»Natürlich.«

»Ich danke dir … für alles.«

Als sie mittags auf ihr Smartphone schaute, sah sie, dass Frank ihr eine WhatsApp geschickt hatte. In ihrer Kehle wurde es eng. Sie hatte gehofft, dass er sich nicht mehr bei ihr melden würde.

Liebe Irina,
Du hast sicherlich in den Nachrichten von meiner öffentlichen Erklärung gehört. Ich bin sehr erleichtert, dass ich meine IM-Tätigkeit zugegeben habe, trotz der Wut, die mir nun von allen Seiten entgegenschlägt. Viele Kollegen haben nichts als Verachtung für mich übrig. Die Familie von Uwe Kießling hat mir über den Verlag mitteilen lassen, sie wünsche nicht weiter von mir behelligt zu werden.
Es ist eine gerechte Strafe. Ich schäme mich so, aber gleichzeitig fühle ich mich auch befreit. Ohne die Wiederbegegnung mit Dir hätte ich das niemals geschafft. Danke!
Viele liebe Grüße
Dein Frank

Ihr erster Impuls war, ihm zu schreiben, dass durch seine öffentliche Erklärung nun ihr Leben völlig aus dem Gleis geraten war und sie ihren Mann seit acht Tagen nicht mehr gesehen hatte. Aber auf ein solches Eingeständnis würden weitere Fragen folgen. Nein, es war besser zu schweigen.

Doch Franks Nachricht ließ ihr keine Ruhe. Sie bewunderte ihn dafür, dass er es gewagt hatte, seine Spitzeltätigkeit offenzulegen und damit in Kauf zu nehmen, dass alle Welt auf ihn herabsah.

Abends beschloss sie, ihm ein paar Zeilen zu schreiben, ohne näher auf ihre Situation einzugehen.

Lieber Frank,
ich fand Dein Vorgehen sehr mutig. Wie gut, dass Du Dich dadurch etwas von der Last befreien konntest.
Herzliche Grüße
Irina

Wenige Minuten später schrieb er ihr zurück:

Liebe Irina,
ich gebe die Hoffnung nicht auf, Dich wiederzusehen. Im Moment bin ich in Berlin, kann aber jederzeit nach Hamburg kommen.
Dein Frank

Sie hätte es wissen müssen, dass er auf ihre Worte so reagieren würde. Was sollte sie ihm erwidern? Dass es keinen Sinn hätte, sich solche Hoffnungen zu machen?

Nein. Sie würde gar nicht antworten.

35.

Es fiel Irina immer schwerer, ihren Alltag durchzuhalten. Einmal fing sie während einer Behandlung fast an zu weinen, als eine Patientin sie unvermittelt fragte, ob mit ihr alles in Ordnung sei. Sie würde einen so niedergeschlagenen Eindruck machen.

Sollte sie vielleicht doch ein paar Tage Urlaub nehmen? Aber dann würde sie nur allein zu Hause sitzen und grübeln. Und davor hatte sie Angst. Es war besser weiterzuarbeiten und wenigstens etwas abgelenkt zu sein.

Am Freitagabend rief Svenja sie an. Ihre Stimme klang aufgeregt.

»Eben ist es mir endlich gelungen, mit Papa zu telefonieren.«

Irina schluckte. »Du hast ihm hoffentlich nichts erzählt, oder?«

»Nein, natürlich nicht. Aber ich habe ihm gehörig meine Meinung gesagt. Dass ich sein Verhalten unmöglich fände. Seit elf Tagen würde er sich jetzt bei seinem Skatfreund verstecken. So könne es nicht weitergehen. Er müsse sich mit dir treffen. Daraufhin hat er irgendwas Unverständliches gemurmelt.«

»Erstaunlich, dass er nicht sofort aufgelegt hat.«

»Ja. Er wirkte ziemlich angeschlagen. Das Ganze nimmt ihn bestimmt auch sehr mit.«

»Hast du ihn gefragt, was er plant?«

»Wie meinst du das?«

»Na ja, ob er … zum Beispiel eine Wohnung sucht?«

»Nein. Es war nur ein kurzes Gespräch. Aber er hat verstanden, wie ernst es mir ist.«

»Danke, Svenja. Ich hätte nie gedacht, dass du mal in eine solche Situation geraten könntest.«

»Ich auch nicht. Papa und ich sind immer so gut miteinander klargekommen.«

»Wenn er auf jemanden hört, dann auf dich.«

»Warten wir's ab. Und jetzt wünsche ich dir, dass du tief und fest schläfst.«

»Danke, mein Schatz. Ich weiß nicht, was ich ohne dich machen würde.«

»Das geht mir umgekehrt genauso.«

»Gute Nacht.«

Sie lag schon im Bett, als das WhatsApp-Signal ertönte. Hatte Stefan sich so schnell besonnen und ihr geschrieben?

Sie griff nach ihrem Smartphone.

Nein. Die Nachricht war von Frank.

Liebe Irina,
Du sollst es von mir und nicht aus der Presse erfahren: Mein Verlag hat mir heute mitgeteilt, dass er sich gezwungen sehe, meine Autobiografie vom Markt zu nehmen. Der journalistische Druck sei zu hoch. Dem Verlag werde vorgeworfen, den Wahrheitsgehalt meiner Aussagen nicht geprüft zu haben. Außerdem seien die Verkaufszahlen in den Keller gegangen.
Die Entscheidung erleichtert mich sehr. Nun verschwindet dieses Buch, das für die Lüge steht, mit der ich so lange gelebt habe.

Bitte antworte mir, ob ich auf ein Wiedersehen hoffen darf.
Herzlichst
Dein Frank

Jetzt gab es keinen anderen Weg mehr, als ihm deutlich zu sagen, dass das nicht möglich war.

Lieber Frank,
es ist besser, wenn wir uns nicht mehr schreiben und uns nicht wiedersehen. Ich bitte Dich um Verständnis für meine Haltung. Wir sind beide durch das, was wir erlebt haben, zu sehr beschädigt worden, um eine zweite Chance zu haben.
Ich wünsche Dir, dass Du nach dieser harten Zeit innerlich etwas zur Ruhe kommst.
Herzliche Grüße
Irina

Sie war sich beinahe sicher, dass Frank sich noch einmal melden würde. Eine halbe Stunde später war es so weit.

Liebe Irina,
natürlich respektiere ich Deine Entscheidung, auch wenn es mir sehr schwerfällt. Ich wünschte, wir wären damals nicht auf diese grausame Weise voneinander getrennt worden. Seitdem Du für mich von den Toten auferstanden bist, denke ich oft, dass wir zu viel riskiert haben, als wir versuchten, aus der DDR zu fliehen. Wir hatten Angst, dass wir unser Leben verlieren könnten. Stattdessen haben wir unser Glück verloren. Du hast Dich wieder gefangen, Dein Ehemann bietet Dir Schutz und

Geborgenheit. Mich hat mein Gang an die Öffentlichkeit ein Stück weit erleichtert, aber ich bleibe ein Getriebener, der keinen Frieden mehr finden wird.
Liebe Irina, ich werde nie vergessen, was wir einander bedeutet haben.
Alles Gute für Dich
Dein Frank

Immer wieder las sie Franks Nachricht, bis die Trauer über den Verlust sie überwältigte.

36.

Es WAR FAST ZEHN, als sie aufwachte. Ihre geschwollenen Augen fühlten sich heiß und trocken an. Und ihr Rachen war rau.

Wie lange hatte sie in der Küche gesessen? Vielleicht bis zwei oder drei Uhr morgens. Sie hatte nicht aufhören können zu weinen. Dabei zweifelte sie keinen Moment daran, dass sie sich richtig entschieden hatte. Aber sie war nicht darauf gefasst gewesen, wie schmerzhaft es sein würde zu wissen, dass dies das Ende war. Sie würde Frank niemals wiedersehen. Der Gedanke hatte etwas Unerträgliches, und dennoch war es die einzige Möglichkeit.

Sie konnte sich nur mit Mühe überwinden zu frühstücken. Vor ihr lag ein freier Tag, doch sie wünschte, er wäre schon vorbei.

Es war eine Nachricht von Marlies, die sie aus ihrer Lethargie holte. *Heute Abend um acht in der Trattoria Calabria? LG, M.*

Gern!, antwortete sie ihr.

Danach beschloss sie, dass sie sich bewegen musste und schwimmen gehen würde. Das letzte Mal war sie im Pool des Agriturismo geschwommen, vor nicht einmal drei Wochen. Es kam ihr vor wie drei Monate oder drei Jahre. Sie hatte jegliches Zeitgefühl verloren.

Während sie ihre Bahnen kraulte, dachte sie an nichts anderes als an ihre Atmung und die Koordination der Arm- und

Beinbewegungen. Anschließend spürte sie, dass ihr Kopf wieder etwas klarer war.

Zu Hause wusste sie plötzlich, was sie zu tun hatte. Sie setzte sich an den Küchentisch und fing an, Stefan zu schreiben, keine Mail, sondern einen Brief. Ohne auch nur einmal zwischendurch überlegen zu müssen, schrieb sie alles auf, so wie es gewesen war und wie es geendet hatte. Es wurden über dreißig Seiten.

Als sie wieder auf die Uhr blickte, war es halb acht. Sie musste sich beeilen.

Marlies wartete bereits im Restaurant auf sie.

»Tut mir leid, dass ich etwas zu spät bin.«

»Macht doch nichts. Schön, dass es so spontan geklappt hat.«

Sie bestellten beide ein Nudelgericht und einen halben Liter Rotwein.

»Du siehst anders aus als in der letzten Woche, viel entspannter. Hat Stefan sich bei dir gemeldet?«

»Nein, aber ich habe mir heute die ganze Geschichte von der Seele geschrieben, in einem Brief, den ich Stefan morgen schicken werde. Vorher muss ich nur noch Svenja bitten, die Adresse von seinem Skatfreund herauszufinden.«

»Und wie kam es, dass du ihm heute auf einmal schreiben konntest?«

»Weil ich jetzt Klarheit habe«, antwortete Irina und erzählte Marlies von den Nachrichten, die sie in der letzten Nacht mit Frank ausgetauscht hatte. Und von ihrer Traurigkeit.

Ihr Wein wurde gebracht, und sie stießen miteinander an.

»Vielen Dank für all deine Hilfe.«

»Ich habe gar nicht viel getan.«

»Doch. Ohne dich hätte ich wahrscheinlich nicht den Mut gehabt, mit Svenja zu sprechen.«

»Hat sie Stefan inzwischen getroffen?«

»Nein, aber sie hat mit ihm telefoniert und ihm ziemlich ins Gewissen geredet.«

»Und du dachtest immer, dass die beiden auf jeden Fall zusammenhalten.«

»Ja, da habe ich mich geirrt.«

»Ich finde es toll, dass eure erwachsene Tochter so für euch kämpft.«

Irina nickte. »Dabei fällt mir ein, dass ich dich neulich gar nicht gefragt habe, wie sich die Situation mit deiner Mutter entwickelt hat.«

»Sie wird in zwei Wochen in die Seniorenresidenz bei mir in der Nähe umziehen.«

»Hervorragend. Dann musst du dir nicht mehr ständig solche Sorgen machen.«

»Ich hoffe, dass sie sich gut einleben wird. Anfangs hatte sie Angst vor dem Umzug, aber mittlerweile wirkt sie eher erleichtert.«

»Das freut mich sehr.«

»Jetzt brechen neue Zeiten an.«

Als ihr Essen serviert wurde, merkte Irina, wie hungrig sie war, zum ersten Mal seit Tagen.

37.

Noch in der Nacht schickte sie Svenja eine Nachricht.

Meine Liebe,
ich habe Stefan einen langen Brief geschrieben. Kannst Du versuchen, die Adresse von seinem Skatfreund herauszubekommen? Ich wäre Dir so dankbar!
Es umarmt Dich
Deine Mama

Als sie morgens wach wurde, hatte sie ein ungewohntes Gefühl. Erst nach ein paar Sekunden merkte sie, woran es lag: Sie war ausgeschlafen.

Von Svenja gab es bereits eine Antwort.

Liebe Mama,
Papa geht mal wieder nicht ans Telefon. Nun bin ich gespannt, ob er auf meine WhatsApp antwortet. Sobald ich was weiß, melde ich mich.
Liebe Grüße
Deine Svenja

Danke!

Irina las ihren Brief noch einmal durch. Es gab nichts, was sie hätte streichen, hinzufügen oder ändern wollen.

Sie faltete die Seiten zusammen und steckte sie in einen

Umschlag. Wenn Stefan nach der Lektüre ihrer Geschichte immer noch nicht bereit war, mit ihr zu sprechen, konnte sie es nicht ändern. Dann müssten sie beide mit den Konsequenzen leben. Und sie wusste jetzt, dass sie damit würde leben können.

Sie ging wieder schwimmen, weil es ihr gestern so gutgetan hatte. Und auch heute fühlte sie sich danach gestärkt.

Auf dem Nachhauseweg hörte sie, dass sie eine WhatsApp bekommen hatte. War es Svenja tatsächlich geglückt, die Adresse zu erfahren?

Sie hielt an und zog ihr Smartphone aus der Tasche.

Die Nachricht war von Stefan.

Ihr Herz klopfte.

Liebe Irina,
es tut mir leid, dass ich fast zwei Wochen lang geschwiegen habe. Ich hatte jegliches Vertrauen zu Dir verloren und wollte gar nicht erfahren, was genau passiert ist.
Inzwischen bin ich etwas zur Vernunft gekommen, auch dank unserer Tochter, die mir ordentlich den Kopf gewaschen hat.
Heute Morgen bat sie mich um meine Adresse, damit Du mir einen Brief schicken könntest.
Es wäre doch viel einfacher, wenn wir uns treffen würden. Bist Du dazu bereit?
Gruß, Stefan

Ja, schrieb sie zurück. *Um zwei Uhr am Stadtparksee?*

Bis dann.

Irina war lange vor der vereinbarten Zeit dort und spürte, wie sich eine ungewohnte Ruhe in ihr ausbreitete.

Sie würde Stefan all das erzählen, was sie in ihrem Brief geschildert hatte: Wie sie sich in Frank verliebt hatte. Erste Probleme aufgrund der politischen Situation in der DDR. Die Ausreiseanträge. Die schwere Trennung von ihrer Mutter. Ihre gescheiterte Flucht. Die Zersetzungsversuche der Stasi. Jahrzehntelang mit der Vorstellung gelebt zu haben, von Frank betrogen worden zu sein. Der Schock, als sie in seiner Autobiografie las, dass er geglaubt hatte, sie sei tot. Die quälenden Ereignisse und Entscheidungen der letzten Wochen.

Und dann würde es von Stefans Reaktion abhängen, wie es mit ihnen weiterging.

Als er schließlich vor ihr stand, erschrak sie. Er sah bleich und mager aus. Jetzt war sie doch aufgeregt.

Sie schwiegen einen Moment.

»Komm«, sagte Irina leise. »Im Gehen redet es sich leichter …«

»Renate Ahrens erzählt in wunderbar reduzierter Sprache von drei Frauen und der Erkenntnis, dass Schicksalsschläge über Jahrzehnte und Generationen hinweg brauchen, um zu heilen.« *Rhein-Main-Magazin*

RENATE AHRENS

Das gerettete Kind

Roman

Als sich die achtzehnjährige Irin Rebecca in den deutschen Austauschstudenten Jonas verliebt, rührt sie an ein altes Familien-Tabu. 1939 wurde ihre Großmutter Irma als Zwölfjährige mit einem jüdischen Kindertransport aus Nazi-Deutschland gerettet – der hohe Preis dafür war der Verlust der Eltern und Freunde. Dieses Trauma begleitet Irma und ihre Familie ihr ganzes Leben. Nun beginnt Rebecca, Fragen zu stellen. Ihre Nachforschungen reißen alte Wunden auf, eröffnen Irma aber auch die Möglichkeit, ihr Schweigen zu brechen und von damals zu berichten – von ihrem Schicksal und einer Schuld, die sie auf sich lud.

DROEMER

»In einfühlsamer Sprache erzählt Renate Ahrens Geschichten, die berühren.« *Freundin*

RENATE AHRENS

Alles, was folgte

Roman

Mit dem Fall der Mauer gerät auch das Leben der 44-jährigen Hamburgerin Katharina Elbracht ins Wanken: Sie erhält ein Bündel Briefe aus Ostberlin, aus dem hervorgeht, dass die Frau, die sie ihr Leben lang »Mutter« nannte, in Wahrheit ihre Tante war. Zutiefst erschüttert beginnt Katharina die Geschichte ihrer Familie zu enthüllen. Dabei stößt sie auf eine junge Liebe, die der Krieg zerstört hat, auf zwei Schwestern, die durch die Mauer getrennt wurden, und auf die Spur ihres Vaters, der seit 1945 als verschollen galt.

Schnörkellos und mit einem einfühlsamen Blick auf ihre Protagonisten erzählt Renate Ahrens eine deutsche Familiengeschichte zwischen Zweitem Weltkrieg und Mauerfall.

DROEMER